Den Doktor Polidori hat es wirklich gegeben: als frischgebackener Medikus war John William Polidori einer der Begleiter Lord Byrons auf dessen Reise 1816 nach Genf. Zwar soll der einzige der fünfköpfigen Reisegesellschaft, der je einen Arzt brauchen wird, Polidori selber sein – er leidet zeitweise an entsetzlichem Zahnweh –, aber da sich das Selbstverständnis des Doktors ohnehin eher auf die Poesie als auf seine medizinische Profession gründet, begrüßt Polidori dankbar die Gelegenheit, die Nähe zu Byron für seine eigenen Zwecke zu nutzen: Er schreibt im Auftrag von Byrons Verleger Murray an einem Tagebuch dieser Reise und müht sich nebenbei an einer Verstragödie über den antiken Helden Cajetan.

Obwohl Polidori von Byron zu allerhand minderen Diensten herangezogen wird – immer ist es Polidori, der die Kutsche kaufen, ein Haus ausfindig machen und das Boot rudern muß –, wiegt er sich doch in dem süßen Glauben, daß zwischen Seiner Lordschaft und ihm eine Art Seelenverwandtschaft bestehe, und er schwingt sich insgeheim auf »zum Mitbewerber um ewiges Leben, Ruhm und um Jugend«. Und mit der großen Würde seines reinen Herzens trägt er das Los des Verlierers: Mit seinem ›Cajetan‹ wird er zum Gegenstand allgemeinen Gespötts, sein Manuskript versinkt im See, und als ihm, nach etlichen erotischen Pannen, endlich einmal eine Liebesstunde schlägt, ist er auch da wieder der zweite Mann.

»Reinhard Kaiser hat diese Geschichte vom Genie und seinem dürftigen Rivalen ganz vortrefflich erzählt, mit Witz, Charme und Anmut.« (Eckart Kleßmann, *Frankfurter Allgemeine Zeitung*)

Reinhard Kaiser, geboren 1950 in Viersen am Niederrhein, lebt als Übersetzer und Schriftsteller in Frankfurt am Main. 1989 erschien sein erstes Buch: ›Der Zaun am Ende der Welt‹ (Fischer Taschenbuch Verlag, Bd. 10787).

Reinhard Kaiser

Der kalte Sommer des Doktor Polidori

Roman

Fischer Taschenbuch Verlag

Veröffentlicht im Fischer Taschenbuch Verlag GmbH,
Frankfurt am Main, Juli 1994

Lizenzausgabe mit freundlicher Genehmigung
der Frankfurter Verlagsanstalt GmbH
© Frankfurter Verlagsanstalt GmbH
Frankfurt am Main, 1991
Umschlaggestaltung: Buchholz/Hinsch/Hensinger
Druck und Bindung: Clausen & Bosse, Leck
Printed in Germany
ISBN 3-596-11757-7

Gedruckt auf chlor- und säurefreiem Papier

Für Viktoria

Inhalt

»Sind Briten hier? Sie reisen sonst so viel,
Schlachtfeldern nachzuspüren, Wasserfällen,
Gestürzten Mauern, klassisch dumpfen Stellen;
Das wäre hier für sie ein würdig Ziel.«

Mephistopheles
Klassische Walpurgisnacht, Faust II

Der Auftrag

»Doktor Polidori? Kommen Sie herein!«

Der Verleger fuhr aus seinem Sessel hoch. Durch die Enge zwischen einem mit Büchern, Mappen und Papieren beladenen Schreibtisch und einem von Korrekturfahnen und Manuskripten überquellenden Regal an der Wand zwängte er sich dem Gast entgegen. Lange bevor er ihn erreichte, hatte er die Hand zum Gruß ausgestreckt. Es war, als liefe er dieser Hand nach, als zöge sie ihn vorwärts, hin zu Polidori.

»Ich bin ja so froh, daß Sie kommen konnten.«

»Auch ich freue mich sehr, Mr. Murray.«

Polidori spürte, daß er in diesem Raum wirklich willkommen war. Er zog die Tür hinter sich zu und faßte die schmale Tasche unter seinem Arm, in der sein Manuskript steckte, entschlossener.

»Bitte sehr —!«

Murray deutete auf vier oder fünf vor seinem Schreibtisch stehende Stühle. Polidori wählte den, welcher der Mitte am nächsten stand. Seine Tasche lehnte er behutsam an das Stuhlbein.

Durch drei bis unter die Decke reichende Fenster fiel helles Licht in das Arbeitszimmer. Es war nicht klein, aber es wirkte eng — nicht nur wegen der überzähligen Stühle, die den freien Raum verstellten, sondern auch wegen einiger dunkler und zum Teil sehr breiter Bücher- und Kartenschränke an den Wänden. Die Flächen dazwischen waren mit Kupferstichen, Zeichnungen, auch einigen kleinen Bildern in Öl oder Tempera fast vollständig bedeckt. Auf den meisten Schränken standen Büsten und Köpfe bedeutender Männer in Gips. Nach Gesichtspunkten der Symmetrie waren sie nur an einer der schmalen Wände des Raumes, auf den Regalen zu beiden Seiten des Kamins und auf dem Kaminsims selbst, aufgestellt. Polidori erkannte Gibbon, Homer, Milton, Shakespeare – die meisten erkannte er nicht. Den Kopf Seiner Lordschaft konnte er nirgendwo entdecken.

Murray war hinter seinen Schreibtisch zurückgekehrt.

»Nun reisen Sie also bald mit Lord Byron, wie ich höre«, begann er.

»Ganz recht, Sir.«

»Nach Italien?«

»Später vielleicht. Zunächst in die Schweiz, an den Genfer See.«

»Oh, in das Land Voltaires und Rousseaus...« Murray ließ einen zufriedenen Blick zu seinen Gipsköpfen hinaufgleiten.

»Vergessen Sie unseren Gibbon nicht!« fügte Polidori hinzu und sah nach dem Platz des Historikers auf einem der Schränke neben dem Kamin. »In einer Akazienlaube bei Lausanne, im Angesicht des Montblanc vollendete er seinen ›Untergang des Römischen Reiches‹ . . .«

Murray sah ihn verblüfft an.

»Sie haben recht. Jetzt erinnere ich mich . . . Gibbon und sein verteufelt dickes Buch . . . Ist eigentlich die Route durch Frankreich für Briten inzwischen wieder geöffnet, Doktor?«

»Ja, Sir, es scheint so. Aber Lord Byron will Schikanen um jeden Preis vermeiden. Deshalb hat er sich für den Umweg durch Belgien und Preußen, den Rhein hinauf entschieden.«

»Und wann reisen Sie?«

»Morgen in aller Frühe.«

»Oh, dann komme ich mit meinem . . . Anliegen ja gerade noch rechtzeitig.« Murray überlegte, wie er fortfahren solle. »Wie geht es Lord Byron? Ist er guter Dinge?«

»Nun, die Reise bringt Unruhe und Ungeduld ins Haus. Ich komme gerade von dort. Seine Lordschaft ist gereizt und sehr nervös. Man kann es nicht anders sagen. Da scheint vieles zusammenzukommen.«

»Ich verstehe.« Murray machte ein nachdenkliches Gesicht. »Sie sind im Bilde, was . . . diese Dinge angeht, nicht wahr, Doktor?«

»Nicht ganz, Sir. Vieles bleibt rätselhaft. Als ich zum Beispiel vorhin Seiner Lordschaft meine Aufwartung machen wollte, trug ich eine Zeitung unter dem Arm. Aber Mr. Hobhouse – Sie kennen ihn? ein guter Freund Seiner Lordschaft – sah mich durch die Halle gehen. Er stürzte auf mich zu und entriß mir die Zeitung. ›Sie gehen zu ihm?‹ fragte er. ›Dann aber bitte ohne das hier!‹ Er wollte mir das Blatt allen Ernstes nicht zurückgeben, dabei hatte ich noch gar nicht hineingesehen!«

»Er wollte Lord Byron die Aufregung und den Ärger ersparen. Die Zeitungen schreiben in diesen Tagen viel Unerfreuliches über ihn. Die Trennung von seiner Frau ist in aller Munde. Er hat ein Abschiedsgedicht für sie verfaßt. Haben Sie es gesehen, Doktor?«

»Nein, wie sollte ich?«

»Ergreifende Verse!«

»Was sonst?« rief Polidori.

»Von mir wollte er, daß ich eine kleine Auflage für den privaten Gebrauch drucke. Ich hätte mich weigern sollen. Ein Exemplar ist einem Zeitungsmann in die Hände gefallen, er hat es in sein Blatt gesetzt, und nun redet alle Welt über die Geschmacklosigkeit dieser Veröffentlichung kurz vor der Abreise, denn alle Welt glaubt, Lord Byron selbst sei dafür verantwortlich… So kommt eines zum anderen. Die Leute schwatzen ja schon seit Monaten – nicht nur über die Ehe Seiner Lordschaft, auch über andere Dinge, unschöne Dinge, eine unselige Mischung aus Verleumdung und Halbwahrheit.«

»Ist denn etwas Wahres daran?«

Murray zuckte die Achseln und seufzte: »Das weiß nur er selbst. Ich weiß es nicht. Ich bin sein Verleger. Aber ich halte zu ihm – solange es irgend möglich ist.«

»Steht es wirklich so schlimm um das Ansehen Seiner Lordschaft?«

»Sie lesen wohl auch sonst wenig Zeitung?«

»Nun, für mich waren die letzten Tage auch ohne Zeitungslektüre aufregend genug. Die unverhoffte Berufung in die Nähe des großen Dichters, die Vorbereitungen für die Reise, der Abschied von Freunden und Verwandten... Aber wenn ich Sie richtig verstehe, kommt die Reise Seiner Lordschaft einer Flucht vor der öffentlichen Meinung gleich?«

Murray nickte. »Die öffentliche Meinung würde Ihnen zustimmen.«

»Aber alle seine Freunde würden es bestreiten, nicht wahr?«

»Ja, das tun sie ... und ich als Verleger Lord Byrons, dieses begnadeten Mannes, der noch vor kaum zwei Jahren in der Gunst des Publikums so sternenhoch stand, möchte auch in dieser dunklen Stunde seines Sturzes etwas für ihn tun, etwas, das ihm, seinem Ansehen und seinem Ruhm nur von Nutzen sein kann, indem es das Interesse der Leser an seinem Werk und an seiner Person wacherhält oder von neuem belebt. Und dabei sollen Sie mir helfen, Doktor!«

Polidori sah ihn verblüfft an.

»Man hat mir gesagt«, fuhr Murray fort, »Sie seien nicht nur ein begabter Arzt, Sie seien auch ein Mann der Feder, ein Mann mit literarischer Ambition und literarischem Geschmack.«

»Das klingt sehr schmeichelhaft in meinen Ohren,

Mr. Murray – und ich kann sagen: es trifft zu. Wäre es anders, so hätte mich wohl selbst der Ruf eines Dichterriesen nicht bewogen, der Heimat auf nicht absehbare Zeit den Rücken zu kehren.«

»England ist also tatsächlich Ihre Heimat, Mr. Polidori? Und Englisch Ihre Muttersprache?«

»Ja, Sir, meine Mutter ist Engländerin. Mein Vater kam vor vielen Jahren aus Italien und hat sich hier in London niedergelassen, als Sprachlehrer.«

»Sprechen auch Sie andere Sprachen?«

»Französisch recht gut. Mein Deutsch möchte ich auf dieser Reise verbessern. Außerdem natürlich Italienisch!«

»Sie sind mein Mann!« rief Murray.

»Wie bitte, Sir?«

Und nun entwickelte Byrons Verleger seinen Plan. Niemand, so verkündete er in lockendem, fast schwärmerischem Ton, sei besser plaziert und besser geeignet als der Reisearzt Byrons, einen lebendigen, anschaulichen Bericht von dessen zweiter großer Reise zu geben. Im Augenblick wolle die Welt über Byron zwar nichts hören oder nur Schlechtes – aber jeder Verleger wisse um die Kapriolen des allgemeinen Geschmacks, und in wenigen Monaten bereits könne sich die Lage völlig verändert haben. Er, Murray, glaube fest daran, daß ein Tagebuch, in dem Polidori seine Reise mit Lord Byron schildere, in England schon bald auf ein, wie er sich ausdrückte, »vehementes« Interesse treffen und sich in hohen Stückzahlen verkaufen werde.

»Nur eines«, so schloß Murray, »müssen wir bedenken.«

»Was denn, Sir?«

»Lord Byron könnte es nach den unglücklichen Erfahrungen der letzten Zeit ein wenig übelnehmen, wenn er erfährt, daß jemand im Begriff ist, seine Person und seine privaten Lebensumstände aus nächster Nähe zu portraitieren, wie lauter und wohlwollend die Absichten des Portraitisten auch sein mögen. Ruhm ist ihm recht, aber Zudringlichkeit haßt er. Ich will damit sagen: er sollte nicht zu früh von Ihrem Tagebuch erfahren. Nachher, wenn alles sich zum Guten gewendet hat, wird er uns seine Einwilligung zum Druck nicht versagen.«

»Wie privat soll das Tagebuch denn sein?«

Auf Murrays Gesicht zeigte sich ein schmales Lächeln.

»Oh, das möchte ich Ihrem Fingerspitzengefühl überlassen. Aber schreiben Sie lieber zuviel als zuwenig. Streichen kann man immer noch!«

»Eine heikle Aufgabe, Sir!«

»Ohne Zweifel«, räumte Murray ein. »Deshalb biete ich Ihnen für die Lösung auch fünfhundert Pfund!«

Fünfhundert Pfund waren eine beträchtliche Summe. Bei seinem kurzen Besuch im Hause Byrons an diesem Morgen hatte Polidori erfahren, daß die luxuriöse Karosse, in der er morgen zusammen mit Seiner Lordschaft abreisen würde, ebenfalls fünfhundert Pfund gekostet hatte. Einer der Diener, die im Hof damit beschäftigt waren, den großen grünen Wagen zu beladen, hatte es ihm erzählt und hinzugefügt, Byrons Karosse sei bis in alle Einzelheiten eine getreue Nachbildung jener Kutsche, die Napoleon selbst für seine Reisen benutzt habe und die nach der Schlacht bei Waterloo den Preußen in die Hände gefallen sei.

Murray hatte die Augen zusammengekniffen.

»Nun, Doktor, wollen Sie?«

»Eine heikle Aufgabe – aber äußerst reizvoll!«

»So sollen Aufgaben sein!«

»Also gut, ich will es versuchen.«

»Das ist großartig!«

Murray atmete auf. Tief befriedigt erhob er sich und kam hinter seinem Schreibtisch hervor. Polidori war erstaunt, wie plötzlich das Ende der Unterredung mit Byrons Verleger nun hereinbrach.

»Ich freue mich, daß wir uns kennengelernt haben, Mr. Polidori.« Murray legte ihm eine Hand auf die Schulter und begleitete ihn zur Tür.

»Und was treiben Sie sonst – wenn Sie kein Tagebuch schreiben?« fragte er beiläufig.

»Ich schreibe ein Theaterstück.«

»So?«

Gern hätte Polidori seine schmale Tasche geöffnet und das unfertige Manuskript, das darin lag, wenigstens vorgezeigt. Denn zu diesem Zweck hatte er es mitgebracht.

»Es wird eine Tragödie.«

»Ach!«

»Der Titel ist ›Cajetan‹.«

»Cajetan? Wer ist Cajetan?« Murray wirkte zusehends zerstreuter. Er öffnete die Tür, die hinaus in das Vorzimmer führte.

»Ein päpstlicher Gesandter, der …«

»Aha!«

»Ich habe auch noch ein zweites Stück skizziert: ›Ximines‹!«

»Sehr schön, lieber Doktor, sehr schön! Vielleicht sollten wir darüber sprechen, wenn Sie von Ihrer Reise zurückgekehrt sind. Bringen Sie mir Ihr Tagebuch und diese Stücke, sofern sie fertig sind. Ich sehe sie mir dann gern an.«

Stolz und zufrieden sah der Verleger an seinem Gast vorbei auf einen Wandschirm, über den Polidori sich schon gewundert hatte, als er gekommen war. Der Schirm war in diesem Vorzimmer offenkundig nicht aufgestellt, weil er hier gebraucht wurde oder irgendeinen Zweck erfüllte. Er stand da wie ein Ausstellungsstück, über und über mit großen und kleinen Darstellungen von Männern bedeckt, die miteinander in Boxkämpfe verwickelt waren. Einige der großen Figuren standen ohne Gegner da. Auch sie hatten die Fäuste gehoben und nahmen typische Boxerhaltungen ein.

Eine Frage wollte Polidori aber unbedingt noch stellen.

»Was würden Sie für meine Theaterstücke zahlen, wenn Sie sich zum Druck entschließen könnten?«

Murray zögerte mit der Antwort. Es war deutlich zu spüren, daß er am liebsten gar nichts gesagt hätte.

»Für Ihre Stücke? Hundertfünfzig vielleicht – für beide! Immer vorausgesetzt, Sie können eine Bühne dafür interessieren. – Aber haben Sie diesen Wandschirm gesehen, Doktor?«

»Ja, ein seltsames Stück!«

»Ein Wunder! Soll ich Ihnen sagen, woher ich ihn habe? – Vor drei Wochen auf einer Auktion erworben! Der Vorbesitzer ist ein gemeinsamer Bekannter von uns: Lord Byron.«

»Frappierend!«

»Nicht wahr? Seine Lordschaft hat vor der Abreise begonnen, den eigenen Hausstand aufzulösen. Den größten Teil der Bibliothek und diesen Schirm hat er versteigern lassen.«

»Das klingt, als wollte er alle Brücken hinter sich abbrechen.«

Murray lächelte und streckte Polidori die Hand hin.

»Gute Reise, Doktor!«

Sitzordnung

Unter rasch dahineilenden Wolkenfetzen, aus denen in jedem Augenblick kalter Regen fallen konnte, strebte Polidori am nächsten Morgen Byrons Haus am Piccadilly Terrace zu. Sein Reisegepäck trug er bei sich.

Als er in den Hof des kleinen Palais trat, das Byron in London zur Miete bewohnte, versuchte Polidori, sich die Namen der Diener in Erinnerung zu rufen, die mit auf die Reise gehen sollten. Es waren drei. Byron hatte sie vor einigen Tagen erwähnt, aber Polidori hatte sich ihre Namen nicht gemerkt. Doch erst jetzt, da er in dem gepflasterten Hof die große dunkelgrüne Karosse schwer bepackt und abfahrbereit stehen sah, wurde ihm klar, daß er Byrons Nähe unterwegs mit diesen Leuten teilen mußte. Die Aussicht ernüchterte ihn ein wenig. Vertraute Unterhaltungen mit Seiner Lordschaft, gemeinsame Ausflüge zu den Höhen des Geistes und der Spekulation, von denen Polidori Stoff für sein Tagebuch und Anregung für sich selbst erhoffte, würden durch die hartnäckige Anwesenheit des Personals nicht begünstigt werden.

Einer der vermißten Namen tauchte mit einem Schlag aus der Vergessenheit wieder auf, als Polidori an die Karosse trat und einen Blick durch die offenstehende Tür nach drinnen warf. Den Mann, der dort zwischen den beiden Sitzbänken am Boden kniete, hatte er während seiner kurzen Besuche im Hause Byrons schon zu Gesicht bekommen. Es war Fletcher, Byrons alter Kammerdiener. Er versuchte gerade, einige Teller und ein Bündel Eßbesteck in eine Schublade unter den Sitzen zu stopfen, die anscheinend schon sehr voll war. Geduldig räumte er so lange darin um, bis auch die Teller und die Eßwerkzeuge Platz gefunden hatten.

Polidori ließ sein Gepäck auf den Boden sinken – die große Reisetasche, den Arzneikoffer und die Tasche mit den Instrumenten. Nur die schmale Mappe, in der das Manuskript seiner Tragödie und die schwarze Kladde für seine Tagebuchnotizen steckten, behielt er unter dem Arm.

Gerade war der Postillion mit dem Anspannen fertig und prüfte noch einmal Zaumzeug und Geschirr der vier Pferde. Byron reiste im eigenen Wagen, aber die Pferde gehörten nicht ihm. Sie und die Fahrer würden an den verschiedenen Poststationen unterwegs in regelmäßigen Abständen gewechselt werden. Frische, stets ausgeruhte Pferde und ortskundige Postillione boten auf weiten Reisen eine bessere Gewähr für rasches Fortkommen als eigene Tiere und ein eigener Kutscher.

Einer der Leute, die dem Postillion beim Anschirren geholfen hatten, kam zu Polidori herüber und stellte sich vor. Es war Berger, ein Schweizer, den Byron als Dolmetscher und Alpenführer eingestellt hatte. Polidori überließ ihm sein Gepäck, bis auf die Mappe mit dem Manuskript. Für sie wollte er einen Platz in der Karosse ausfindig machen, wo sie auch unterwegs greifbar war. Er schlenderte hinter Berger um die Kutsche herum und sah zu, wie seine Taschen in dem großen Gepäckkasten an der Rückwand der Karosse verschwanden.

»Haben Sie schon gehört?« fragte Berger. »Zwei alte Freunde Seiner Lordschaft, Mr. Hobhouse und Mr. Davies, wollen es sich nicht nehmen lassen, bis an die Küste mitzukommen.«

»Da wird es eng werden«, seufzte Polidori.

»Nur bis Dover.«

Polidori versuchte sich ein Bild von der bevorstehenden Raumnot zu machen.

»Seine Lordschaft, zwei Freunde, der Arzt, der Kutscher, drei Diener. Also acht Personen! Wohin mit all diesen Leuten?«

Berger antwortete nicht. Er blickte zum Haus hinüber. In der hohen Tür war Byron erschienen. Flankiert von seinen Freunden und gefolgt von einem jungen Mann, kam er die Treppe in den Hof hinunter. Daß er ein Hinken zu verbergen suchte, hatte Polidori schon beim allerersten Zusammentreffen bemerkt.

Im nächsten Augenblick entstand, wie Polidori es vorausgesehen hatte, ein Gedränge in der Nähe der

23

Karosse. Auch Fletcher war noch einmal ausgestiegen und hatte neben dem Schlag Haltung angenommen.

Byron grüßte mit einem unfrohen Blick in die Runde.

Polidori wippte auf den Zehenspitzen. »Wie ist das werte Befinden heute morgen, Mylord?« fragte er.

Byron sah ihn mißmutig an.

»Gut ist das werte Befinden heute, Doktor. Ja, es ist gut.«

Byron warf einen Blick in die Karosse.

»Etwas eng für alle, oder?« sagte er.

»Ganz recht, Sir«, meldete sich Polidori schon wieder zu Wort. »Die Sitzordnung wird zum Problem.«

»Nun, wir werden sehen!« erwiderte Byron. »Mr. Hobhouse sitzt neben mir. Dich, Scrope, muß ich bitten, auf der Bank gegenüber Platz zu nehmen. Sieh dir meine Figur an! Ärger und Aufregung machen mich immer dick. Ich habe heute zwar eine neue Diät begonnen, aber solange sie noch nicht angeschlagen hat…«

»Um Himmelswillen Sir!« rief Polidori. »Eine Diät? Ich habe gar nichts vorbereitet! Sie haben mir aber auch nichts davon gesagt!«

»Beruhigen Sie sich, Doktor. Um meine Diät kann ich mich selbst kümmern. – Jedenfalls kann auf meiner Bank außer mir vorerst nur einer sitzen. Und wen setzen wir auf die andere, neben Mr. Davies?«

»Ich fahre auf dem Kutschbock, Mylord«, verkündete Berger.

»Ich auch«, erklärte Fletcher. Aber dagegen hatte Byron etwas einzuwenden.

»Nein, mein lieber Fletcher«, erklärte er in einem Ton, der keinen Widerspruch zuließ. »Der windige Sitz da oben ist nichts für Sie. Sie kommen nach drinnen. – Und wer ist jetzt noch ohne Platz? Drinnen ist noch einer frei und einer oben neben dem Postillion.«

Byron sah sich nach dem jungen Mann um, der eben hinter ihm und seinen Freunden aus dem Haus gekommen war.

»Ach, Rushton – Sie müssen wir noch unterbringen. Und den Doktor.«

Während er seine Berechnungen anstellte, hatte Polidori die drohende Gefahr nur geahnt. Jetzt sah er sie deutlich vor sich. Den festen Platz in Byrons Nähe mußte er sich noch erstreiten. Der junge Mann namens Rushton war offenbar nicht bereit, das Feld kampflos zu räumen. Eben lächelte er sogar und sagte ganz ungeniert: »Vielleicht liebt auch der Doktor die frische Luft.«

»Er liebt sie nicht«, entgegnete Polidori und warf Rushton einen wütenden Blick zu.

»Sie ist aber gesund!«

»Bitte, jetzt keine Streitereien über Luft«, sagte Byron.

Gern hätte sich Polidori in diesem Augenblick auf seine literarischen Vorrechte berufen. Er war der von Byrons Verleger bestellte Chronist der Reise und konnte sein Tagebuch schließlich nicht vom Kutschbock herunter schreiben. Aber da Murray ihn gerade in diesem Punkt um Diskretion gebeten hatte, verkündete Polidori mit einem hilfesuchenden Blick zu Byron nur: »Sie reden mit dem jüngsten Arzt, der je auf den Britischen Inseln seinen Doktorhut erwarb, junger Mann!«

»Was für einen Hut?« fragte Rushton und wollte noch eine abfällige Bemerkung anfügen. Aber Byron gebot ihm mit einer Handbewegung, zu schweigen.

»Doktor«, sagte er, »steigen Sie ein! Und Sie, Rushton, gehen nach oben.«

So kam es, daß Polidori am Beginn der großen Reise sogar als erster in Byrons Karosse stieg und als erster saß, wenn auch, wie es nicht anders sein konnte, mit dem Rücken in Fahrtrichtung. Er setzte sich mitten auf die ihm bestimmte Bank, nahm die Mappe mit seinem Manuskript auf den Schoß und freute sich daran, wie geräumig das Innere des Wagens wirkte. Doch nur für kurze Zeit, denn nun schoben sich auch Seine Lordschaft und die Freunde auf ihre Plätze und zuletzt Fletcher. Von nun an saß Polidori eingezwängt zwischen Mr. Davies und dem Kammerdiener, und selbst den Kopf mußte er noch einziehen, als Byron sich aufrichtete und das Signal zur Abfahrt gab, indem er zweimal an das kleine Fenster zur Kutscherbank klopfte. Der Postillion ließ ein Gebrüll ertönen, die Pferde zogen an, und unter nutzlosem Peitschenknallen setzte sich das überladene Gefährt in Bewegung.

Während der Fahrt nach Dover gab es keine unerwarteten Zwischenfälle oder Verzögerungen. Bei einer Poststation auf halber Strecke wurden die Pferde und der Postillion gewechselt. Byron und seine Freunde blieben während des kurzen Aufenthalts in der Kutsche. Aber Polidori entfloh der Enge für einen Moment und verschaffte sich etwas Bewegung. Er war schon einige Male über den Hof der Station getrabt und hatte die Arme gereckt, ehe er bemerkte, daß Rushton jeden seiner Schritte von der Höhe des Kutschbocks mit höhnischer Miene verfolgte. »Wünsche warmes Sitzen!« feixte er, als Polidori wieder in den Wagen kletterte.

Zum ersten Mal war Polidori während dieser ersten Etappe mit Byron für längere Zeit in einem geschlossenen Raum zusammen. Aber Aufschlüsse über sein Wesen und seinen Genius oder Anregungen für die eigene Arbeit empfing er nicht. Byron sprach kaum ein Wort. Er saß wie betäubt in seiner Ecke und hielt die Augen meist geschlossen, obgleich er nicht schlief. Alles ist ihm zuwider, dachte Polidori und sann auf Mittel, Seine Lordschaft aufzumuntern. Doch es fiel ihm nichts ein. Konversation zu treiben, schien wenig aussichtsreich, nachdem die beiden Freunde bereits mehrere Anläufe in dieser Richtung unternommen hatten und gescheitert waren. Inzwischen schwiegen sie beharrlich und bereuten wohl schon, daß sie überhaupt mitgefahren waren.

Nur Fletcher saß unbefangen da. Er war der einzige, der sich bei der gedrückten Stimmung im Wagen nicht fehl am Platze fühlte.

»Der Kontinent wird Sie belustigen, Mylord«, sagte er einmal, »wie damals, bei unserer ersten großen Reise.«

»Ich hoffe es«, murmelte Byron, ohne die Augen zu öffnen.

Polidori seinerseits hoffte auf den Abend. In Dover war eine Übernachtung vorgesehen, denn das Schiff nach Ostende würde erst am nächsten Morgen abgehen. Im Gasthof von Dover würde Polidori mit Byron sogar an einem Tisch sitzen. Ein schmackhaftes Dinner und guter Wein würden die Geister beleben. Mit funkelndem Witz und blitzenden Aperçus gewürzt, würde sich die Unterhaltung bis spät in die Nacht fortspinnen, würde Ansporn zu eigenem Dichten bieten und Stoff für das Tagebuch.

Am frühen Abend rollte Byrons Wagen zwischen den hohen Kreidefelsen nach Dover hinab. Eine Remise in der Nähe des Fährkais, wo die Karosse für die Nacht abgestellt werden konnte, war rasch gefunden. Der Kutscher wurde für seine Dienste bezahlt und entlassen. Das Hotel, das er empfohlen hatte, bot einfache Unterkünfte für das Personal und bequeme Zimmer für Byron, seine Freunde und Polidori. Der weitläufige Speisesaal jedoch erwies sich als wenig geeignet für jegliche Konversation.

Ein Brausen erfüllte den Raum. Das Geschrei der Zechbrüder und das Schmatzen der Esser, das Klirren der Gläser und das Klappern von Messern und Gabeln auf dem Geschirr fuhr als eine Wolke von Lärm zu der hohen Gewölbedecke empor. Wer sich darunter mit seinem Tischnachbarn verständigen wollte, der mußte ihn anschreien. Dämpfe aus hundert Tonpfeifen lagerten über den voll besetzten Tischen. Kellner und Serviermädchen mit riesigen Tabletts bahnten sich ihren Weg durch den Dunst und stießen dabei immer wieder mit herumirrenden Gästen zusammen, die voller Verzweiflung nach einem Platz suchten.

Einen Augenblick lang hatte auch Polidori benommen neben den anderen im Eingang gestanden. Doch plötzlich bemerkte er, daß nicht allzu weit entfernt in dem Getümmel vor ihm ein Tisch frei wurde. Er drängte hinüber und erreichte ihn gerade noch rechtzeitig vor zwei Konkurrenten, die die Chance ebenfalls, aber zu spät erkannt hatten. Polidori klopfte dreimal auf die Tischplatte, ehe er Byron freudig und stolz zuwinkte. Er selbst hatte den Tisch erobert, an dem er heute abend mit Seiner Lordschaft sitzen würde.

Doch es war kein idealer Platz für Aperçus und Witz, den Polidori da ausfindig gemacht hatte. Abgegessene Teller, ineinander gestapelte Schüsseln, halb geleerte Gläser und Flaschen türmten sich auf diesem Tisch so hoch, daß die vier neuen Gäste, nachdem sie sich gesetzt hatten, einander fast aus den Augen verloren. Das Durcheinander in ihrer Mitte war so groß, das Tischtuch so sehr mit Brotkrümeln, Speiseresten und Soßentupfern befleckt, daß sie kaum die Ellbogen aufstützen, geschweige denn geistreiche Unterhaltungen pflegen konnten.

Polidori hielt nach einer Bedienung Ausschau, die die Ordnung wiederherstellen würde. Jedesmal wenn er, ob nah oder fern, einen Kellner oder eine Serviererin erblickte, begann er, heftig zu winken, aber jedesmal ohne Erfolg. In der Zwischenzeit tat er das einzige, was ihm bei soviel Getöse und Beengung in den Sinn kam: er versuchte durch gründliche Betrachtung des schmutzigen Geschirrs vor sich die Speisenfolge des Gelages zu ermitteln, das an diesem Tisch kürzlich zu Ende gegangen war.

Es gab in diesem Lokal erheblich mehr Serviererinnen als Kellner. In ihren weißen Schürzen bewegten sie sich überall im Raum. Sie schoben sich zwischen den Tischen und Stühlen hindurch und gerieten dabei häufig genug auch in die Nähe des Tisches, an dem Byron mit seinen Reisegefährten saß. Oft sahen sie sogar mit großen Augen zu Byron herüber. Aber nie trat eine von ihnen heran, um abzuräumen.

Drüben an der langen Schanktheke stand eine ganze Gruppe von untätigen Frauen in Servierschürzen. Sie tuschelten miteinander und warfen eifrige Blicke herüber. Auf die Bestellungen und Beschimpfungen, Wünsche und Hilferufe der anderen Gäste achteten sie jedoch ebensowenig wie auf die ärgerlichen Zeichen, die Polidori ihnen durch die rauchige Luft zusandte.

»Dort drüben, siehst du?« schrie Byron seinem Freund Hobhouse zu. »Das sind gar keine Serviermädchen! Die wollen mich nur anglotzen. Sie haben sich verkleidet.«

»Du siehst Gespenster, Georgy!« lachte Hobhouse. Doch plötzlich schien es auch Polidori, als würden sich von überallher neugierige Blicke auf Byron und seine Begleiter richten. Wußte die Welt denn bis in die Einzelheiten des Fahrplans über Byrons Reiseabsichten Bescheid? Polidori ärgerte sich darüber, daß er auch an diesem Morgen nicht in die Zeitung gesehen hatte.

»Feindseligkeit gegen Fremde«, rief er Byron zu, »ist eine alte germanische Unsitte. Man kann es bei Tacitus nachlesen. Aber Feindseligkeit gegen die eigenen Landsleute ist eine Unverfrorenheit!«

Es war der verzweifelte Versuch, endlich ein Gespräch zu entfachen, das sich über die widrigen Umstände, unter denen es stattfand, hinwegsetzte. Doch Byron auf der anderen Seite des Geschirrberges legte nur eine Hand hinter das Ohr und bedeutete seinem Arzt, daß er nichts verstanden habe.

Polidori indessen verstand deutlich genug, was Byron wenig später zu Davies und Hobhouse sagte: »Das alles ist unerträglich! Ich gehe nach oben und halte meine Diät.«

Hobhouse erbot sich, Byron wenigstens eine Kleinigkeit auf sein Zimmer bringen zu lassen. Doch der winkte ab und verschwand wenig später im Gedränge. Mit besorgter Miene sah Hobhouse ihm nach.

»Vielleicht hat er recht«. sagte Davies. »Die Schürzen dort drüben starren ihm wirklich alle nach.«

Es dauerte lange, bis sich eine echte, nicht verkleidete Serviererin einfand und den Tisch abräumte. Noch länger dauerte es, bis ein Kellner erschien, bei dem Polidori, Hobhouse und Davies etwas bestellen konnten. Die Küche hatte um diese Zeit allerdings schon geschlossen, und den Gästen blieb nur die Wahl zwischen einem leeren Magen und einer Kalten Platte. Als die Kalte Platte endlich kam, hatte der Lärm im Saal merklich abgenommen. Ein Gespräch war zwischen den drei Reisegefährten Byrons dennoch nicht in Gang gekommen. Verdrossen machten sie sich über die dünn belegten Wurstbrote her. Polidori war bitter enttäuscht. Zum erstenmal hatte er mit Byron an einem Tisch Platz genommen. Aber er hatte kein einziges Wort mit ihm gewechselt.

Früh am nächsten Morgen, in der letzten Stunde vor der Abfahrt des Schiffes, während sich das Personal darum kümmerte, die Karosse an Bord zu schaffen, streifte Polidori mit Byron und seinen Gefährten durch die Straßen in der Nähe des Hafens, um noch letzte Besorgungen zu machen. Byron hatte in London einiges vergessen – vor allem Schreibpapier. An Papier mangelte es Polidori zwar nicht. Er führte in seiner Mappe einen soliden Vorrat davon mit sich. Aber auch er hatte es versäumt, vor der Reise etwas zu kaufen, von dessen Nützlichkeit er nach der Lektüre verschiedener Reisehandbücher gründlich überzeugt war: einen Regenschirm.

Zwar empfahlen diese Ratgeber vor allem jenen Reisenden einen Schirm, die, ungeschützt vor den Unbilden der Witterung, auf dem Kutschbock oder dem Wagendach mitfuhren, während Polidori bei Byron im Wagen stets trocken sitzen würde. Aber die Anschaffung eines Schirms, so schien ihm, würde er dennoch nicht bereuen.

Schon bald entdeckte Polidori in den Auslagen eines Geschäftes, das Reisebedarf in verwirrender Fülle und Vielfalt bereithielt, zwischen verschiedenen Spazierstöcken und Stockdegen auch einen Regenschirm. Sein Anblick gab ihm das Gefühl, es sei hier eine Chance zu nutzen, die sich, zumal auf dem Kontinent, so rasch nicht wieder bieten würde.

Byron und seine Freunde waren weitergegangen. Polidori aber betrat das Geschäft und ließ sich den Schirm von einem Ladengehilfen zeigen. Es war ein Respekt heischender Mechanismus von beträchtlichem Durchmesser – mit kräftigem, rosabraunem Tuch bespannt. Der erste Eindruck bestätigte sich auch bei eingehender Prüfung. Dieser Schirm imponierte durch Vertrauenswürdigkeit und Integrität, und der gekrümmte Knauf aus glattem, goldgelbem

Holz lag sehr angenehm in der Hand. Der Handel war rasch geschlossen.

Als Polidori den Laden verließ, fühlte er sich beschwingt. Fast kam es ihm so vor, als wären ihm Flügel gewachsen. Er öffnete und schloß den Schirm mehrmals hintereinander. Während er sich auf diese Weise davon überzeugte, daß Schieber und Spannmechanismus auch dort, wo es darauf ankam, nämlich unter freiem Himmel, einwandfrei funktionierten, sah er Byron und seine Freunde, mit mehreren kleinen Paketen beladen, auf sich zukommen.

»Donnerwetter, Doktor!« rief Seine Lordschaft schon von fern. »Sie haben sich ja bewaffnet!«

»Da haben die Elemente keine Chance gegen ihn!« lachte Davies.

»Bestimmt nicht, Mr. Davies!« entgegnete Polidori und reckte sein Schirmdach noch einmal kühn dem Himmel entgegen.

Byron trieb zur Eile. Die bevorstehende Abreise hatte ihn aufgemuntert. Doch seine Miene verdunkelte sich, sobald der Hafen in Sicht kam. Groß und grün strahlte die auf dem Vorderdeck des Fährschiffes vertäute Karosse herüber. Aber an Land neben dem Schiff hatten sich zahlreiche Schaulustige eingefunden. Als Byron auftauchte, gerieten sie in Bewegung, und als er sich ihnen näherte, bildeten sie eine Gasse. Ohne nach rechts und links zu sehen, hastete Byron vorwärts. Die Freunde folgten ihm, und Polidori bildete die Nachhut. Einen Moment lang überlegte er, ob er zur Abwehr all der gaffenden Blicke seinen neuen Schirm aufspannen sollte.

Byrons Miene verfinsterte sich vollends, als ihm der Kapitän an Bord des Schiffes erklärte, die Abfahrt werde sich wegen einer Reparatur am Steuerruder, die keinen Aufschub dulde, bis zum Abend verzögern. Es klang wie nackter Hohn, als er den Herrschaften für ihren weiteren Aufenthalt an Land viel Vergnügen wünschte.

Den größten Teil des Tages verbrachte die kleine Reisegesellschaft damit, in fast menschenleeren Gefilden umherzuwandern und nach dem Grab eines gewissen Charles Churchill zu suchen, eines satirischen Dichters, der in Dover begraben liegen sollte. Polidori kannte ihn nicht, aber Byron schätzte ihn sehr.

Den Friedhof fanden sie bald und wenig später den Totengräber. Auch er mußte lange nach der Stelle suchen, und immer wieder murmelte er vor sich hin: »Der ist vor meiner Zeit gestorben.« Aber endlich entdeckte er das Grab. Es war unter altem Laub und struppigem Grün fast verschwunden. Byron kniete sich auf den Boden und begann, die kleine Tafel vom Moos zu befreien, auf der geschrieben stand: »Hier liegen die Überreste des berühmten Churchill.«

Zu viert standen sie lange da. Byron, der sich Ruhm schon im Übermaß erworben hatte, war tief bewegt. Hobhouse dagegen kicherte in einem fort, nachdem

Davies ihm zugeflüstert hatte, der Unterschied zwischen »mo*dern*« und »*mo*dern« bestehe in nichts anderem als einer winzigen Akzentverschiebung. Polidori fühlte sich durch solchen Unernst gestört. Er dachte an seine literarische Zukunft. Über Churchills Grab sah er seinen Stern rasch emporsteigen.

Deshalb nutzte er auf dem Weg zurück in die Stadt die Gelegenheit und fing an, von seinem »Cajetan« zu sprechen. Die anderen staunten nicht wenig. Ihre Neugier war nicht gekünstelt, und Polidori versprach gern, ihnen sein Manuskript zu zeigen. Ohnehin mußten sie noch einmal zurück in den Gasthof. Byron und Polidori hatten dort bis zur Abfahrt des Schiffes ihr Handgepäck deponiert.

Polidori hoffte, vor allem Seine Lordschaft werde einen Blick auf das Stück werfen. Aber als er mit dem Papierbündel in den großen Gewölbesaal trat, in dem es um diese Nachmittagsstunde sehr viel ruhiger als am Abend zuging, da streckte Scrope Davies als erster die Hand aus. Polidori wollte nicht unhöflich erscheinen und mußte sein Werk Byrons Freunden ausliefern.

Sofort steckten Hobhouse und Davies die Köpfe zusammen und begannen, in seinem Manuskript zu blättern, während Polidori zum zweiten Mal an einem Tisch Platz nahm, an dem auch Byron saß.

Seine Lordschaft ließ die Kuppe des rechten Ringfingers langsam und lautlos auf dem Rand eines mit klarem Wasser gefüllten Weinglases kreisen. Polidori folgte der Bewegung lange mit den Augen, bis die Fingerkuppe ihren Druck plötzlich verstärkte. Polidori fuhr unter dem Schrillen zusammen.

»Bitte, Georgy, schone mein Trommelfell«, sagte Hobhouse und senkte wieder den Kopf, um weiterzulesen. Polidori sah, mit welchem Eifer sich Byrons Freunde über sein Manuskript hermachten. Freundliche Aufnahmebereitschaft gebärdete sich so nicht. Aber Polidori wollte Unruhe nicht aufkommen lassen. Auch ging ihm die Frage durch den Kopf, ob Byron ihn absichtlich erschreckt hatte.

»Ein guter Stoff, dieser Friedhof mit diesem Grab«, sagte Byron. Er blickte zerstreut auf die geschäftigen Hände von Scrope Davies und Hobhouse, die mit spitzen Zeigefingern anscheinend aufs Geratewohl nach Sätzen oder Wörtern in Polidoris Manuskript stießen und einander dann mit hochgezogenen Brauen ansahen.

»Gedenken Sie, etwas darüber zu schreiben?« fragte Polidori.

»Vielleicht – wenn wir erst wirklich unterwegs sind«, antwortete Byron.

»Ja, das war nun einer jener ergreifenden Orte, wo die Poesie direkt an das Leben grenzt, nicht wahr, Sir?« sagte Polidori.

Byron blieb stumm.

»Der Gegensatz zur Geschäftigkeit von Hafen und Handel erschien mir frappierend. Ich glaube«, fuhr Polidori fort und sah zu Hobhouse und Davies hinüber, die jetzt gleichzeitig, aber in entgegengesetzter

37

Richtung in seinem Stück zu blättern versuchten, »die Kürze des Nachruhms taugt zu mehr als ein paar Witzeleien. Sie ist, wie mir scheint, ein Stoff von tief melancholischer Natur.«

»Das ist sie, Doktor. Und ich spreche – im Unterschied zu Ihnen – aus Erfahrung.«

Polidori stutzte nur kurz. Endlich hatte er Byron in ein wirkliches Gespräch gezogen. Dies und der Gedanke an sein Tagebuch, in dem er denkwürdige Aussagen Seiner Lordschaft so getreu wie möglich festhalten wollte, trieben ihn voran.

»Es war ja nicht zu übersehen«, begann er von neuem, »welch drückende Stimmung auch die Natur selbst unter den lastenden grauen Wolken erfaßt hatte. Und die Farbe der Jahreszeit fügte sich so prächtig in die Szenerie. Das aufkeimende Grün zwischen den winterlichen –«

»Sagen Sie, Doktor, gehört Ihre Sympathie wirklich diesem Cajetan?« unterbrach ihn Scrope Davies.

Polidori blickte zu ihm hinüber und überlegte.

»Eine frappierende Frage, Sir. Vielleicht tut sie es. Warum sollte sie nicht?«

»Ich habe ja nur ein paar Fetzen gelesen. Aber in dieser Szene mit den Stühlen im Parlament, verzeihen Sie, da scheint er mir die Anmaßung in Person zu sein. Ist denn das ein Held für eine Tragödie? Es ist doch eine Tragödie, die Sie da schreiben, oder? Habe ich das nicht vorne irgendwo gelesen?«

Er schichtete die Blätter wieder zu einem sauberen

Stoß und warf einen Blick auf die sorgfältig kalligraphierte Titelseite. Ein Lächeln ging über sein Gesicht.

»Da steht es: Tragödie. Von John William Polidori, M.D. Wo haben Sie Ihren Doktor eigentlich gemacht, Mr. Polidori?«

»In Edinburgh. Vor einem Jahr.«

»Und nun haben Sie sich auf die Literatur geworfen?«

»Ein Versuch, Sir.«

»Ja, danach sieht es aus«, meinte Davies.

Hobhouse legte die Hände auf den Tisch und sah zu Byron hinüber: »Weißt du, Georgy, es geht um folgendes. Dieser Cajetan kommt als Abgesandter des Papstes nach Paris und hält sich für den Größten. Mit viel Pomp zieht er in die Stadt, betritt das Parlament und glaubt selbstverständlich, nur der Stuhl des Königs sei seiner würdig. Das ist eine entscheidende Szene, stimmt's, Doktor? Im dritten Akt. Gerade will er sich setzen, da zerrt ihn ein Subalterner an der Hand weg und nötigt ihn auf einen geringeren Stuhl.«

»Ganz genau!« stieß Davies hervor. »Von Fallhöhe keine Spur. Aus einem aufgeblasenen Wichtigtuer entweicht die Luft, pfeifend.«

Polidori wollte etwas erwidern. Aber Hobhouse kam ihm zuvor: »Nicht so voreilig, Scrope. Wir kennen den Schluß doch gar nicht. Wie geht Ihr Stück denn aus, Mr. Polidori? Endet es tragisch?«

»Nun ja, jedenfalls ist es nicht komisch! Mein Problem besteht im Moment darin, daß der historische Cajetan eines natürlichen Todes gestorben ist.«

»Interessant!« sagte Davies und biß sich vor Vergnügen auf die Unterlippe.

»Wie er in meinem Stück endet, habe ich noch nicht entschieden. Vielleicht durch Selbstauslöschung. Ein Motiv ist da: Erfolglosigkeit. Brisson dagegen, der ihn vom Stuhl des Königs fernhält – übrigens kein Subalterner, Mr. Hobhouse, sondern der Präsident des Parlaments –, kam tragisch ums Leben. Man hängte ihn im Jahr darauf an ein Fensterkreuz des Pariser Rathauses. Allerdings hatte das mit Cajetan und der Aktion meines Stückes fast nichts zu tun.«

»Aber Doktor, das wird *Sie* doch nicht genieren! Wäre das kein passendes Ende für Ihr Stück? Hängen Sie Ihren Cajetan einfach ins Rathausfenster!«

»Sie werden lachen, Mr. Davies. Daran habe auch ich schon gedacht. Schließlich bin ich kein Historiker.«

»Gut pariert!« meinte Hobhouse und lehnte sich amüsiert zurück. »Ich sehe schon, Mr. Polidori, unter Erfolglosigkeit werden Sie jedenfalls nicht zu leiden haben. Das unterscheidet Sie von Ihrem Cajetan...«

Da ergriff endlich auch Seine Lordschaft das Wort.

»Laßt jetzt den Doktor in Frieden! Er ist doch noch lange nicht fertig. Und ob am Ende ›Tragödie‹ vorne daraufsteht oder ›Komödie‹, ist doch so welterschütternd nicht. Soweit ich sehe, gibt Ihre Geschichte etwas her. Machen Sie einfach weiter, Polidori. Und lassen Sie sich von der Historie nur ja keine Fesseln anlegen! Kommen Sie, wir wollen nach unserem Gepäck sehen. Die beiden Lästerzungen hier überlassen wir der Enge dieser Insel und fahren nach Europa.«

Der Doktor im Zwielicht

Abends gegen neun Uhr legte das Schiff ab, und es dauerte nicht sehr lange, bis Polidori an Deck fast allein war. Die anderen Passagiere hockten in ihren Kojen oder in der Kajüte und hatten den Kampf gegen die Seekrankheit aufgenommen. An Deck tauchten sie nur auf, wenn sie in diesem Kampf zu unterliegen drohten oder schon verloren hatten.

Polidori fühlte sich gegen die Seekrankheit gefeit. Er wußte nicht, woher diese spezielle Unverwundbarkeit rührte – aber allem Anschein nach täuschte er sich in seinen Empfindungen nicht. Er hatte einen halbwegs bequemen, windgeschützten Platz auf einer Taurolle unter der Laterne am Heck gefunden und nutzte die einsame Stunde. Wenig Licht fiel auf die Seiten seiner Kladde, und die Kälte der Nacht kroch langsam unter seinen Reisemantel. Trotzdem war Polidori voller Energie. Zum erstenmal schrieb er an seinem Tagebuch.

Schon hatte er die Fahrt von London nach Dover und den Aufenthalt dort geschildert und war in seiner Darstellung bis zu dem Punkt fortgeschritten, da er an Deck des Schiffes einen Platz unter der Hecklaterne gefunden und mit seinen Aufzeichnungen begonnen hatte. Er hatte die Schwelle zur Gegenwart erreicht, aber seine Kräfte waren nicht erschöpft. Nun blieb ihm noch der gegenwärtige Augenblick.

»Am späten Abend«, so schrieb er, »wurde ich Zeuge eines überaus schönen Schauspiels. Ich war allein an Deck geblieben. Die Sterne verbreiteten bloß ein Zwielicht, so daß ich das phosphoreszierende Leuchten des aufgewühlten Schaums in seiner ganzen Pracht sehen konnte. Aber der schönste Augenblick war der, als dieses Phosphoreszieren zum erstenmal erschien: um mich herum kein Laut außer dem dumpfen Brausen des vorwärtsstürmenden Schiffes und den heiseren Rufen der Seeleute an den Tauen; kein Licht außer diesem melancholischen Schein, der den Geist besänftigt und ihn für kurze Zeit seinen Kummer vergessen läßt – ein wunderschöner Schimmerstreif, der dem Senkblei durch die Wellen folgte...«

Plötzlich hörte Polidori hinter sich Schritte. Im nächsten Moment stand Byron neben ihm.

»Die See hätte meinen Magen eben fast zum Kentern gebracht, und Sie schreiben, Doktor? Das Drama?«

»Nein, Sir ... nicht das Drama.«

»Was dann? Liebesbriefe?«

Polidori lachte verlegen.

»Ich wüßte nicht, an wen. Nein, Sir, Naturschilderungen, Eindrücke.«

»Nachts?«

Polidori klappte sein Tagebuch zu und erhob sich.

»Warum nicht?« fragte er. »Die Ruhe, das Zwielicht, die dumpfen Rufe der Matrosen... Schritte auf den Planken des Decks und plötzlich Sie, Sir.«

»Ich? Schreiben Sie denn auch über mich?«

»Nun...«

Byron sah ihn mißtrauisch an.

»Doktor, was treiben Sie da? Sagen Sie es mir!«

»Darf ich Sie in meinen Aufzeichnungen denn mit keinem Wort erwähnen?«

»Aufzeichnungen, was für Aufzeichnungen? Eben war noch von Naturschilderungen die Rede. Zeigen Sie her!«

Byron nahm Polidori das Tagebuch aus der Hand und trat unter die Hecklaterne. Er schlug die erste Seite auf und las laut vor: »›Tagebuch einer Reise durch Flandern etc., vom 24. April 1816 bis –‹ Aha! Das letzte Datum tragen Sie dann später nach, nicht wahr? Sehr umsichtig!«

Polidori atmete auf, als Byron ihm das Buch zurückgab.

»Ich habe nur eine Bitte, Doktor. Sorgen Sie dafür, daß Ihr privates Tagebuch nie einem Verleger in die Hände fällt. Sogar mein eigener wäre imstande, es zu drucken.«

Polidori zuckte zusammen. Er begriff sofort, daß ihm jetzt nur die Flucht nach vorn, in die Aufrichtigkeit blieb. Er mußte ein Geständnis ablegen. Anderenfalls würde Byron sich später hintergangen und verraten fühlen und schon deshalb nicht in die Veröffentlichung des Tagebuchs einwilligen.

»Sir«, sagte Polidori leise, »um der Wahrheit die Ehre zu geben: der ehrenwerte Mr. Murray selbst machte mir den Vorschlag, dieses Tagebuch zu beginnen.«

Einen Moment lang war Byron sprachlos. Ungläubig starrte er Polidori an. Dann brach er in Gelächter aus.

»Habe ich mich also nicht getäuscht! Dieser Murray ist ein Spitzbube, ein Pirat, eine Geschäftemacher, wenn auch ein nobler.«

»Sir, er verfolgt in der Tat die besten Absichten.«

»Und Sie, Doktor? Was verfolgen Sie? Oder vielmehr: *Wen* verfolgen Sie? Aber ich sagen Ihnen: daraus wird nichts! Ich bin dem gaffenden England nicht entflohen, um mich von Ihnen ausspionieren zu lassen!«

»Ich versichere Ihnen, Sir, davon kann gar keine Rede sein.«

»Das hoffe ich! Hat er wenigstens einen Vorschuß gezahlt?«

»Einen Vorschuß? Nein, Sir.«

»Wie unfair! Müssen Sie aus reiner Begeisterung für ihn schreiben? Treibt Sie ein Drang?«

»Gewiß, ja — das vor allem! Selbstverständlich! Allerdings hat mir Ihr Herr Verleger eine stattliche Summe in Aussicht gestellt — nicht allein für das Tagebuch, auch für meine Dramen.«

»Darf ich fragen: wie stattlich?«

»Nun, wenn Sie darauf bestehen, Sir«, antwortete Polidori zögernd. »Fünfhundert Pfund für meine Reise — pardon, für *unsere* Reise — und außerdem hundertfünfzig für meine Stücke.«

»Sie haben also schon einen Abnehmer für Ihren ›Cajetan‹? Und hundertfünfzig gibt er Ihnen dafür. Nicht übel!«

Daß Byron sich den Titel der Tragödie gemerkt hatte, ermutigte Polidori und bestärkte ihn in seiner Aufrichtigkeit.

»Nein, Sir. Hundertfünfzig für ›Cajetan‹ und ›Ximines‹ — zusammen.«

»Aha! Ich hatte schon befürchtet, bei seinen Erfolgen mit gewissen anderen Autoren hätte den alten Geizkragen der Übermut gepackt. Aber was sagen Sie da? Sie haben noch ein zweites Stück in der Tasche?«

»Im Kopf, Sir. Den ›Ximines‹ habe ich vor allem im Kopf.«

»Und trotzdem schon einen Verleger! Das nenne ich geschickt, Doktor. Außerordentlich geschickt. Auch auf andere müssen Sie sehr überzeugend und glaubwürdig wirken.«

»Sehr freundlich«, stammelte Polidori.

»Aber nehmen Sie sich in acht, Doktor! Spione werden nicht geduldet!«

Kopfschüttelnd ging Byron davon und verschwand in der Kajüte. Polidori blickte noch eine Weile in die windige Dunkelheit. Er überlegte, ob er in dieser Nacht sein Tagebuch noch fortsetzen sollte, gelangte aber zu dem Schluß, daß es aus jedem erdenklichen Blickwinkel ratsam sei, dieses letzte Zwiegespräch überhaupt nicht aufzuzeichnen, weder jetzt noch in der Zukunft. Wenig später begab sich auch Polidori in seine Koje unter Deck. Von der Seekrankheit blieb er wirklich verschont.

Spitze Schreie

Trotz eines kräftigen Gegenwindes dauerte die Überfahrt nicht länger als sechzehn Stunden, und am nächsten Tag um die Mittagszeit gingen Byron und Polidori in Ostende an Land. Berger und Rushton sollten sich nach Pferden umsehen und dafür sorgen, daß der Wagen vom Schiff zum Hotel gebracht wurde. Der »Cour Impériale« lag nahe am Hafen, und selbst wenn die Karosse sogleich verfügbar gewesen wäre, hätte es sich nicht gelohnt, anzuspannen. Außerdem machte es Byron anscheinend Vergnügen, die ersten Schritte auf dem europäischen Kontinent selbst zu gehen. Es war, als versuchte er sich durch besonders überlegtes Auftreten mit jedem Schritt aufs neue davon zu überzeugen, daß er tatsächlich festes Land unter den ungleichen Füßen hatte. Fletcher und Polidori gingen hinter ihm. Der Kammerdiener trug das Gepäck Seiner Lordschaft, Polidori sein eigenes. Im Hotel angekommen, stellte Fletcher Byrons Taschen neben den Treppenaufgang in der Eingangshalle und kehrte noch einmal zum Hafen zurück, um Berger und Rushton, wenn nötig, bei der Überführung der Karosse behilflich zu sein.

Der Hotelier ließ es sich nicht nehmen, dem englischen Mylord das Meldebuch persönlich vorzulegen. Byron brachte die lästige Prozedur seufzend hinter sich. Dabei verschwand Polidoris Name samt den Namen der Dienstboten in einer unleserlichen »4«, die Byron in die Rubrik »Personal« kritzelte. Aber während die drei wirklichen Dienstboten sich mit schlichten Unterkünften in der Nähe der Ställe zu begnügen hatten, erhielt der Doktor ein angemessenes Zimmer in der Nähe Seiner Lordschaft.

Das Zimmermädchen nahm Byrons Gepäck und ging voran. Byron folgte ihr, an der Wand zuweilen Halt suchend. Als letzter erklomm Polidori die dunkle Holztreppe. Den Reisemantel hatte er über den Arm gelegt. Seine Taschen hielt er in beiden Händen.

Im ersten Stock öffnete das Mädchen eine Tür und ließ Seine Lordschaft eintreten. Byron machte drei kurze, stürmische Schritte vorwärts, als sei an der Schwelle ein Hindernis zu überwinden, und stand dann still. Es dauerte einen Augenblick, bis er sich besann und den Salon hastig in Augenschein nahm. Bald wanderte sein Blick zu dem Mädchen hinüber. Sie hatte Byrons Gepäck neben der Tür abgestellt und war stehengeblieben. Hinter ihr spähte Polidori unter dem niedrigen Türsturz ins Zimmer.

»Also gut«, sagte Byron. Er trat an eines der Fenster und sah hinaus. »Ich nehme es.«

Byrons Salon lag an der rückwärtigen Seite des

Gasthofes. Die Masten einiger Schiffe im Hafen ragten hoch über die Dächer der nächsten Häuserzeile. Möwengekreisch drang von fern herein.

Das Mädchen stand untätig da. Ihren zweiten Gast schien sie vergessen zu haben. Polidori mußte sie am Ärmel zupfen, ehe sie ihm folgte.

Das für Polidori bestimmte Zimmer lag auf der anderen Seite des breiten Gangs, dem Salon Byrons genau gegenüber. Sie öffnete die Tür und ließ ihm den Vortritt. Aber ernstgemeinte Ehrerbietung bekundete sich so nicht. Polidori fühlte sich vorgeschickt. Ihm schlug ein stechender Geruch entgegen.

»Was ist das?« fragte er.

Sie zog die Tür hinter sich zu und machte ein Gesicht, als sei ihr irgend etwas lästig – aber nicht der Gestank im Zimmer. Sie trat an den Tisch zwischen den beiden hohen, schmalen Fenstern und schob die Tischdecke zurecht, rückte die leere Glasvase, die darauf stand, wieder in die Mitte, öffnete eines der Fenster und gab flämische Erklärungen. Polidori legte seinen Mantel über einen Stuhl. So viel verstand er immerhin: das Zimmer sei kürzlich gestrichen worden, frische Luft von draußen werde den Farbgeruch bald vertreiben.

»Ich hoffe es!« sagte er.

Polidori konnte nicht ermessen, wie verständlich sein Deutsch war. Unklar war ihm auch, warum das Mädchen ihn so spöttisch ansah. Hätte denn jeder andere Gast diesen Gestank klaglos hingenommen?

Waren die übrigen Zimmer allesamt belegt? Der zweite Salon gewiß nicht. Vor ein paar Minuten hatte der Hotelier Seiner Lordschaft noch die Wahl zwischen zwei Salons gelassen, im ersten und im zweiten Stock, und Byron hatte sich für den ersten entschieden.

Polidori beugte sich aus dem geöffneten Fenster und atmete tief ein. Der kleine Platz vor dem »Cour Impériale« und die ganze Stadt waren von einer seltsam unwirklichen Reinlichkeit. Es war, als hätte ein kräftiger Wind allen Unrat, alles Bewegliche, Bröckelnde, Herumliegende hinweggefegt und die Straßen mit Treibsand noch einmal nachgeschliffen.

Polidori hörte die Zimmertür knarren und wandte sich um. Byron hatte den Kopf hereingesteckt – angeklopft hatte er nicht. Auch er mußte den üblen Geruch sofort bemerkt haben, aber er rümpfte die Nase nicht. Mit drei Worten hätte Seine Lordschaft das Zimmer für unbewohnbar erklären und ein angemessenes Quartier für seinen Reisearzt fordern können. Statt dessen glitten seine Augen über Polidori hinweg suchend durch den Raum. Von der Zimmertür halb verdeckt, drapierte das Mädchen gerade ein Handtuch über die Kante von Polidoris Waschtisch. Byron nickte ihr zu.

Sofort und ohne ein Wort zu sagen schob sie sich hinter Byron aus der Tür.

Früher Nachmittag – das Haus war still. Polidori stand regungslos mitten in seinem Zimmer. Dieses

51

Mädchen wußte, wem von ihren beiden Gästen der Vorrang gebührte und wer über die Trinkgelder zu bestimmen hatte.

Der Farbgeruch begann sich tatsächlich zu verflüchtigen. Vom Fenster drang ein Summen herein, unauffällig, solange man nicht darauf achtete, aber mehrstimmig, schrill und dumpf zugleich. Der Seewind fing sich unter den vorspringenden Dächern, pfiff zwischen Gauben und Kaminen und brachte die dünnen Eisenstäbe zum Klingen, von denen die Fahnenstange gestützt wurde, die über dem Eingang des Gasthofes schräg aufragte. Nicht daß dieses Zimmer kleiner und weniger luxuriös ausgestattet war als der Salon Seiner Lordschaft, empfand Polidori jetzt als eine Demütigung. Aber der Waschtisch war noch in Unordnung.

Nach einer Weile öffnete er die Tür, um nachzusehen, wo das Mädchen blieb. Der kurze Gang mit den speckigen Dielen lag leer vor ihm. Hinter der Tür gegenüber drang Rascheln hervor, Gemurmel. Kein Wort war zu verstehen. Auch die Vase mit den Tulpen auf dem kleinen Tisch neben der Treppe hätte längst fortgeräumt werden müssen. Die wulstigen Blütenblätter bildeten schon lange keine Kelche mehr. Sie hatten sich weit nach außen gestülpt, lauter rote, ordinär ausladende, höhnische Zungen.

Polidori trat zurück in sein Zimmer und drückte die Tür ins Schloß. Das laute metallische Einschnappen des Riegels sollte dort draußen hörbar machen, mit welcher Ungeduld er inzwischen die Rückkehr des Mädchens erwartete.

Obwohl der Wind nicht direkt hereinwehte, spürte Polidori am Nacken und an den Waden, wie durch das geöffnete Fenster die Kälte eindrang. Er schloß das Fenster. Neben dem Gepäck, das er am Fuß seines Bettes abgestellt hatte, ging er in die Hocke und suchte in der großen Reisetasche nach einem frischen Hemd, für den Fall, daß er sich noch zu einem Gang in die Stadt entschließen würde. Er versuchte, den knittrigen Stoff glattzustreichen und legte das Hemd aufs Bett, dorthin, wo sich die geschwungenen Vorhänge in der Mitte teilten.

Seit er das Fenster geschlossen hatte, begann ihn der Farbgeruch wieder zu peinigen. In seinen Schläfen pochte es. Polidori trat an den Waschtisch, goß etwas Wasser in die Schüssel, tupfte sich mit den Fingerspitzen Nässe an Augen und Stirn und kam zu dem Schluß, daß ein Gang in die Stadt der Langeweile eines mephitischen Hotelzimmers auch dann vorzuziehen sei, wenn es regnete.

Byron hatte sich inzwischen gewiß ebenfalls eingerichtet und von der Überfahrt erholt. Polidori wollte hinübergehen und ihn nach seinen weiteren Plänen für den Tag fragen.

Er trat auf den Gang hinaus und hatte den Zeigefinger zum Klopfen schon angewinkelt, als von drinnen ein Schnaufen an sein Ohr drang. Der schwere Atem eines Schlafenden war das nicht. Und ganz deutlich hörte er eine Frau, die mit scherzhafter Empörung in der Stimme ein einziges Wort sagte: »Du!«

Polidori zog sich hastig zurück. Als er vorhin seine Tür ins Schloß fallen ließ, hatte er nur eine Vermutung gehabt, jetzt hingegen war wenig Raum für begründeten Zweifel, und diesmal wollte er die Tür vollkommen lautlos schließen. Behutsam drückte er die Klinke – und löste ein Quietschen aus, das sehr viel lauter war als das Einschnappen des Türriegels vorhin. Aber drüben im Salon horchte niemand auf, ließ niemand sich stören, hielt niemand inne. Das Schnaufen ging weiter, mit unverändertem Rhythmus, rücksichtslos.

Durch zwei geschlossene Türen drang allerdings kein Laut mehr herüber. Polidori setzte einen Fuß vor den anderen. Manchmal gelang es ihm, sich auf diese Weise zu beruhigen. Vier Schritte hin, vier zurück, an den Fenstern vorbei, und zwar ohne ein Bein nachzuziehen.

Der Wind hantierte zwischen den Tonziegeln auf dem Dach und in den Fensternischen. Behauener Stein behält seine scharfen Kanten hier nicht länger als hundert Jahre, und Bäume haben einen schweren Stand. Draußen würde er sich wieder fassen. Was bedeuteten ein paar Augenblicke der Erbitterung gegenüber den Aussichten, die sich ihm in der Nähe Seiner Lordschaft boten?

Polidori fiel ein, daß sein Vater in den wenigen Tagen zwischen der Berufung und der Abreise seines

Sohnes immer wieder versucht hatte, ihm die Reise auszureden. »Du hast doch gar keine Praxis«, hatte er schon gesagt, als Polidori ihm zum erstenmal von seinem unverhofften Glück erzählte. Dabei war der Vater in jungen Jahren, lange vor seiner Auswanderung nach England, selbst Sekretär eines Dichters gewesen, und er war auf diese Weise zur Literatur gekommen.

Gehoben und beflügelt hatte sich Polidori gefühlt, als er vor kaum einer Woche die Karte empfing, die ihn in die Nähe Byrons rief. Und nun logierte er im Zimmer gegenüber. Nichts anderes hatte er gewollt. Ein Korridor und zwei Türen waren Abstand genug.

Polidori blieb an einem Fenster stehen. Ihn fröstelte. Der Wind trieb nur wenige Regenspritzer vor sich her und löschte ihre dunklen Flecken auf dem Straßenpflaster gleich wieder aus. Ohne Regenschirm auszugehen war dennoch nicht ratsam.

Selbstverständlich wurde hier am Nachmittag nicht geheizt. Heizpfannen wurden allenfalls vor dem Zubettgehen gereicht. Gasthofzimmer sind zum Schlafen da, und was ihre Temperatur angeht, so kalkuliert der Gastwirt die Bettdecke immer mit ein – oder das Zimmermädchen. Polidori stampfte mit dem Fuß auf. Vor allem über sich selbst war er wütend. Darüber, daß es ihm nicht gelang, seinen Neid zu bändigen.

Aber gestern in Dover hatte Byron schon bewiesen, daß er seinem Reisearzt wohlgesonnen war, daß er ihm Beistand und Förderung nicht versagen würde.

Er hatte ihn gegen die Spötteleien seiner übermütigen Freunde in Schutz genommen: Laßt jetzt den Doktor in Frieden. Der Stoff gibt etwas her. Machen Sie weiter...

Die Erinnerung daran beschwingte Polidori noch immer. Es war Ermutigung genug gewesen, und noch in diesem Augenblick vermochte sie jeglichen Ärger zu zerstreuen. Drüben am Fuß des Bettes standen die Taschen. In der kleineren steckten das Tagebuch und das Manuskript. Statt auszugehen, um auf andere Gedanken zu kommen, konnte er sich ebensogut an den kleinen Tisch zwischen den Fenstern setzen und arbeiten.

Da zerrissen sechs oder sieben kurze, spitze Schreie die Stille, jeder ein wenig länger als der vorangegangene. Der letzte verebbte in einem jubilierenden Gurgeln.

Das frische Hemd lag auf dem Bett bereit. Polidori griff nur nach dem Mantel und stürzte hinaus.

Der Regenschirm

Nach seinem Regenschirm brauchte Polidori nicht lange zu suchen. Die Karosse war inzwischen in den Hof des »Cour Impériale« gebracht worden, und in ihr, in einem Spalt zwischen Polidoris Sitzbank und der bespannten Innenwand unter dem Fenster, steckte der Schirm. Polidori hatte die Wagentür geöffnet. Er hatte seinen Mantel über den rechten Arm gelegt und mit der Linken den Knauf sogleich ertastet. Doch der Schirm saß fest. Mit *einer* Hand war da nichts auszurichten. Um beide Hände frei zu haben, hängte sich Polidori den Mantel über die Schultern. Doch jetzt konnte der Mantel leicht abrutschen und in eine der Pfützen auf dem Hof fallen. Deshalb zwängte sich Polidori zunächst in das schwere Reisegewand, ehe er weitere Anstrengungen unternahm, seinen Schirm zu erlangen. Der Regen fiel jetzt stetig.

Solange Polidori vor dem offenen Wagenschlag auf dem Erdboden stand, konnte er den Schirm nicht pakken und aus dem Spalt befreien. Also schwang sich Polidori auf die eiserne Trittstufe und steckte den Kopf ins Innere des Wagens. Er wollte mit beiden Händen nach dem Schirmknauf greifen, verlor aber das

Gleichgewicht und konnte sich nur mit einem Satz nach hinten vor einem Sturz retten.

Nun galt es, die Orientierung zu bewahren und Umsicht walten zu lassen. Polidori verließ zunächst die Pfütze, in die er getreten war. Sodann nahm er die Spritzer auf seinen Schuhen und Beinkleidern in Augenschein. Und schließlich sah er sich um.

Hinter einem der Fenster im Parterre erkannte er den alten Fletcher und den jungen Rushton, die sich in die Kutscherstube gesetzt hatten. Durch die kleinen Glasrechtecke, aus denen die Scheibe zusammengesetzt war, sahen die beiden zu Polidori hinaus. Wahrscheinlich saß auch Berger bei ihnen. Aus einem Fenster unter dem Dach blickte eine junge Frau herunter, nicht das Zimmermädchen von vorhin, aber auch sie gehörte anscheinend zum Personal. Als Polidori den Kopf hob, sah sie in den Himmel, aus dem schräg der Regen fiel, und trat bald ins Zimmer zurück. Das Fenster ließ sie offen.

Polidori überlegte, wie wohl der Weg hinauf in ihre Dachkammer zu finden wäre. Doch dann wandte er sich wieder seinem eigentlichen Vorhaben zu, stieg mit eingezogenem Kopf in den großen grünen Wagen, setzte sich auf die Bank neben den Schirm und begann von neuem zu zerren. Ohne Erfolg. Der Regen prasselte auf das Wagendach. Polidori versuchte es noch einmal – im Stehen. Er packte den Knauf mit beiden Händen und setzte einen Schuh auf die Bank, um alle Kraft in einem einzigen Ruck zu bündeln. Da löste sich der Schirm mit einem trockenen Ächzen. Der Wagenkasten geriet ins Schwanken, und Polidori taumelte nach hinten auf die andere Bank, in deren Polster das Wappen Byrons und der Wahlspruch seiner Familie eingewebt waren: »Crede Byron«. Polidori verwischte, so gut es ging, die Schmutzspur, die sein Fuß hinterlassen hatte, und entstieg dem Reisewagen, indem er den Regenschirm so würdevoll wie möglich vor sich aufspannte.

Unter dem Torbogen der Hofeinfahrt blieb Polidori einen Augenblick stehen, knöpfte sich, mit dem geöffneten Schirm in der Hand, den Mantel und begann die Straße hinunterzuwandern, die am Hotel vorbeiführte.

In vielen Hauseingängen und unter den Markisen einiger Geschäfte und Lokale drängten sich Leute und warteten auf das Ende des Schauers. Stämmige Frauen mit entschlossenen Gesichtern hatten die Hände in die Taschen ihrer groben Röcke geschoben. Manche trugen Holzschuhe an den Füßen, und fast alle hatten schwarze Wolltücher um die Schultern gelegt. Männer mit Schirmmützen saßen nebeneinander auf einem schmalen Mauervorsprung unter dem Vordach eines Hauses. Holzschuhe trugen auch sie. Die Kinder hielt es nicht im Trockenen bei den Dienstmädchen. Sie tanzten mit ausgebreiteten Armen in den Regen hinaus und platschten durch die Pfützen. Hier und da ragten vornehmer gekleidete Herren mit Zylinderhüten aus den Menschenansammlungen hervor, Geschäftsleute oder Fremde, in hellen Hosen, mit Weste und Rock, auf den Fußspitzen wippend, die Taschenuhr in der Hand. Unter den flachgeschwungenen Arkaden seines rosabraun bespannten Schirms sah Polidori, wie fast alle diese Leute ihm entgegenblickten.

Einen Schirm schien hier niemand zu besitzen, und bisweilen flogen Polidori spöttische Bemerkungen nach, wenn er an einer Gruppe von Einheimischen vorüberging. Aber sie trafen ihn nicht. Er verstand ja kaum ein Wort von dem, was da geredet und gerufen wurde. Seine bruchstückhaften Kenntnisse des Deutschen halfen ihm hierzulande viel weniger, als er erwartet hatte. Auch starrten ihn die meisten Leute nicht höhnisch, sondern belustigt, manche sogar aufmunternd an, und dagegen hatte Polidori nichts einzuwenden. Es war ihm angenehm. Unauffälligkeit war etwas, das der englische Reisende auf dem Kontinent ohnehin nicht zu erreichen vermochte. Vielleicht war sie auch gar nicht erstrebenswert. In London – und die englische Hauptstadt war in dieser Beziehung tonangebend – hatte man längst aufgehört, über Männer mit Regenschirmen zu lachen. Die Belgier würden auch bald damit aufhören.

Vom Gewicht des Lasters

Als Polidori aus der Entfernung auf einer blauen Markise die Aufschrift »Librairie« entzifferte, fiel ihm ein Vorsatz ein, den er noch in England gefaßt hatte: auf dieser Reise seine Bibliothek durch das eine oder andere Stück zu ergänzen. Allerdings nur in bescheidenem Umfang und nach sorgfältiger Auswahl, denn allzu leicht wurden Bücher zur Beschwernis und einer empfindlichen Belastung für das Gepäck. Aber Bücher von der Art, wie Polidori sie sammelte, waren auf dem Festland nun einmal viel leichter erhältlich und in größerer Zahl vorrätig als auf den Britischen Inseln. Das wußte in England jeder. Und während er die Auslagen im Kasten vor der Ladentür und in dem kleinen Schaufenster in Augenschein nahm, kam es Polidori so vor, als habe er, seit er seinem Zimmer im Gasthof entflohen war, kein anderes Ziel gehabt als diese Buchhandlung. Er schüttelte die Nässe so gut es ging von seinem Regenschirm ab, legte ihn zusammen und trat ein.

Dunkle Buchrücken bis unter die hohe Decke. Ein rechteckiger Büchertisch gegenüber dem Eingang. Rechts drei Stühle im Halbkreis um einen runden Tisch. Darauf, aus einer Schicht Zeitungen sich erhebend, ein Kerzenhalter aus Messing. Auf der anderen Seite des Tisches eine mit Leder bezogene Bank, deren Rückenlehne an die hölzerne Verblendung des kleinen Schaufensters stieß. Die hintere Wand des Ladens wurde von zwei wuchtigen Regalen gebildet, die, versetzt gegeneinander, von beiden Seiten in den Raum vorstießen, das linke etwas weiter als das rechte. Sie waren zugleich Vorhang und Kulisse für den Auftritt des Buchhändlers, der nun in der Öffnung zwischen ihnen erschien. Er musterte Polidori, als sei noch zu entscheiden, ob dem Kunden der fernere Zutritt zum Sortiment überhaupt gestattet werden solle.

»Monsieur, was kann ich für Sie tun?«

Polidori war erleichtert, daß der Buchhändler Französisch sprach.

»Ich suche Bücher«, begann er.

Der Buchhändler schob die gestreckten Finger beider Hände zusammen.

»Was für Bücher, wenn ich fragen darf?«

Polidori kümmerte sich nicht um das Fingerscharnier, das der Buchhändler mit gezwungenem Lächeln vor seiner Weste auf- und zuschnappen ließ. Polidori konzentrierte sich darauf, von seiner Stimme jegliche Verlegenheit fernzuhalten.

»Ich sammle lizenziöse Schriften.«

»Aha. Und in welcher Sprache?«

»Lizenziöse Schriften in allen Sprachen. In bekannten und entlegenen Zungen.«

»Verstehe ich recht? Auch in solchen Sprachen, die Sie selbst gar nicht sprechen?«

»Ja, gern, ich meine: durchaus.«

Endlich sah ihn der Buchhändler aufmerksam an. Er überlegte einen Augenblick.

»Etwas Russisches habe ich da, sogar in kyrillischer Schrift. Sehr umfangreich, allerdings nicht ganz billig. Wäre das etwas für Sie, oder sprechen Sie Russisch?«

»Nein, das nicht. Aber im Augenblick bin ich auf der Suche nach einem bestimmten französischen Buch: ›Die Wundernacht oder das Nec plus ultra der Lust‹. Es soll von Denon sein. Die Fortsetzung von ›Eine einzige Nacht‹.«

Im Hintergrund ertönte ein »Oh!«, gefolgt von einem Stuhlrücken.

Der Buchhändler sagte: »Ich glaube, ich weiß, wo — einen Moment bitte«, und wandte sich einem der Regale zu.

Polidori tat zwei Schritte vorwärts und spähte durch die Öffnung zwischen den Regalwänden, aus der der Buchhändler eben getreten war, in den hinteren Raum. Ein junges Mädchen hatte sich unter ein Schreibpult gebückt. Sie schien Polidori schon zu bemerken, während sie noch am Boden herumtastete. Doch erst nachdem sie sich wieder auf ihren hohen Hocker hinter dem Pult geschoben hatte, drehte sie den Kopf nach ihm.

Jetzt warf sie ihm ihren Blick zu.

Polidori wußte nicht, warum – aber sofort spürte er ein Bedauern, ein brennendes Gefühl der Reue darüber, daß er nach jenem Buch verlangt hatte. Er versuchte den Blick des Mädchens zu erwidern, ohne rechte Hoffnung, ihn ergründen zu können. Da wurden ihre ernsten, aufmerksamen Augen ein wenig glasig.

»Monsieur, ich glaube, ich habe hier, was Sie suchen«, ertönte die Stimme des Buchhändlers neben ihm.

Polidori war sich nicht mehr ganz sicher, was er eigentlich suchte. Der Buchhändler hielt ihm einen schmalen, wäßrigblauen Band entgegen. Weniger begierig, als er noch vor einem Augenblick gewesen wäre, nahm Polidori ihn in die Hand und schlug die Titelseite auf. Kein Verfassername und das wahrscheinlich fiktive Datum »Paris 1777«. Es war offenbar das Buch, das er suchte. Eine fremde Hand hatte die Zahl »1801« und ein Fragezeichen hinzugesetzt.

Polidori blickte wieder auf und sah nach der Öffnung zwischen den Regalwänden. Aber da er mit dem Buch ein paar Schritte näher an das Schaufenster getreten war, durch das graues Licht in den Laden fiel, konnte er das Pult nicht mehr sehen, sondern nur einen halbhohen schwarzen Schrank voller Bücher und Papiere. Auf dem Schrank stand ein leeres Glas, darin ein silberner Löffel. Die drei Schritte, die notwendig gewesen wären, um das Pult und das Mädchen auf dem Hocker noch einmal ins Blickfeld zu bekommen, konnte Polidori nicht tun. Der Buchhändler stand ihm im Weg. Polidori klappte das Buch zu, knöpfte seinen Mantel auf und schob es in eine Außentasche seines Jacketts.

»Was bin ich Ihnen schuldig, Monsieur?«

Der Buchhändler schien von Polidoris schnellem Entschluß überrascht. Er suchte noch nach dem Preis, den sein Kunde ohne Murren akzeptieren würde.

»Fünfundvierzig Francs, Monsieur. In Anbetracht der Seltenheit dieses Werkes muß ich das verlangen.«

Für fünfundvierzig Francs bekam man hierzulande auch sechs Flaschen guten Rheinwein. Polidori bezahlte und ging rasch hinaus.

Einen Fuß vor den anderen setzen, manchmal half das. Es gab Blicke, die die fernste Ferne zwischen Menschen einfach übersprangen. Im Gehen tastete Polidori durch das Tuch seines Mantels nach dem Buch. Steif schob es sich in der Tasche hin und her, ein totes Andenken an etwas, das aufgeblitzt, aber nicht Möglichkeit geworden war und erst recht nicht Gelegenheit. Schon der zweite Blick in den hinteren Raum des Ladens hatte sich nicht ergeben wollen.

Polidori sah jetzt häufiger zurück in die Richtung, aus der er gekommen war. Vergebens. Sogar den wenigen in faltenreiche Tücher gehüllten Frauengestalten, die ihm entgegenkamen, sah er aufmerksam ins

Gesicht. Polidori verlangsamte seine Schritte. Er wollte seinen Vorsprung nicht uneinholbar groß werden lassen. Wem ein solcher Blick zuteil geworden ist, der rechnet auch mit anderen unwahrscheinlichen Zufällen. Aber als Polidori dann stehenblieb, um noch einmal zurückzublicken, da war es der Buchhändler selbst, den er auf sich zuhasten sah – im Regenmantel und mit Zylinder, jedoch ohne Schirm. Polidori sah ihm erwartungsvoll entgegen. Doch der Buchhändler erkannte ihn erst, als er schon fast vorüber war.

»Ah, Monsieur, einen schönen Tag wünsche ich noch.«

Er tippte an den Rand seines Zylinders und stürmte weiter durch den Regen. Polidori sah ihm einen Moment lang nach. Dann kehrte er um.

Der Rückweg war kurz, und die Ladentür wirkte jetzt vertraut. Das Mädchen stand über den Büchertisch gebeugt und rückte die ausgelegten Bände zurecht. Als sie Polidori aus den Augenwinkeln erkannte, hob sie den Kopf wiederum nicht gleich, sondern legte das Buch, das sie gerade in der Hand hielt, bedächtig an seinen Platz zurück. Dann richtete sie sich auf. Um Schultern und Hals hatte sie ein schwarzes Wolltuch geschlungen, aber die Ärmel ihrer Bluse waren hochgeschoben. Sie sah Polidori an, ernst und unerschrocken. Polidori fielen alle Bewegungen plötzlich ganz leicht, so als würde er dieses Mädchen schon seit einer Ewigkeit kennen. Er trat auf die andere Seite des Büchertischs und blieb ihr gegenüber stehen.

»Dieser Regen hört nicht auf«, begann er.

»Wirklich zu dumm. Aber für das Geschäft ist er gar nicht schlecht. Nässe bringt Kunden, sagt mein Vater immer. Jedenfalls bleiben sie länger.«

»Oder sie kommen zweimal am Tag.«

»Ganz recht, Monsieur. Und was kann *ich* diesmal für Sie tun?«

»Hm, also ich weiß nicht. Ich suche nach gewissen Büchern... Aber vielleicht sollte ich lieber mit dem Herrn, der mir eben ... Ihr Vater, nicht wahr?«

Sie nickte.

»Vielleicht sollte ich lieber mit Ihrem Herrn Vater sprechen. Mir scheint ... Ist er denn nicht da?«

Polidori sah hinüber zu der Öffnung zwischen den hinteren Regalwänden.

»Er ist ausgegangen. Aber ich kenne mich hier fast genauso gut aus wie er.«

»Vielleicht sollte ich trotzdem auf ihn warten. Mein Anliegen ist ... etwas delikat.«

»Wie bitte?« Sie machte eine kleine Pause und sagte dann: »Ach so. Aber mein Vater wird nicht so bald zurückkommen. Sagen Sie mir ruhig, was Sie suchen.«

»Gut denn ... ich bin also auf der Suche nach lizenziösen Büchern, wenn Sie wissen, was ich damit meine.«

»Ich ahne es«, sagte sie.

»Kennen Sie sich denn in diesem Genre aus?«

»Ein wenig.«

»Ach wirklich? Und, verzeihen Sie, lesen Sie dergleichen auch? Läßt Ihr Herr Vater das zu?«

»Warum fragen Sie, Monsieur?«

»Nun, ich hatte, wenn Sie mir diese Bemerkung gestatten, vorhin tatsächlich den Eindruck, daß Sie in diesen Dingen … ich meine, in dieser Literatur nicht unbewandert sind. Sie warfen mir einen … wie soll ich sagen? … einen so klugen, wissenden Blick zu, oder sollte ich mich getäuscht haben?«

»Ich weiß nicht… Was denn für einen Blick?«

»Gleich anfangs, als ich eingetreten war und Ihren Vater nach dem Buch fragte. Sie saßen dort hinten an dem Pult, und als ich den Titel nannte, fiel Ihnen etwas auf den Boden.«

»Ja, der Federhalter.«

»Sie suchten nach ihm, und als Sie auf Ihrem hohen Schemel wieder Platz genommen hatten, sahen Sie mich an. Ein kurzer Blick, aber kundig und sehr ernst … nun, wie soll ich mich ausdrücken … ich meine, so ernst, wie Sie mich jetzt ansehen.«

Sie drehte den Kopf zur Seite und fuhr sich mit der Hand über das Haar bis in den Nacken hinter das schwarze Wolltuch. In ihren Mundwinkeln regte sich etwas, aber es wurde kein Lächeln.

»Ich glaubte«, fuhr Polidori fort, »oder sagen wir, mir kam der Gedanke … nein, verzeihen Sie, es war noch anders, ich *wußte* in diesem Augenblick, daß Sie erst kürzlich in eben diesem Buch, nach dem ich mich erkundigte, gelesen hatten. Vielleicht am Vormittag oder gestern abend, nicht wahr? Sie können doch gewiß hin und wieder Bücher aus dem Geschäft mit auf Ihr Zimmer nehmen?«

»Ja, natürlich. Warum denn nicht?«

Sie zögerte, versuchte zu lächeln, gab den Versuch wieder auf, schluckte, sah ihm ins Gesicht, dann wieder an ihm vorbei und ließ die Augen schweifen, bis sie an einer bestimmten Stelle in dem Regal über ihm zur Ruhe kamen.

In diesem Augenblick öffnete sich die Ladentür, und ein alter Herr trat ein. In seinem triefenden Gewand blieb er am Eingang stehen und wartete. Die Tochter des Buchhändlers ging zu ihm hinüber, lauschte einer Frage, wiegte den Kopf hin und her, verschwand in der Öffnung der hinteren Wand und kam nach wenigen Augenblicken mit ausgebreiteten Armen und kopfschüttelnd zurück, lauschte einer zweiten Frage des enttäuscht dreinblickenden alten Mannes, nickte zur Antwort sehr heftig mit dem Kopf und nickte auch noch, wenngleich weniger heftig, als er sich mit einem nicht enden wollenden Händeschütteln von ihr verabschiedete. Polidori, der sich von seinem eiligen Rückweg auf einmal unangenehm erhitzt fühlte, hatte unterdessen seinen Mantel ausgezogen und auf den Büchertisch gelegt. Er hatte das wäßrig-blaue Pappbändchen aus seiner Rocktasche gezogen. Es war wieder sehr lebendig geworden. Polidori lehnte an der hinteren Bücherwand und blätterte darin. Von der Ladentür kam sie auf ihn zu. Sie sah das geöffnete

Buch in seiner Hand und blieb zwei Schritte vor ihm stehen.

»Soll ich Ihnen etwas sagen, Monsieur? Es stimmt, ich hatte tatsächlich in diesem Buch gelesen, vormittags. Ich habe immer vormittags darin gelesen, schon seit ein paar Tagen. Ich war fast fertig. Jetzt haben Sie es mir entführt.«

»Wollen Sie es zurückhaben? Soll ich es Ihnen schenken?«

Er streckte ihr das Buch entgegen.

»So meinte ich das nicht. Es gibt schließlich auch andere Bücher. Nein, an Lektüre fehlt es mir hier nicht.«

»Was wollen Sie damit sagen?« fragte Polidori und strich mit der flachen Hand über das Buchstabenrelief der aufgeschlagenen Seite. »An welche anderen Bücher denken Sie?«

»Nun ja, zum Beispiel da oben –«, sie machte einen Schritt auf ihn zu, stellte sich auf die Zehenspitzen und griff über seine Schulter hinweg ins Regal. Ein herber Duft erinnerte Polidori – er wußte nicht woran.

»Hier.«

Polidori steckte sein eigenes Buch wieder ein und nahm das neue in die Hand. Es hatte einen schmutzigbraunen Einband, dessen Papier sich anfühlte wie glatte Haut, nur kühler. Behutsam schlug Polidori das Buch auf und las halblaut: »›Des Grafen Besenval heimliche Erinnerungen‹ – lesen Sie das als nächstes?«

»Vielleicht.«

Als sollten sie ein unbedachtes Wort in den Mund zurückschieben, fuhren drei Finger der linken Hand an ihre Lippen. Sie lächelte noch immer nicht. Doch auf einmal sah sie Polidori wieder vollkommen unerschrocken an. Die Finger glitten von ihren Lippen ab und blieben vor dem Kinn liegen.

»Ich habe schon angefangen«, sagte sie und dann nach einer kurzen Pause: »Wissen Sie übrigens, was die Marschallin von Luxembourg über dieses Buch gesagt hat? Sie hat gesagt: Man kann es nur mit einer Hand lesen.«

Polidori begriff nicht gleich, und als er begriffen hatte, kletterte eine Taubheit in seine Fingerspitzen. Einen Augenblick lang kreiste etwas wie wild in seinem Schädel. Dieses »Übrigens« hatte sie ihrer Antwort ganz ungefragt hinzugefügt. Aber indem sie es tat, lud sie ihn schamlos ein, eine schamlose Frage zu stellen, eine Frage, die nicht der Marschallin galt, sondern ihr selbst. Nur im Ton unschuldigster, wenngleich gespielter Ahnungslosigkeit ließ sich diese Frage stellen. Polidori wollte jetzt keinesfalls zögern.

»Und was ist mit Ihrer anderen Hand?« fragte er.

»Die liegt im Nacken.«

Ein schallendes Lachen brach aus ihr hervor. »Was dachten Sie denn?« Sie wußte gar nicht, wohin mit ihrer Lustigkeit. »Nein, wirklich, im Ernst. Wenn ich lese, lege ich die Hand immer in den Nacken. So, sehen Sie? Eine Angewohnheit, manchmal wird mir der Arm ganz steif davon.«

Polidori erkannte, daß sie ihn auf glattes Eis gelockt hatte. Er war ihr gefolgt. Er hatte sich narren lassen. Aber eingebrochen war er nicht. Es schien ihm, als könnte er sich, einige Umsicht vorausgesetzt, darauf bewegen, vielleicht sogar mit einem verhaltenen Schwung. Im übrigen hatte sie den festen Boden schon vor ihm verlassen.

»Dann ist es ja gut«, sagte er, »ich dachte schon, Ihre andere Hand läge da, wo sie auf den Stichen von lesenden Frauen meistens zu liegen pflegt.«

Sie legte den Zeigefinger auf die Lippen und schüttelte den Kopf.

»Sie haben recht«, sagte Polidori, »das ist kein Thema – für uns. Aber wollen Sie mir eine andere Frage beantworten? Was bedeutet Ihnen solche Lektüre? Warum lesen Sie ausschweifende Bücher?«

Während sie sich die Antwort zurechtlegte, trat wieder jene vollkommene Unerschrockenheit in ihre Züge.

»Der Gedanke war der«, antwortete sie: »Im richtigen Augenblick die richtigen Worte zu finden.«

»Und ist jetzt der richtige Augenblick?«

»Ich weiß nicht.«

Polidori trat einen Schritt auf sie zu und legte ihr eine Hand auf die Schulter. Er ließ seine Finger über die groben Maschen des Wolltuchs, über das kühle Leinen der Bluse und die feinbehaarte Haut ihres

Unterarms gleiten und ergriff ihre Hand. Er drückte diese Hand. Er trat nah an sie heran und spitzte die Lippen. Da wandte sie den Kopf zur Seite. Vor Polidori zeichnete sich plötzlich die klare Linie des Halsmuskels ab. Von einem verborgenen Punkt zwischen ihren Schlüsselbeinen lief sie sehr gerade nach oben und verlor sich hinter dem Ohr. Mit beiden Händen schob er den Wollumhang über ihre Schultern nach hinten, bis er vollends unter den Tisch hinter ihr glitt.

»Dieser Nacken«, sagte Polidori und wollte sich in die Beuge zwischen ihrem Hals und der Schulter vertiefen, die der Kragen der Bluse freiließ. Doch sie glitt zur Seite und machte sich von ihm los.

»Warten Sie.«

Mit ein paar Schritten war sie an der Ladentür und hängte ein Pappschild hinter die Scheibe, das sie auf dem Weg durch den Laden aus einem Regal genommen hatte. Sie drehte den Schlüssel um und steckte ihn ein.

»So«, sagte sie, als sie wieder auf Polidori zukam. Sie ergriff seinen Arm und zog ihn in den hinteren Raum. Gegenüber dem Durchgang stand das schwarze Regal mit dem leeren Glas. Neben dem Pult, an dem sie vorhin gesessen hatte, befand sich ein kleines Fenster. Auf der Fensterbank standen mit Wasser gefüllte Schalen und Vasen, darin unregelmäßig verzweigte, knorrige Pflanzenstengel.

»Das ist meine Geranienzucht.«

Draußen vor dem Fenster lag im trüb gewordenen

Nachmittagslicht ein kleiner Garten. Es regnete nicht mehr.

Sie hatte sich über das Pult gebeugt und betrachtete ihre Vasen. Polidori stand hinter ihr.

»Die Blätter sehen wie kleine Schirme aus«, sagte er. »Nicht ganz gerundet. Zweidrittelschirme.«

»Die Wurzeln kommen jetzt langsam. In drei Wochen kann ich sie auspflanzen.«

Sie wandte sich zu ihm um und stand ganz ruhig. In drei Wochen wollte Byron am Genfer See sein. Ein Schwindelgefühl ergriff Polidori. Es wuchs aus seinen leeren Händen hervor. Diese Hände mußten jetzt sofort nach etwas greifen, einer Tischkante, einer Stuhllehne, einem Buch. Polidori machte einen Schritt auf sie zu. Er packte sie bei den Schultern und ließ nicht wieder los. Daß sie kleiner war als er, hatte er bisher gar nicht bemerkt. Über ihre Schulter hinweg sah er in dem Garten hinter dem Fenster einen Star, der eifrig auf die Kante eines Beetes losmarschierte. Sie lehnte sich an ihn. Polidori schloß die Augen und versuchte, die Stellen zu erahnen, wo ihre Brüste seinen Körper berührten. Es gelang ihm nicht.

»Wann kommt Ihr Vater zurück?«

»Noch lange nicht. Am letzten Freitagnachmittag im Monat trifft er sich in der Stadt immer mit Kollegen.«

Polidori ließ seine Hand von ihrer Schulter über die Bluse herabgleiten und versuchte ihre Brustspitzen zu ertasten. Er traf auch auf etwas Festes, konnte aber

74

nicht erfühlen, ob es die Brust oder ihr Mieder war. Dann hielt er einfach still, genau wie sie.

Irgendwann glaubte Polidori, zu fallen, und verlor nun tatsächlich sein Gleichgewicht. Er taumelte nach hinten und stieß dabei an das halbhohe schwarze Regal. Das leere Glas mit dem Löffel darin kippte um, rollte eine kurze Strecke auf dem Brett entlang und stürzte ab.

»Zu dumm von mir«, murmelte Polidori. Er ging in die Hocke, um die zerborstenen Stücke und Splitter einzusammeln. »Ich bitte um Verzeihung.«

»Ach, laß sie liegen. Scherben bringen Glück«, sagte das Mädchen. Sie hatte sich nach hinten gelehnt und die Ellenbogen auf ihr Pult gestützt.

»Sie sind sehr freundlich«, sagte Polidori und erhob sich. Er legte den silbernen Löffel, den er in der Hand hielt, auf das Regal zurück und trat wieder auf sie zu. Er schob die Hände unter ihre Arme und ließ sie an den Seiten hinabwandern, bis zu den Hüften. Später zog er mit den Zeigefingern beider Hände die Umrisse ihres Mundes nach und näherte seine Lippen den ihren. Auch diesmal bog sie den Kopf zur Seite, und wieder trat ihr Halsmuskel hervor. Auf ihm ließ Polidori seinen Daumen abwärtsgleiten, bis hinter die Kante des Ausschnitts. An dem Verschluß, auf den er hier traf, nestelte er ratlos herum. Sie kam ihm mit einem raschen Griff zu Hilfe. Polidori schob seine Linke in ihre Bluse. Unter einem dünnen Wollhemd konnte er ihre Brust ertasten.

Aber je länger sie ihm ihren Mund vorenthielt, während sie doch den Wanderungen seiner Hände mit dem ganzen Körper folgte, desto verworfener erschien Polidori alles, was sie taten. Als er seinen Mund in die Beuge ihres Halses heftete, war es wie ein Versuch, seine Lippen zu bergen.

»Nicht, du«, flüsterte sie. »Man sieht sonst die Flecken.«

Polidori hob den Kopf.

»Wieso? Was für Flecken?« fragte er, über ihre Schulter hinweg nach dem Fenster sehend. Der Star hob gerade steil vom Boden ab und verschwand dann im Gleitflug hinter einer Mauer.

»Ich habe es selbst ausprobiert, am Handgelenk. Und da ist die Haut noch weniger empfindlich als hier oben.«

Nach und nach zogen und schoben und drängten sie jetzt die Hindernisse beiseite, die die Kleidung der nächsten Nähe in den Weg legte – Laschen, Bänder, Knöpfe, Haken, Bordüren, Stoffkanten, Fältelungen. Und schließlich gelangte Polidori auf seinen Wanderungen hinter dem letzten Saum an den Rand einer bestürzenden Nässe.

Sie hatte die Augen geschlossen. Ihr Mund schien zu lächeln. Hörbar sog sie die Luft durch die Nase ein. Kein einziges geeignetes Möbelstück in diesem hinteren Raum. Vorne allerdings stand die mit Leder bezogene Bank.

»Einen Augenblick. Ich bin gleich wieder da.«

Polidori löste sich vorsichtig aus der Umarmung, schob seine Kleidung ein wenig zurecht und trat durch die Öffnung zwischen den Regalen in den vorderen Raum, um die Bank in Augenschein zu nehmen. Selbst wer auf ihr saß, konnte von der Straße durch das Schaufenster nicht gesehen werden. Die Holzblende, die den Schaufensterraum nach hinten begrenzte, war hoch genug. Mit ein paar raschen Schritten war Polidori bei der Bank. Prüfend strich er über das Lederpolster und drückte daran herum. Weich war es nicht.

Kaum hatte Polidori das Scharren im Eingang wahrgenommen, da öffnete sich die Ladentür fast lautlos. Eine Stimme schimpfte vor sich hin.

»...da soll doch!«

Polidori kannte diese Stimme. Er erstarrte. Der Buchhändler hielt in der rechten Hand seinen Ladenschlüssel, in der linken das Pappschild und betrachtete es kopfschüttelnd. Er hatte Polidori nicht bemerkt.

»Was machst du denn so lange?« sang jetzt aus dem hinteren Raum die Stimme des Mädchens. Der Buchhändler sah auf.

»Was heißt hier ›lange‹?« rief er. »Ich bin doch viel zu früh. Ein Genever mit Potter, dem alten Langweiler, dann bin ich gegangen. Sonst war keiner da, bei dem verdammten Wetter. Aber kannst du mir verraten, warum du an einem Tag wie heute den Laden zumachst. Nässe bringt Kunden. Das weißt du doch.«

Nachdenklich sah sich der Buchhändler in seinem Laden um, als könnte er irgendwo auf den Buchrükken oder in den wenigen Lücken zwischen den dunklen Bänden die Antwort finden, die er suchte. Hinter den Regalwänden war es sehr still geworden.

»Sag mal, hast du wieder...?« begann er noch einmal. Da erblickte er Polidori.

»Ah, Monsieur. Welche Überraschung! Sie noch einmal hier?« Eilfertig, mit geschäftsmännischem Lächeln kam er auf Polidori zu. »War etwas nicht in Ordnung mit dem kleinen Denon? Oder wollen Sie noch weitere Stücke für Ihre Sammlung aussuchen. Ich könnte Ihnen...«

Er brach ab und betrachtete den Ladenschlüssel in seiner rechten Hand. Das Pappschild warf er vor sich auf die mit Leder bezogene Bank. Dann fuhr er mit der Linken in die Hosentasche, tauchte mit dem Schnupftuch wieder auf und walkte es zwischen den Fingern. Den Kopf hielt er gesenkt. Von Polidoris Schuhspitzen wanderte sein Blick zu der Öffnung zwischen den Regalwänden, in der nur das halbhohe Regal mit dem Silberlöffel darauf und den Scherben davor zu sehen war. Als er Polidori wieder ansah, war seine Miene vereist.

»Das wird Sie teuer zu stehen kommen, Monsieur!« Dann fand er die Drohung, nach der er gesucht hatte: »Ich werde Sie anzeigen!«

»Aber Monsieur, weshalb denn das?«

»Meinen Sie, ich sähe nicht, was hier vorgefallen ist?«

Während er sich mit dem Taschentuch über die Stirn wischte, warf er einen Blick auf die Bank und musterte dann Polidori, der in diesem Augenblick begann, an seinen Rockaufschlägen und seiner Weste zu zupfen.

»Ich zeige Sie an!« wiederholte er. »*Meine* Tochter!«

Ihr Kopf erschien in der Öffnung.

»Nichts ist gewesen! Gar nichts«, rief sie.

»Sei du ganz still!«

»So laß doch den Herrn in Frieden, Vater! Wirklich, es ist überhaupt nichts gewesen.«

»Darüber reden wir später.«

Er wandte sich wieder Polidori zu.

»Da kommen Sie aus Ihrem großartigen Britannien angereist und lassen es sich fünfundvierzig Francs kosten, die Tochter eines ehrbaren Mannes zu verführen. Aber ich sagen Ihnen, so billig kommen Sie mir nicht davon! Ich zeige Sie an. So, wie Sie da vor mir stehen.«

Polidori konnte nicht ermessen, wie derangiert er in diesem Moment noch aussah.

»So glauben Sie mir doch, Monsieur, es ist nichts gewesen, gar nichts.«

»Und die verschlossene Tür?« Er reckte den Ladenschlüssel hoch. »Ich lasse mich nicht zum Narren halten.«

»Es ist nichts vorgefallen, was die Ehre Ihrer Tochter beeinträchtigen könnte.«

»Erzählen Sie das der Polizei. Mit billigen Redensarten können Sie mir nicht kommen. Die Situation, in der ich Sie angetroffen habe, der Zustand Ihrer Kleidung, Ihr Platz neben dieser … dieser Lotterbank. Das alles läßt an Eindeutigkeit kaum zu wünschen übrig. Ich kenne meine Tochter. Besser als Sie!«

»Sie irren sich, Monsieur. Sie irren sich vollkommen. Ihre Tochter ist das zuvorkommendste … ich meine, das zurückhaltendste Wesen, dem ich seit langem begegnet bin.«

»Was heißt hier *begegnet*? … Lassen Sie meine Tochter aus dem Spiel!«

Polidori sah sich ratlos um.

»Himmel, wie kann ich Ihnen nur… Denken Sie doch an all die Bücher, all die Geschichten und Episoden, die Sie selbst hier zum Verkauf anbieten. Welche Vielfalt von Situationen, die seltsamsten Verwicklungen kommen darin vor, und eindeutig sind die allerwenigsten. Welch reiche Quelle von Irrtümern und Mißverständnissen. Und wie in den Büchern, so ist es auch im Leben.«

»Geschwätz! Ich lasse nicht zu, daß sich ein hergelaufener englischer Lüstling an meiner Tochter vergreift.«

»Nehmen Sie das zurück, Monsieur! Zugegeben, die Situation war ein wenig delikat, nein, mißverständlich. Aber beleidigen lasse ich mich von Ihnen noch lange nicht.«

»Delikat, ha! Und die delikaten Scherben da auf dem Boden, was ist das?«

»Ich stieß an das Glas, und es fiel zu Boden. Ich
bitte um Verzeihung. Ich bin bereit, Ihnen den Schaden zu ersetzen.«

»Wie bitte? Sie haben ihre schmutzigen Füße auch
in das Hinterzimmer gesetzt? Was hatten Sie dort verloren? frage ich Sie. Meiner Tochter sind Sie nachge-
stiegen, Sie Unhold!«

»Ich bin bereit, Ihnen den Schaden zu ersetzen.«

»Welchen Schaden? Wovon reden Sie eigentlich?«

»Von dem Glas, Sir.«

»Unsinn! Der Schaden, den Sie angerichtet haben,
läßt sich nicht ersetzen. Aber büßen werden Sie ihn.
Ich zeige Sie an!«

»Und wenn ich es mir nicht nehmen ließe, ihn zu
ersetzen?«

»Meine Ehre? Die Ehre meiner Tochter? Wie wollen
Sie das anstellen?«

»Könnte ich Sie, Monsieur, dazu bewegen, auf Ihre
Klage zu verzichten, wenn ich, sagen wir, einen weiteren, größeren Kauf tätigte?«

Der Buchhändler stutzte.

»Wollen Sie mich bestechen?«

»Von Bestechung kann keine Rede sein. Ich mache
Ihnen nur einen Vorschlag, wie wir uns einigen könnten. Überlegen Sie doch! Was hätten Sie ... was hätten
wir von einer Klage? Sie eine peinliche Beweislast und
ich jede Menge Scherereien. Ich bin Arzt, und –«

»Was? Arzt sind Sie? Sie sollten sich schämen!«

»So hören Sie doch. Wahrscheinlich würde Ihre Anzeige ohnehin erfolglos bleiben. Die Behörden hier können es sich nicht erlauben, durchreisende Touristen auf einen bloßen Verdacht hin festzunehmen. Ich bin unterwegs als Begleiter und, wie gesagt, als Arzt eines namhaften Engländers. Für diesen Herrn, meinen Gefährten, wäre ein Aufenthalt wegen einer solchen ... Angelegenheit eine arge Zumutung. Ich weiß nicht, wie er... Morgen mittag reisen wir ab.«

»Geschwätz! Ausreden, lauter Ausreden! Von Zumutung müssen gerade Sie reden! Wie heißt er denn, Ihr namhafter Engländer? Na?«

»Das kann ich Ihnen nicht sagen. Ich darf nicht. Aber ich vermute, daß sein Ruf auch bis in diese Räume gedrungen ist. Darf ich nun auf meinen Vorschlag zurückkommen? Ich kaufe Ihnen noch etwas Größeres für meine Sammlung ab, und Sie verzichten auf Ihre Anzeige. Eine klare Sache, nichts Ungehöriges.«

»Aber –«

»Monsieur, Sie sprachen vorhin von einem umfangreichen und recht kostspieligen russischen Werk. Wie steht es denn damit? Dürfte ich es einmal sehen?«

Der Buchhändler sah ihn verblüfft an und sagte nach einer kurzen Pause: »Einen Moment bitte.«

Er machte kehrt und trat an die hintere Regalwand. Da fiel sein Blick auf Polidoris Mantel.

»Ist das Ihr Mantel? Wie kommen Sie dazu, in meiner Buchhandlung Ihren Mantel auszuziehen, an einem so kühlen Tage wie heute? Noch ein Beweis! Sie sind ein Spitzbube, ein Sittenstrolch! Nichts da mit kyrillischen Obszönitäten! Es bleibt dabei – ich zeige Sie an! So billig kommen Sie mir nicht davon!«

»Wie hoch sollte der Preis für das russische Buch sein?«

Der Buchhändler zögerte. Jedoch nicht lange.

»Zweihundert Francs.«

»Ich zahle dreihundert, wenn Sie versprechen, mir keine weiteren Unannehmlichkeiten zu machen.«

Der Buchhändler warf ihm einen ärgerlichen Blick zu.

»Warten Sie doch erst einmal ab! Sie haben es ja noch gar nicht gesehen. Außerdem ist es nicht *ein* Buch, es sind vier Bücher.«

Einen nach dem anderen hob er vier schwere Bände von einem hochgelegenen Brett herunter und türmte sie ächzend auf den Auslagentisch. Polidori trat heran, er schlug den Deckel des obersten Bandes auf und betrachtete die erste Seite. Typographisch war sie sehr ansprechend gestaltet, nur eben für ihn nicht lesbar.

Der Buchhändler erklärte: »›Petersburger Sünden-nächte‹ soll der Titel übersetzt lauten. Falls es Sie interessiert. Das hat mir ein russischer Reisender gesagt, dem ich dieses Werk vor Jahren einmal gezeigt habe.«

Polidori ließ die Seiten des ersten der vier Bücher unter dem Daumen seiner linken Hand ablaufen. Es war zweispaltig in ziemlich kleiner Schrift gesetzt. Illustrationen enthielt es anscheinend nicht. Die Seitenzahlen waren das einzige, was er lesen konnte. Sie gingen bis über neunhundert.

»Ich nehme es. Unter der genannten Bedingung.«

Der Buchhändler seufzte.

»Also gut. Damit wir zu einem Ende kommen. Ich packe Ihnen die Bücher ein. Wären Sie so freundlich, mir beim Tragen zu helfen?«

Polidori nahm zwei Bände, der Buchhändler die anderen beiden. Auf einem kleinen Tisch neben der Ladentür schnürte er, während Polidori den Mantel überstreifte und sich nach seinem Regenschirm umsah, zwei Pakete zusammen.

»Eines wäre zu unhandlich«, sagte der Buchhändler, als ihm Polidori das Geld aushändigte. »Ich wünsche Ihnen jedenfalls viel Vergnügen mit Ihren neuen Erwerbungen.«

Die Schnüre der Pakete schnitten Polidori in die Hände. Den Schirm hatte er unter den Arm geklemmt. Da erschien in der Öffnung zwischen den Regalwänden das Mädchen. Aus ernsten Augen sah sie zu ihm hinüber.

»Ach bitte«, sagte Polidori an dem Buchhändler vorbei quer durch den Raum, »beantworten Sie mir noch eine Frage: Wie heißen Sie?«

»Geneviève.«

»Halt den Mund!« fuhr der Vater sie wütend an und öffnete die Ladentür, um Polidori hinauszulassen.

Unerschrocken blickte das Mädchen in Polidoris

84

Richtung und fuhr mit klarer Stimme fort: »Darf auch ich Sie noch etwas fragen?«

»Gern«, erwiderte Polidori.

»Wer ist der namhafte Engländer, mit dem Sie reisen?«

Polidori schluckte.

»Lord Byron«, antwortete er schließlich.

Der Buchhändler und seine Tochter machten große Augen. Polidori vergaß zu grüßen, als er mit den beiden schweren Paketen auf die Straße trat.

Genever, Geneviève, Genève

Seit vier Tagen schon spannte sich der immergleiche graue Himmel über das triefende Land – von Ostende bis Brügge, von Gent bis Antwerpen und immer weiter. Auf einem Acker hockte ein Schwarm Möwen, die Polidori so fern der Küste nicht vermutet hätte. Je tiefer man in diesen Kontinent vordrang, desto aufrechter wuchsen die Bäume. In der Nähe des Meeres faßte sie der beständige Westwind kräftiger an als im Landesinneren.

Der Regen hatte aufgehört. Kalter Dunst füllte den Raum über der Ebene. Irgendwann würden an diesem Tag die Türme von Brüssel aus ihm hervortreten.

Byron schlief. Sein Kopf ruckte im Rhythmus der Fahrt. Durch die von Regenspritzern schraffierte Scheibe in der Rückseite des Wagens, über Byrons Kopf, konnte Polidori zwei der Pferde erkennen, die den zweiten Wagen zogen.

Schon in Ostende hatte sich gezeigt, daß der Platz in Byrons Wagen für die lange Reise nicht ausreichen würde. Berger hatte sich nach einer Mietkarosse umgesehen und schließlich auch eine gefunden. In ihr reisten nun die Dienstboten, samt einem großen Teil des Gepäcks, und Polidori war sehr froh darüber. Aber nicht nur in Ostende hatte sich die Abreise wegen des zweiten Wagens verzögert. Sie verzögerte sich nun jeden Tag aufs neue, weil man Wagen nur für die Strecke von einer oder höchstens zwei Tagereisen mieten konnte. Dann mußte ein neuer Wagen gefunden und alles Gepäck umgeladen werden. Byron stand jedesmal kurz vor einem Wutausbruch, weil ihm alles nicht schnell genug ging. Mehrmals hatte Berger schon vorgeschlagen, einen zweiten Wagen zu kaufen. Aber Byron scheute die Kosten.

Jetzt bewegte er sich im Schlaf. Um seine Nase und die Mundwinkel zuckte es, als würden ihm aus einem Angsttraum Gestalten entgegenstürmen, deren Anblick er nicht ertragen konnte, und gleich darauf trat jener Ausdruck tiefer Bekümmerung in seine Züge, den Polidori an dem wachen Dichter noch nie bemerkt hatte, jedoch mehrmals schon und fast regelmäßig, wenn Byron auf den weiten Strecken durch das eintönige Flachland eingenickt war.

In seinem wachen Leben schien diese Bekümmerung nicht zu existieren. Oder sie wurde überstrahlt von dem funkelnden Blick und der Geistesgegenwart, die Polidori von Anfang an so sehr bewundert, inzwischen allerdings auch fürchten gelernt hatte. Byrons Wachsamkeit und sein Übermut, der sich keinen Einfall, kein Wort und kein Wortspiel entgehen ließ, war von einer Rücksichtslosigkeit, vor der sich jeder in acht nehmen mußte. Polidori hatte es selbst erfahren – an seinem eigenen Namen.

Während eines kleinen Empfangs für Seine Lordschaft in Antwerpen hatte Polidori mit einem Glas Rheinwein in der Hand etwas abseits gestanden und zugesehen, wie die Gesellschaft Byron umringte. Ihm war nicht entgangen, wie Byron immer wieder nach den Anzeichen von Geringschätzung Ausschau hielt, die ihm das Leben in England zuletzt verleidet hatten. Aber diese Befürchtungen waren unbegründet. In Belgien las man keine englischen Zeitungen, sondern nur englische Dichtung. Byron wurde hierzulande ohne Vorbehalte und ohne Hintergedanken empfangen, um seiner selbst, um seiner Werke und seines Verdienstes willen – sein Arzt und Reisegefährte hingegen nur als eine Quaste zu seinem Ruhm. Polidori täuschte sich hierüber nicht. Aber seine untergeordnete Stellung hätte ihn gewiß mehr verdrossen, wenn er inzwischen nicht begonnen hätte, sie als eine Art Hinterhalt zu begreifen, aus dem sich vorzüglich beobachten ließ.

Da war aus der Gruppe, die sich um den Ehrengast versammelt hatte, ein Wort zu ihm herübergeflogen, undeutlich und mit verschwommenen Umrissen. Auch hatte Polidori nicht ausmachen können, wer es gesprochen hatte. Doch glaubte er, seinen eigenen Namen gehört zu haben – und in diesem Falle mußte, da Polidori in der Antwerpener Gesellschaft noch unbekannt war, Byron selbst ihn ausgesprochen haben.

Nun hätte sich Polidori durch die Tatsache, daß Byron seinen Gefährten und Arzt im geselligen Gespräch erwähnte, wohl geehrt fühlen können, wenn er seinen Namen nur wirklich klar und deutlich verstanden hätte. Es war aber eine seinem Namen nurmehr ähnliche, seltsam erweichte, umwölkte Folge von Lauten an sein Ohr gedrungen, die wie eine Lautmalerei oder ein wortspielerischer Scherz, wie ein höhnisches Gekicher geklungen hatte, kurzum, wie »Pollydolly«. Hatten ihn das eigene Gehör und der Lärm der Gesellschaft genarrt? Oder hatte Byron tatsächlich im Kreis seiner Bewunderer Spott getrieben mit dem Namen seines Arztes? Unter Polidoris Füßen schwankte der Boden des Saales.

Gewißheit würde er in diesem Punkt niemals erlangen. Nie würde er Seine Lordschaft danach fragen können. Aber auch wenn alles nur ein Mißverständnis und die groteske Entstellung seines Namens nichts weiter als eine Ausgeburt seines eigenen Gehirns war, so wußte Polidori doch, daß sie ebensogut Byrons rücksichtsloser Geistesgegenwart entsprungen sein konnte, diesem Räderwerk, vor dem nichts und niemand, kein Wort und kein Name sicher war und das Byron zu den erhabensten wie zu den nichtswürdigsten Einfällen verhalf.

Es erfüllte Polidori allerdings mit Genugtuung und war wie eine Entschädigung für die hypothetische Kränkung, daß er Byrons Genius, den er zunächst nur mit scheuer Bewunderung angestaunt hatte, schon nach so kurzer Zeit erklären konnte. Seit dem Beginn ihrer gemeinsamen Reise hatte er sein besonderes Augenmerk auf diesen Genius gerichtet. Er hatte erwartet, etwas schwer Greifbares, Schwebendes, Wehendes zu finden. Statt dessen sah er nun, daß Byrons Erfindungsgabe tatsächlich einer Maschine glich, die unablässig Gedanken, Bilder und Wörter zu unerhörten Kombinationen verknüpfte, welche dann ihrerseits den Rohstoff zu Witz und Spott oder zur Dichtung bildeten. Diese Maschine machte nie und nirgendwo Halt, zog ausnahmslos alles in ihr Kreisen, zerlegte und verarbeitete es und war durch nichts zu bändigen, am allerwenigsten durch die Regeln der Geselligkeit und des Anstandes.

Indem Polidori solche Einsichten in sich heranreifen spürte, machten der Neid und die Furcht manchmal bereits der Ahnung einer möglichen Gleichheit Platz. Die Kluft zu Byrons scheinbar unergründlicher Tiefe war nicht unüberwindlich. In manchen Augenblicken glaubte Polidori zu bemerken, wie sich die poetische Eingebung auch in ihm selbst regte, zaghafter als bei Byron und in seiner Gegenwart eigentlich nie. Doch seit niemand mehr in der Nähe war, der Seine Lordschaft mit »Georgy« oder »Du« anredete, kam Polidori während der langen Etappen in Byrons Reisewagen hin und wieder der Ausdruck »Seelenverwandtschaft« in den Sinn – ein viel zu großes Wort, gewiß. Und trotzdem freute er sich daran. In seinem Tagebuch hatte er es schon einmal verwendet, aber sogleich wieder gestrichen und durch »Brüderlichkeit« ersetzt.

›*Genever, Geneviève, Genève ... Genever, Geneviève, Genève...*‹

In das knirschende Kreisen der Wagenräder auf dem Straßenpflaster schob sich eine Folge von Wörtern, von Namen, eine Formel, die Polidoris neues Leben, seine Geschichte der jüngsten Zeit, ganz in sich zu schließen schien. Auf eine verschlungene Weise hatte er die Begegnung mit der unerschrockenen Geneviève dem Genever zu verdanken. Und nun geschah es, daß er dieses Mädchen an die Stadt Genf verlor. Mit jeder Umdrehung der Wagenräder entfernte er sich weiter von ihr. Aber gleichzeitig brachten ihn diese Räder der Erfüllung einer anderen Hoffnung näher. Schon begann in Polidori das Räderwerk seiner eigenen Geistesgegenwart zu arbeiten. Und so murmelte er, der poetischen Regung in seinem Inneren die Stimme leihend, die Zukunft beschwörend und zugleich die Vergangenheit bannend, dieses Zauberwort immer wieder vor sich hin: ›Genever, Geneviève, Genève...‹.

Und schließlich nahm er ein Blatt Papier und einen Stift zur Hand und schrieb es auf.

»Was spionieren Sie da schon wieder an mir herum, Polidori?«

Byron blinzelte.

»Keineswegs, Sir!«

Polidori schob das Blatt in die Tasche zurück. An dem Stift suchten seine Finger nach Halt.

»Geben Sie es zu – Sie schreiben an Ihrem Tagebuch.«

»Nein, wirklich – im Augenblick nicht.«

»Ich will Ihnen etwas sagen...« – Byron legte seine Arme hinter den Kopf und setzte sich mit einem Gähnen aufrecht – »dieser Murray kann Ihnen hinter meinem Rücken vielleicht den Auftrag geben, sich in einem Tagebuch über mich zu verbreiten. Aber noch ist er vor allem mein Verleger – und drucken kann er hinter meinem Rücken gar nichts, nichts von mir und nichts über mich. Also, sehen Sie sich vor, sonst erscheint keine Zeile von Ihnen.«

»Das weiß ich wohl, Sir.«

Byron beugte sich vor und lächelte.

»Hören Sie, Doktor! Auch ich bin ein neugieriger Mensch, genau wie Sie. Und ich würde zu gern erfahren, was Sie da eben in Ihr Tagebuch notiert haben.«

»Nicht ins Tagebuch, Sir. Ich habe mir nur ein paar Wörter aufgeschrieben.«

»Das tun wir alle. So geht es zu in der Literatur. Aber was für Wörter, Polidori? Was für Wörter?«

»Ein paar Namen, die mir gerade in den Sinn kamen. Hier, sehen Sie selbst.«

Er zog das Blatt aus der Tasche, faltete es auseinander und reichte es, groß und fast unbeschrieben, Seiner Lordschaft hinüber. Byron machte ein erstauntes Gesicht und las. Polidori versuchte, das triumphierende Strahlen zu bändigen, das sich seiner bemächtigte. Byron sagte noch immer nichts.

»Frappierend, nicht wahr, Sir? Diese Kombination aus Alliterationen und Assonanzen!«

»Nicht schlecht«, meinte Byron. »Sie sind ein viel-
seitiger Mann, Doktor. Wer ist denn diese Geneviève?«

Polidori überlegte.

»Eine Bekannte aus Ostende.«

»Sie haben dort Freunde?«

»Nein, ich habe sie dort kennengelernt. Aber wichtig ist mir eigentlich nur der Klang ihres Namens, der
sich so merkwürdig in das Ganze fügt.«

»Drei Wörter – und schon ein Ganzes? Ist das Ihr
Ernst?«

»Nein, aber...«

»Begegnet sind Sie ihr an dem Nachmittag, als Sie
nachher so durchfeuchtet ins Hotel zurückkamen,
habe ich recht? Keine Hand frei für den Regenschirm,
wegen ... aber in Ihren Paketen steckte doch nicht
diese Geneviève?«

Byron lachte zu laut, dennoch wollte Polidori dieses
Lachen nicht übelnehmen. Er suchte nur nach einer
wehrhaften Erwiderung.

»Sir«, sagte er schließlich, »wenn ich nicht irre, hatten auch Sie an diesem Nachmittag alle Hände voll –
zu tun.«

Byron warf ihm einen finsteren Blick zu.

»Ah, ich verstehe. Natürlich! Sie hatten das Zimmer gegenüber. In dieser Beziehung scheint Ihnen
wenig zu entgehen, verehrter Doktor. Aber ich will es
Ihnen noch einmal sagen und bitte Sie, dies für unsere
weitere gemeinsame Reise zu beherzigen: Mir sind in-
diskrete Ohren und Fernrohrblicke ein Greuel. Keine

Zeile wird von Ihnen erscheinen, wenn Sie glauben, Sie könnten Ihren Stoff auf diese Weise ergattern. Ich lasse mich nicht durchschauen! Nicht von Ihnen!«

Es dauerte einen Augenblick, bis er in freundlicherem Ton fortfuhr: »Unterhalten wir uns also lieber über die Literatur – und über Geneviève.«

»Was wäre da zu sagen?«

»War sie schön – dabei?«

»Wie bitte?«

Byrons Miene hellte sich vollends auf.

»Ich finde, Frauen – aber behalten Sie das für sich, Doktor, das kommt nicht ins Tagebuch – ich finde, Frauen müssen schön dabei werden, sonst stimmt etwas nicht.«

Polidori ahnte, was Byron meinte. Trotzdem sagte er: »Ich verstehe nicht, Sir.«

Es war der Versuch, Seine Lordschaft zu einer denkwürdigen Äußerung zu bewegen. Byron bemerkte die Absicht nicht, oder er billigte sie.

»Wollen Sie ein Beispiel, Doktor?« fuhr er fort. »Es heißt Clara. Ich könnte Ihnen ihre Geschichte erzählen.«

Polidori nickte und lehnte sich zurück. So wie Byron ihn aussprach, gefiel ihm der Name Clara nicht.

»Eines Tages erhält ein verheirateter Mann, der sich in der Gesellschaft eines gewissen Rufes erfreut, den Brief einer Unbekannten. Sie bittet ihn um eine Unterredung. Aber die Hälfte dessen, was sie schreibt, dient nur dem einen Zweck, den Empfänger des Briefes davon abzuhalten, ihn ungelesen oder halbgelesen in den Papierkorb zu werfen. Sie weiß, daß sie aufdringlich ist. Sie schreibt Sätze wie: ›Ich lege mein Glück in Ihre Hand‹. Auch behauptet sie, am Rande des Abgrunds zu stehen. Seltsam, nicht wahr? Aber diese Person will etwas von dem Adressaten ihres Briefes, und sie sagt es – fast ohne Umschweife. Sie stellt sich ihm als eine Frau vor, ›deren Ruf noch unbefleckt ist‹. Verstehen Sie, Doktor? Noch!«

Polidori nickte eifrig.

»Sie wissen ja«, fuhr Byron fort, »wie entsetzlich mir jede Art von Zudringlichkeit ist. Aber dieses Mädchen trieb es darin wirklich bis zum Äußersten. Anscheinend hatte sie sich im Kopf in mich verliebt und sich in Gedanken schon hundertmal an mich gedrückt. Dergleichen ist, wie ich höre, nicht einmal besonders selten. Aber wie oft geschieht es, daß solche Regungen den Weg aufs Papier finden und endlich sogar die Person erreichen, der sie gelten? Meistens endet doch der Sprung aus den Ergötzlichkeiten der Phantasie in hilflosem Gezappel oder – nun ja, in der Kunst, nicht wahr? Bei Clara war das anders. Sie zappelte nicht, und auch mit der Kunst hatte sie wenig im Sinn. Gewappnet mit Eigensinn und Hartnäckigkeit, ging sie auf ihr Ziel, auf mich, los. In all ihrem Bitten und Flehen war eine Selbstgewißheit am Werke, die sich, wie mir schien, aus einer sehr schlichten und dennoch höchst erstaunlichen Maxime speiste: wer

Gefühle hat, der kann sich alles erlauben. Und sie erlaubte es sich. Ist Ihnen so etwas schon einmal begegnet, Polidori?«

»Sir, ich bedaure – nicht, daß ich wüßte. Aber eine frappierende Person, diese Clara.«

»Ja, so könnte man sagen.«

»Und sie wurde nun schön, als sie zu Ihnen kam, Sir?«

»Überhaupt nicht! Sie stand da, die Wangen zu voll, die Nase zu klein und um den Mund etwas … wie soll ich sagen? … eine mutwillige Verwerfung, die sie gar nicht schön machte, allenfalls merkwürdig. Sie kam einige Male zu mir und zeigte mir Proben ›ihrer Literatur‹, wie sie es nannte, und dann machte sie mir das verwegene Angebot, das schon in ihrem ersten Brief gestanden hatte. Ich war nicht der Mann, es abzulehnen. Auch der Plan stammte von ihr. Ich mußte mich vor neugierigen Blicken schon damals in acht nehmen. Deshalb mieteten wir einen Wagen und fuhren aus der Stadt. In dem kleinen Gasthof wurde sie dann allerdings wirklich schön, sehr schön … jedes Mal. Ich hätte es ihr nicht zu sagen brauchen. Sie wußte es. Aus der Nähe gefiel mir gerade auch die Unebenheit um ihren Mund besonders gut. Alles an ihr gefiel mir, und alles war schön.«

Byron strich sich langsam mit der Hand über die Stirn.

»Dann fing sie an, Pläne zu machen, große Pläne, für sich selbst und für mich. An Selbstbewußtsein hatte es ihr nie gefehlt. Und wenn wir uns jetzt sahen, hatte sie sich jedesmal mein Leben und ihr eigenes neu ausgedacht. Und jedesmal kam es mir so vor – kennen Sie dieses Gefühl? es ist zuweilen nicht unangenehm –, als sei ich nicht gefragt worden. Einmal schlug sie ganz ernsthaft vor, ich solle meinen Namen ändern, meinen Titel ablegen und mit ihr nach Amerika gehen. Der Gedanke gefiel mir. Aber sie entwickelte ihn mit einer drängenden Hast, die niemandem gut steht. Es lag nicht an den verrückten Plänen, sondern an der Art, wie sie von ihnen sprach und wie sie sich dabei als die Stütze und Gefährtin meiner Kunst aufspielte. Ihre Schönheit jedenfalls verflüchtigte sich schnell. Es war erschreckend. Ich konnte es deutlich sehen, während sie nichts bemerkte. Der Anteil, den wir selbst an der Schönheit eines anderen haben, muß sehr groß sein.«

»Haben Sie ihr dann … haben Sie sich von ihr … getrennt?«

»Ich wollte es. Aber es war schwierig. Sie ließ nicht locker. Schon in ihrem ersten Brief hätte ich die Krallen bemerken können, die dieses Mädchen besaß.«

Byron warf einen Blick aus dem Fenster und fügte hinzu: »Aber auch dazu ist das Verreisen gut.«

Waterloo im Jahr danach

In Brüssel beschloß Byron endlich, auch für Personal und Gepäck einen Wagen zu kaufen, statt die zweite Kalesche von einer Etappe zur anderen immer wieder aufs neue zu mieten. »Genug!« verkündete er. »Diesmal wird endgültig umgepackt.«

Aber den Auftrag, nach einem käuflichen Gefährt Ausschau zu halten, gab er nicht Berger, sondern Polidori.

»Lassen Sie das diesmal den Doktor erledigen«, sagte er zu Berger, der hierüber so erstaunt war wie Polidori. »Am Ende kommt er sich bei meiner robusten Gesundheit noch ganz überflüssig vor. Einverstanden, Doktor?«

»Wenn Sie es wünschen, Sir«, entgegnete Polidori.

Auch er hielt einen zweiten Wagen, der ständig verfügbar war, für vorteilhaft. Aber zu seiner Anschaffung fühlte er sich nicht berufen.

Deshalb brauchte er fast einen ganzen Tag, ehe er auf dem Hof eines Karossiers zwischen lauter ausgeschlachteten Kutschen einen Wagen fand, der ihm geeignet erschien. Polidori wollte ihn zunächst jedoch nur für eine Probefahrt ausleihen. Die letzte Entscheidung sollte Byron selbst fällen. Der Karossier war hiermit einverstanden, forderte jedoch eine Anzahlung, und Polidori gab ihm, was er verlangte.

Doch als Berger die Kalesche am späten Nachmittag zu Gesicht bekam und hörte, wieviel Polidori dem Wagenbauer gegeben hatte, sagte er: »Das war keine Anzahlung, das war der Kaufpreis selbst, und vielleicht noch mehr!«

Byron hingegen war sehr erfreut, als er die Kalesche im Hof des Hotels erblickte, und beschloß, am nächsten Tag in ihr einen Ausflug auf das Schlachtfeld von Waterloo zu unternehmen.

Bei dieser ersten Ausfahrt ließ er jedoch nur den Pagen Rushton und einen gewissen Mr. Gordon zu sich in den neuen Wagen. Mr. Gordon war ein alter Herr, ein Freund von Byrons Mutter, der in Brüssel lebte und den Fremdenführer machen sollte. Polidori und Fletcher mußten reiten, während Berger überhaupt nicht erschien. Polidori war entrüstet über so viel Pflichtvergessenheit. Er argwöhnte, daß Berger an diesem Morgen einen kräftigen Rausch ausschlief. Aber Byron sagte nur: »Sie vergessen, Berger ist unser Mann fürs Gebirge. Oder wollen Sie sich das belgische Tiefland von einem Kind der Alpen erklären lassen, Doktor?«

Einige Meilen führte die Straße durch dichten Wald. Doch schließlich tat sich vor den englischen Reisenden eine weite Ebene auf, von sanften Abhängen umgeben und wie geschaffen für den Krieg. Kaum war Byron aus dem Wagen gestiegen, um sie in Augenschein zu nehmen, da begann er schon Vergleiche mit anderen Schlachtfeldern anzustellen, die er in Griechenland und Kleinasien besichtigt hatte. Gegenüber Marathon, Platäa oder Troja lasse Waterloo an Großartigkeit manches zu wünschen übrig, sagte er. Aber vielleicht erscheine ihm dies auch nur deshalb so, weil er England und Preußen, die Napoleon und seinen Truppen hier vor elf Monaten die Niederlage bereitet hatten, so sehr verabscheue.

Polidori hielt Ausschau nach Spuren der Kämpfe. Aber Anzeichen von Krieg und Verwüstung konnte er kaum entdecken. Die Bauern, so schien ihm, pfiffen munter vor sich hin, wie eh und je. Die Natur war grün, und die Bäume wiegten ihre Zweige so sanft wie vor der Schlacht. Nichts hätte an sie erinnert, wären da nicht die jugendlichen Andenkenhändler gewesen, Burschen in zerlumpten Hemden, die bei jedem Halt auftauchten und den Fremden aus überquellenden Hosentaschen glitzernde Uniformknöpfe aufzuschwatzen versuchten.

Byron winkte jedesmal ab, wenn sie sich zu ihm drängten. Er kaufte erst, als ihm in einem der Dörfer zwei Brüder mit verwegenen Gesichtern ein breiteres Angebot vorlegten. Sie führten ihn und seine Begleiter in einen Stall, wo auf dem nackten Boden eine beträchtliche Anzahl von Helmen, Kürassierpanzern und Offiziersdegen ausgebreitet lag, dazwischen kleinere Anhäufungen von Kokarden, Schulterstücken und Beschlägen mit dem napoleonischen Adler. Byron, Polidori und Mr. Gordon lauschten angestrengt den Erklärungen, die einer der beiden vierschrötigen Gesellen gab. Auch Mr. Gordon, der mit dem Dialekt der Gegend noch am besten vertraut war, blieb vieles unverständlich. Aber einmal zuckte er merklich zusammen.

»Haben Sie verstanden, was dieser Bursche gerade gesagt hat?« fragte er Byron auf englisch.

Byron schüttelte den Kopf, und Polidori spitzte die Ohren.

»Er sagt, mit Gebeinen könne er in diesem Jahr noch nicht dienen, aber im nächsten...«

Angewidert verzog Byron das Gesicht, aber er ließ sich nicht davon abhalten, unter den befremdeten Blicken Mr. Gordons mit seiner Auswahl fortzufahren.

»Wie gut«, sagte er zwischendurch zu Polidori, »daß es John Murray in London gibt, nicht wahr? Ich werde ihm die ganze Ausbeute schicken und eines Tages zurückfordern, wenn ich wieder in England bin. Sie, Doktor, sollten sich ebenfalls rechtzeitig von unnötigem Ballast befreien. Murray ist doch auch Ihr Verleger!«

Polidori dachte an die beiden Pakete mit den »Petersburger Sündennächten«. Aber es wäre ihm nie in den Sinn gekommen, sich von ihnen zu trennen. Er hatte sie ja noch nicht einmal geöffnet.

In dem Stall, in dem sich der Handel abspielte, entdeckte Byron ein Pferd, das sein Interesse weckte. Es war ein gut gebauter, aber ungepflegt wirkender Rappe, den angeblich russische Kosaken nach der

Schlacht zurückgelassen hatten. Ein Preis wurde genannt. Er war viel zu hoch. Doch Byron wollte das Pferd gar nicht erstehen. Er erklärte den beiden Geschäftemachern, er wolle die Andenken, die er ausgewählt hatte, nur kaufen, wenn sie ihm als Dreingabe das Pferd zu einem kurzen Ausritt überließen. Sie waren einverstanden, der Rappe wurde gesattelt, und bald sprengte Byron, von Polidori begleitet, im vollen Galopp eine Strecke weit über das Schlachtfeld. Seine Lordschaft schmetterte dazu ein türkisches Lied.

Polidori sang nicht mit. Später jedoch, als sie bei einer Kapelle Halt machten, in der während der Schlacht britische Verwundete gelegen hatten, stellte sich Polidori neben Byron, der schon ein Messer gezückt hatte, und ritzte mit einem großen Nagel seinen Namen neben den Seiner Lordschaft in die Wand. Die beiden benachbarten Signaturen inmitten ganzer Wolken von Initialen und Namenszügen anonymer Spießbürger und Lords boten einen erfreulichen Anblick.

Auf der Rückfahrt nach Brüssel wurden Byron, Mr. Gordon und Rushton in der neuen Kalesche offenbar kräftig durchgerüttelt, denn abends ergoß sich im Hof des Hotels der ganze Unwille Seiner Lordschaft über Polidori.

»Diese Federung! Absolut unzumutbar! Der arme Mr. Gordon! Rushton sagt, es liegt an der Federung. Auch die Farbe ist widerwärtig. Da hat er ebenfalls recht, weder Braun noch Rot – wie konnten Sie nur, Doktor!«

Auf die Farbe hatte Polidori, als er den Wagen aussuchte, wirklich nicht geachtet, und was das übrige anging, so fühlte er sich nicht zuständig. Byron hatte ihm keine Gelegenheit gegeben, sich ein Bild von den Eigenschaften des neuen Wagens zu machen. Polidori war nicht mitgefahren, und von außen hatte er nichts Auffälliges bemerkt.

Am nächsten Morgen jedoch erteilte Byron nicht etwa seinem jungen Lieblingsdomestiken, auf dessen Urteil er neuerdings so große Stücke gab, und auch nicht Berger, sondern wiederum Polidori den Auftrag, die defekte Kalesche dem Stellmacher zurückzubringen und bei ihm oder einem anderen Händler einen zuverlässigeren Wagen zu besorgen.

Mißmutig betrat Polidori den Hof der Wagnerwerkstatt zum zweiten Mal und forderte die Anzahlung zurück. Aber der Karossier weigerte sich, das Geld herauszugeben. Er kam allerdings auch auf die Bezahlung des restlichen Kaufpreises nicht mehr zu sprechen. Und so entschieden, wie er Umtausch und Rückzahlung ablehnte, so eifrig machte er sich daran, die Aufhängung und die Federn noch einmal zu prüfen. Mit wachsendem Argwohn, aber gleichbleibend geringem Sachverstand beobachtete Polidori, wie sich der Mann mit grobem Werkzeug zwischen den Wagenrädern zu schaffen machte.

Als Polidori mit dem mißliebigen Gefährt dann wieder im Hof des Gasthauses erschien, war Byron nicht verärgert und schien nicht einmal erstaunt. Etwas anderes als eine Reparatur hatte er offenbar gar nicht erwartet, und sein Interesse an der Bequemlichkeit der Bediensteten hatte sich schon gelegt.

»An diese scheußliche Farbe werde ich mich wohl nie gewöhnen«, sagte er nur und wandte sich ab.

Für die nächste Etappe, von Brüssel nach St. Trond, benutzte er wieder seinen großen grünen Wagen, und ob wirklich korrigiert war, was er – oder vielleicht nur sein kritischer Page – an der Kalesche auszusetzen hatte, würde Byron wahrscheinlich nie selbst prüfen.

Jedenfalls hörte er kaum hin, als Rushton abends vor dem Gasthaus von St. Trond behauptete, es habe sich »nichts, aber auch gar nichts« geändert. Polidori hörte zwar sehr genau hin, aber er ließ es sich nicht anmerken. Er hatte sich mit der undurchdringlichen Miene seines Berufsstandes gewappnet und sah an Rushton einfach vorbei – nach der ersten schönen Frau seit Ostende, einer Magd, die eben aus dem Küchengarten des Gasthofes trat. Polidori war guter Dinge. Während des ganzes Tages hatte wieder er im Wagen Seiner Lordschaft gesessen und kein anderer.

Die Panne

Drei Tage später, während die Karosse auf der Straße zwischen Aachen und Köln dahinrollte, hatte Polidori einen Traum.

Er stand neben Byron am Fuß einer steilen Treppe und wollte Seiner Lordschaft den Vortritt lassen. Doch statt die Treppe zu ersteigen, blickte Byron nur verdrossen auf seine Füße herab. »Gehen Sie ruhig vor, Doktor!« sagte er und deutete nach oben. Aber Polidori hatte sich gerade entschlossen, Seiner Lordschaft endlich einen guten Rat zu erteilen. »Sie sollten etwas unternehmen«, sagte er und blickte dabei auf Byrons rechten Fuß, den ungeschickten. »Vor allem sollten Sie ihm Bewegung verschaffen. Fürs erste zu ebener Erde. Beginnen Sie gleich hier, in diesem Korridor. Setzen Sie einfach einen Fuß vor den anderen. Manchmal hilft das.« – »Mir nicht«, erwiderte Byron. – »Ich könnte ihn untersuchen!« schlug Polidori vor. »Dort drüben steht ein Stuhl. Bitte, nehmen Sie Platz.« Aber der Eifer in seiner Stimme machte Byron mißtrauisch. »Nichts da, Polidori!« rief er. »An meine Füße lasse ich Sie nicht. An denen haben sich schon zu viele Quacksalber versucht.« Ärgerlich deutete er noch einmal auf die Treppe: »Hinauf mit Ihnen,

Doktor! Ich komme nach.« Nur zögernd machte sich Polidori auf den Weg nach oben. Mit Byron im Rücken erschien ihm dies außerordentlich gewagt.

Plötzlich fuhr Polidori aus seinem Traum hoch. Der Wagen kippte und geriet in eine bedrohliche Schräglage. Aber Polidori fand sogleich Halt am Knauf seines Regenschirms, der wieder neben seiner Sitzbank steckte. Byron hingegen war auf seiner Bank ins Rutschen gekommen. Ein lautes Geprassel übertönte seine Verwünschungen. Die Räder auf einer Seite des Wagens waren von dem gepflasterten Fahrstreifen in der Mitte der Straße abgekommen. Sie wühlten im Morast und schleuderten Schmutz und Steine von unten gegen den Boden der Karosse.

An dem höhergelegenen Fenster glitt draußen eine graue Schirmkappe vorüber, darunter eine Männerstirn. Polidori schob sich rasch die schiefe Ebene seiner Bank hinauf, drückte seine Nase an die Glasscheibe und erblickte schräg unter sich den ganzen Mann. Er trug eine speckige Jacke. Über die ausgebeulten Hosen hatte er bis an die Knie dicke Wollstrümpfe gezogen. Seine Füße steckten in schweren, lehmverkrusteten Schuhen. Er zog einen zweirädrigen Handwagen, auf den ein großer Korb geladen war. Zwei Hunde, die auf beiden Seiten neben ihm wie Pferde an den Karren geschirrt waren, zogen mit.

Es war ein stumpfer Blick, den dieser germanische Ureinwohner Polidori durch das Wagenfenster zuwarf, nicht erstaunt und nicht verächtlich. Doch im nächsten Augenblick blieb der Mann plötzlich stehen und die Hunde mit ihm. Während der Reisewagen auf das Pflaster zurückrollte und sich unter heftigem Schwanken wieder aufrichtete, konnte Polidori noch beobachten, wie der Karrenzieher an den Straßenrand trat, die Beine auseinanderstellte und seine Hose öffnete.

Die Wagenräder knarrten und ächzten jetzt anders als zuvor. Byron machte ein beunruhigtes Gesicht und lauschte auf das verdächtige Mahlen. Bald verlor der Wagen an Fahrt, obgleich deutlich zu spüren war, daß die Pferde, vom Postillion mit Peitschenknall und wüsten Rufen vorangetrieben, ihre ganze Kraft zusammennahmen. Eine Strecke weit quälte sich das Gespann noch voran und blieb dann unter ohrenbetäubendem Quietschen und den Flüchen des Postillions stehen. Die Stille danach war angenehm. Doch schon pochte von außen eine Hand an das Fenster. Sie ragte aus einer Livrée und gehörte dem Postillion. Seit der letzten Poststation, wo der Wagen unter seine Führung gekommen war, hatte sich dieser Mann bereits mehrmals durch Flüche bemerkbar gemacht, die diejenigen seiner Kollegen an Grobheit und Lautstärke um vieles übertrafen.

Seufzend öffnete Byron die Tür und gab dem Doktor mit einem Wink zu verstehen, er möge als erster aussteigen.

Von der Straße her bot Polidori Seiner Lordschaft eine hilfreiche Hand. Aber Byron nahm sie nicht, sondern griff nach dem Türrahmen. Er zögerte einen Moment, bis er sich schlüssig war, mit welchem Bein er den Ausstieg beginnen würde. Dann setzte er den linken Fuß auf die Trittstufe und tastete mit dem anderen behutsam nach dem festen Boden.

Der Postillion hatte sich neben einem der großen Hinterräder aufgebaut und bezeugte mit hochgezogenen Schultern und ausgebreiteten Händen seine Hilflosigkeit. Byron ging auf ihn zu und ließ sich die hölzerne Trommel zeigen, in der die Radspeichen zusammenliefen. Er beugte sich sogar vor, um besser sehen zu können. Aber seine Miene blieb ohne Verständnis. Schließlich richtete er sich auf und wartete einfach ab, bis die Kalesche mit den Dienstboten und dem Gepäck, die etwas zurückgeblieben war, hinter seinem Wagen zum Stehen kam.

Berger kletterte heraus und hatte die Lage sofort erfaßt. In munterem Deutsch wechselte er ein paar Worte mit dem maulenden Postillion und wandte sich dann an Byron. Woher der Schweizer seine gute Laune nahm, war Polidori unbegreiflich.

»Er meint, vier Pferde seien für einen so schweren Wagen ohnehin knapp bemessen gewesen, und er habe die Ausnahme nur Seiner Lordschaft zuliebe gestattet. Aber wenn jetzt die Räder blockierten, würde er mit seinen Tieren lieber umkehren, statt sie hier zugrundezurichten. Man kann es ihm nicht verdenken, Mylord!«

Byron warf Berger einen wütenden Blick zu.

»An allem ist dieser verdammte Karrenzieher mit seinen Kötern schuld.«

»Ohne ihn wäre es beim nächsten Überholmanöver passiert oder beim übernächsten.«

»Trotzdem, er hätte aus dem Weg gehen können!«

»Er ist uns mit Absicht nicht ausgewichen«, erklärte Polidori. »Schon die alten Germanen brachten ihre Verachtung für alle Fremden zum Ausdruck, indem sie die Straßen blockierten und ihr Wasser ließen. Genau wie dieser Mann! Bei Tacitus kann man es nachlesen.«

Berger grinste.

»Sie haben sich ja gründlich auf unsere Reise vorbereitet, Herr Doktor«, meinte Byron.

»So gut ich konnte«, murmelte Polidori, »und außerdem...«

»Da kommt er ja«, unterbrach ihn Berger.

Der Mann mit dem Karren war noch weit entfernt. Aber irgend etwas in seinem gleichmütigen Trott zeigte schon, daß er entschlossen war, die ratlose Empörung, die ihm aus der kleinen Menschenansammlung am Straßenrand entgegenschlug, zu ignorieren. Sogar seine Hunde zogen mit gesenkten Köpfen.

Mit grimmiger Genugtuung beobachtete Polidori, wie sich seine Erwartungen bestätigten. Gnadenlos wollte dieser feindselige Eingeborene die Fremden einem ungewissen Schicksal überlassen. Doch plötzlich hielt das Hundegespann neben den Pferden von Byrons Karosse an, und der Karrenzieher kam langsam auf die Reisenden zu. Zuerst beriet er mit dem Postillion, dann mit Berger.

»Wir haben Glück«, sagte dieser bald. »Eine halbe Meile von hier entfernt liegt eine Schmiede an der Straße. Ich denke, wenn Sie, Sir, und der Doktor in der Kalesche Platz nehmen und wir anderen zu Fuß gehen, schaffen es die Pferde.«

Nach einem beifallheischenden Blick in die Runde kehrte der Karrenzieher zu seinem Wagen zurück und ging seiner Wege.

Byron winkte ungeduldig zum Aufbruch. Er tat ein paar rasche Schritt auf die Kalesche zu, das linke Bein ein wenig forscher voransetzend als das rechte. Doch plötzlich hielt er inne.

»Wie konnten Sie nur, Polidori! Einen Wagen in einer derart abscheulichen Farbe anzuschaffen. Es ist unsäglich! Haben Sie vielleicht einen Namen für diesen ... diesen Ton?«

»Rosabraun, nicht wahr, Sir? Wie mein Regenschirm!«

»Das macht es auch nicht besser!«

Byron schüttelte sich. Aber dann lenkte er ein: »Also, Doktor, wie steht es? Wollen Sie bis zu dieser Schmiede mitfahren? Dann steigen Sie ein!«

»Ich denke, ich kann ebensogut zu Fuß gehen, Sir«, antwortete Polidori und tat, als würde er Byrons verbissenen Blick nicht bemerken.

Von der Geduld des Papiers

Ein alter Mann blickte besorgt nach den schmutziggrauen Wolken. Einige der hölzernen Gestelle, zwischen denen er stand, waren schon lackiert, andere nicht. Den Pinsel hielt er schräg in die Höhe. Dunkelbraune Farbe tropfte ihm auf die Hand, doch er schien es nicht zu bemerken. Er sah dem Fremden entgegen, der in den Hof trat.

»Es ist deine Hilfe, was wir nötigen«, sagte Polidori, als er herangekommen war, in deutscher Sprache. Er hatte sich diesen Satz auf dem letzten Wegstück sehr genau überlegt.

Der alte Mann nahm den Pinsel in die andere Hand und tippte prüfend mit dem Finger an eines der bereits gestrichenen Gestelle. Dort wo er das Holz berührt hatte, zeigte sich ein matter Abdruck.

»Guten Abend«, murmelte er und wischte sich dabei zuerst die braune Fingerkuppe und dann die ganze Hand an der Hose ab.

Jetzt grüßte auch Polidori. Er sagte seinen Satz noch einmal. Doch der alte Mann sah ihn nur verständnislos an und tunkte den Pinsel in den Farbtopf. Nach einigen gleichmäßigen Strichen fragte er: »Ob es Regen gibt? Diese Regale müssen endlich fertig werden, damit das Papier wieder in eine Ordnung kommt.«

›Welches Art vom Papier?‹ wollte Polidori fragen, aber da tauchte neben ihm Berger auf und sagte: »Wir brauchen Ihre Hilfe. Mit unserem Wagen stimmt etwas nicht. Die Hinterachse.«

Der alte Mann erklärte, er sei Schmied und kein Stellmacher, ging ein wenig in die Knie und versuchte mit schräg gelegtem Kopf, eine schwer zugängliche Stelle an seinem Regal zu erreichen. Polidori und Berger sahen ihm zu. Doch es dauerte nicht lange, da hielt der Pinsel an, und halb gelangweilt, halb neugierig kam das Interesse des Fachmanns zum Vorschein.

»Was ist denn mit der Achse?«

Berger blickte unsicher zu Polidori hinüber, und Polidori zuckte mit den Schultern, als Berger ihm die Worte des Alten übersetzt hatte. Der Postillion war wieder nirgendwo zu sehen.

»Vielleicht werfen Sie selbst mal einen Blick darauf«, sagte Berger zu dem alten Mann.

Der legte nun endlich den Pinsel aus der Hand und sah auf die Straße hinaus, wo Byrons Karosse genau vor der Einfahrt gehalten hatte. In diesem Moment erschien auch Byron in der Hofeinfahrt. Der Schmied ging auf ihn zu und machte eine altmodische Verbeugung.

»Sagen Sie ihm, es wäre großartig, wenn er uns helfen würde«, sagte Byron zu Berger.

Der alte Mann nickte eifrig, sobald er verstanden hatte. Er schien die Situation zu genießen. Doch plötzlich verfinsterte sich seine Miene. Er deutete nach dem

Wohnhaus hinter sich: »Und wer hilft uns? Da drinnen liegt einer, dem geht es ziemlich schlecht, Mylord. Der Bruder meiner Frau. Quält sich und stöhnt den ganzen Tag, als würde er's nicht mehr lange machen.«

Byron hatte aufmerksam zugehört und nickte eifrig.

»Doktor«, rief er und drehte sich zu Polidori um, »ein Patient für Sie! Jetzt kommt Ihre Stunde. Ein Mann liegt im Sterben. Zeigen Sie, was Sie können! Retten Sie ihn − und uns!«

Daß es um Leben und Tod ging, hielt Polidori zwar für eine Übertreibung. Doch beeilte er sich, an sein medizinisches Gepäck zu gelangen. Es war in der Kalesche verstaut, die hinter Byrons Wagen gehalten hatte. Während Berger dem Alten erklärte, im Gefolge Seiner Lordschaft reise ein überaus geschickter englischer Arzt und zum Lohn für die Hilfe werde er sich um den Kranken kümmern, zerrte Polidori aus dem hinteren Gepäckkasten der Kalesche zwischen den immer noch ungeöffneten Paketen mit den »Petersburger Sündennächten« seine Instrumententasche und den kleinen Arzneikoffer hervor. Er war ein wenig aufgeregt, als er mit Berger, der wieder dolmetschen sollte, hinter dem alten Mann über den Hof auf das Haus zuging.

Sie traten in eine breite Diele mit einem Fenster an der rückwärtigen Wand, gegenüber der Haustür. Nach beiden Seiten gingen mehrere Türen ab, links außerdem ein schmaler, dunkler Gang. Dort hinein folgten sie mit eingezogenen Köpfen dem alten Mann ins Innere des Hauses, vorbei an einer Frau, die durch einen Türspalt nach den Fremden spähte und ihnen etwas nachmurmelte – einen Gruß oder eine abschätzige Bemerkung. Polidori hatte nicht verstanden, vermutete aber das letztere. Nach mehreren Biegungen und einer kleinen aufwärts führenden Treppe öffnete der alte Mann schließlich eine Tür. In einer unverständlichen Mundart richtete er einige Worte in die stickige Dämmerung dahinter, bat hierauf Polidori und Berger mit einer Handbewegung, einzutreten, wedelte zum vorläufigen Abschied noch einmal mit der Hand und verschwand.

Ein Schrank nahm beinahe die Hälfte der Kammer ein. In dem schmalen Spalt zwischen diesem riesigen Möbelstück und dem Bett kam Polidori nur langsam voran. Seine Instrumententasche und den Arzneikoffer reckte er in die Höhe, so als wate er mit ihnen durch Hochwasser. Am Ende der Enge zeigten sich die Umrisse eines Schemels, der groß genug war, den Koffer mit den zerbrechlichen Gefäßen darauf abzustellen. Die Tasche schob Polidori unter das Bett. Durch ein schmutziges Fensterchen, das der Schrank halb verdeckte, fiel trübes Licht – zur Orientierung kaum ausreichend, für eine ärztliche Untersuchung völlig ungenügend.

Polidori versuchte das Zittern in seinen Fingerspitzen durch geschäftiges Händereiben zu unterdrücken und hielt Ausschau nach seinem ersten Patienten auf dem Kontinent, seinem vierten überhaupt. Zwischen den Laken tauchte ein Gesicht auf, grau und unrasiert. Ein strenger Geruch erhob sich über dem Bett, als der Kranke schwer atmend die Decke zurückschlug.

»Fragen Sie ihn, ob er Leibschmerzen hat«, sagte Polidori zu seinem Dolmetscher.

Berger mußte die Frage mehrmals wiederholen und versuchte es dabei offenbar mit verschiedenen Ausdrücken für »Leibschmerzen«, bis der Mann endlich nickte. Polidori gab ihm mit einem Wink zu verstehen, er möge sich das Hemd aufknöpfen. Dann tauchte er in den Dunst über dem Bett hinab und tastete an dem schlaffen Bauch herum, der zum Glück einen anderen schmerzte.

Nach der Flasche mit dem Etikett »Laud. liqu. Sydenh.« brauchte er in seinem Arzneikoffer nicht lange zu suchen. Er füllte eine kleine Menge der braunen, erdig riechenden Flüssigkeit in ein Fläschchen, das er mit einem Korken verschloß und dem Kranken in die kraftlose Hand schob.

»Das wird Ihnen guttun – ein entspannendes, krampfstillendes Präparat. Fünfzehn Tropfen am Morgen und zwanzig für den Abend.«

Berger war mit seiner Übersetzung noch nicht fertig, als Polidori schon wieder mit Koffer und Tasche zurück zur Tür strebte. Unterwegs empfahl er noch ein »gründliches Bad so bald wie möglich« und »frische Luft überhaupt«. Und während Berger auch diese letzten Ratschläge noch übersetzte, öffnete Polidori bereits die Tür und trat hinaus. Doch dann zögerte er und wußte nicht, wohin er sich wenden sollte. Berger hingegen fand sich in der verwinkelten Finsternis mühelos zurecht.

Als sie die helle Diele wieder erreicht hatten, blieb Polidori unschlüssig stehen.

»Gehen Sie nur schon hinaus. Ich komme gleich nach«, sagte er zu Berger. Und als die Haustür hinter dem Schweizer ins Schloß fiel, wanderte Polidoris Blick bereits zum zweiten Mal an den Türen auf beiden Seiten des Vorplatzes entlang.

»Die zweite rechts, der Herr.«

Polidori erkannte den feindseligen Unterton dieser Stimme sofort wieder. Die Frau, die vorhin an der Tür gelauert hatte, stand jetzt in der Öffnung des dunklen Ganges und spähte zu ihm hinüber. Die Hände hatte sie in die Hüften gestemmt. In ihrem Blick flackerte germanisches Mißtrauen. Polidori nickte nur, stellte seine Taschen ab und setzte sich in Bewegung. Er öffnete die bezeichnete Tür, aber bevor er sie hinter sich schließen konnte, holte ihn die Stimme noch einmal ein.

»Papier ist nebenan.«

Die glatte Holzbank mit den beiden Klappdeckeln

wirkte ermutigend. Auch ein Waschständer mit Schüssel war vorhanden. Auf einem Ablagebrett darunter stand die Wasserkanne. Papier jedoch fehlte wirklich, und Polidori fühlte sich in der Tat genötigt, noch einmal hinauszugehen.

Nun ergab sich allerdings eine Schwierigkeit. Denn auf jeder Seite dieses Gelasses befand sich eine Tür. Welche von ihnen hatte die Frau gemeint? Einen Moment lang durchforschte Polidori sein Gedächtnis nach Nebenbedeutungen des deutschen Wortes »nebenan«, das er jedenfalls deutlich verstanden hatte. Von der Frau, die diese Verwirrung – wahrscheinlich mit Absicht und aus Bosheit – gestiftet hatte, konnte er keinen Aufschluß erlangen. Sie war verschwunden. Kurzerhand entschied sich Polidori, zunächst hinter der Tür auf der rechten Seite, beim Fenster nachzusehen.

Sie war unverschlossen.

Aber er hatte sich geirrt. Hier war die Bibliothek des Hauses untergebracht. Ringsum an den Wänden türmten sich Bücher in schier unübersehbarer Zahl. Sie standen nicht aufrecht, sondern waren einfach übereinander gestapelt, provisorisch, so schien es. Mit einer achtlosen Hast, die zur Gediegenheit der meist ledernen Einbände in einem merkwürdigen Gegensatz stand, waren sie aufgeschichtet – schwankende Architekturen aus bedrucktem Papier und kunstvoll ornamentierter, teils auch vergoldeter Tierhaut, kurz vor dem Einsturz. An manchen Stellen, namentlich in den Ecken des Raumes, reichten die Bücherstöße bis über die halbe Höhe des Zimmers hinauf. Hier und da waren zwei oder gar drei übermäßig hohe Stapel aufeinander zugesunken und standen nur deshalb noch aufrecht, weil sie sich gegenseitig stützten. Doch die meisten der ohne Rücksicht auf Stabilität und Statik errichteten Türme – vor allem diejenigen, die weiter innen standen und der Stütze durch eine Wand entbehrten – waren gekippt und hatten im Fallen andere mitgerissen, so daß sich von allen Seiten nach der Mitte des Raumes regelrechte Bücherabhänge gebildet hatten, schweinslederne Kaskaden, eine sackende, sinkende, gleitende, in fortwährender Erosion befindliche Stufenlandschaft, deren letzte Ausläufer fast bis zur Tür reichten.

Hier und da in diesen Hängen glaubte Polidori gewisse Regelmäßigkeiten zu erkennen. An einigen Stellen der überwiegend pergamentbleichen, von braunledernen Einsprengseln durchsetzten Halden zeichneten sich schmale Farbbänder ab, zusammengesetzt aus braunroten, stumpfgoldenen oder rosa gesprenkelten länglichen Rechtecken. Manchmal wurden diese Farbbänder von jähen Verwerfungen unterbrochen. Aber besonders markant traten sie überall dort in Erscheinung, wo sich mehrere Bücher von gleicher Größe und gleichem Äußeren, mehrbändige Reihen- und Gesamtwerke im Stürzen und Gleiten so verteilt hatten, daß ihr farbiger Kopfbeschnitt offen zutage lag. Polidori fand auch zwei oder drei Stellen, an denen mehrere Buchrücken mit gleichartiger Prägung eine matt schimmernde Goldader bildeten.

Beim Öffnen der Tür hatte Polidori sofort den Widerstand der dahinter auf dem Fußboden verstreut liegenden Bücher gespürt, schwach zunächst, doch an Entschiedenheit rasch zunehmend, bis das Türblatt in der Bewegung des Aufklappens endlich einen Wall aus ineinander gekeilter, verkanteter Literatur hinter sich aufgeworfen hatte, der sich jedem weiteren Druck knirschend und ein wenig federnd entgegenstemmte. Aber Polidori hätte in das Bücherzimmer überhaupt nicht vordringen können, wenn das Wirrwarr gleich hinter der Tür, an den Ausläufern der Halden nicht deutlich flacher gewesen wäre – kaum mehr als ein oder zwei, allenfalls drei Bücher hoch. Und doch erschien ihm das seichte Chaos zu seinen Füßen besonders wüst. Mehrere aufgeschlagene Folianten mit umgeknickten, sogar eingerissenen und zerfetzten Seiten hatten sich übereinander- und ineinandergeschoben. Ganze Buchblöcke waren aus dem festen Einband gerissen und lagen nackt da. In einem beklemmenden Kontrast zu dem allgemeinen Durcheinander erhob sich gleich neben der Tür ein Turm aus lauter foliogroßen Einbanddecken, manche mit farblosen oder vergoldeten Zierprägungen, doch allesamt ohne Buchinneres. Ausgerechnet dieses traurige Monument des Ruins erschien, obgleich es bis in Schulterhöhe aufragte, weniger einsturzbedroht und geradezu solide, indem diese Einbände, jeder von ihnen eine keilförmige Leere umschließend, sorgfältig geschachtelt und gegeneinander versetzt aufgeschichtet waren. Eine ordnende Hand hatte hier eingegriffen – eine schwache Hand, so fand Polidori. Denn durch Sortieren und Umschichten allein war dem fortschreitenden Verfall hier nicht mehr beizukommen. In diesem Augenblick fielen Polidori die Regalgestelle ein, an denen der alte Mann im Hof gearbeitet hatte. Zweifellos waren sie für dieses Zimmer und diese Bücher bestimmt. Mit einem Aufatmen schloß er die Tür, hinter der bald schon wieder eine bessere Ordnung einkehren würde, und setzte seine Suche fort.

Doch hinter der Tür auf der anderen Seite des Abtritts entdeckte er nur eine winzige, mit Hausgerät und allerlei Gerümpel vollgestopfte Kammer. Von Papier keine Spur. Polidori probierte auch die beiden Türen auf der gegenüberliegenden Seite der Diele. Sie waren verschlossen. Nachdenklich trat er an das Fenster. Ein ausladender Kirschbaum voll nasser, hellbrauner Blüten überspannte eine Wiese, die auf allen Seiten von einer dichten, hohen Hecke eingeschlossen wurde. Im flachen Licht der Dämmerung sah der kleine Garten wie ein geräumiges Zimmer mit dunkelgrünen Wänden aus.

Kopfschüttelnd öffnete Polidori noch einmal die Tür, hinter der sich die Bücher stapelten.

Schon beim ersten Mal war ihm aufgefallen, daß sich die großen, entblößten, ihrer Einbände beraubten Buchblöcke vor allem an der Talsohle nahe der Tür häuften. Die meisten ließen einen Schmutztitel oder eine in rot und schwarz gedruckte Titelseite erkennen. Polidori ging in die Hocke und zog den Block, der ihm am nächsten lag, zu sich. Hier indessen waren nicht nur Deck- und Titelblatt abhanden gekommen, es fehlte auch mehr als die Hälfte der Seiten. Der Rücken allerdings besaß noch die volle Höhe des ursprünglichen Blocks. Das fehlende Stück war nicht als ganzes abgerissen oder aus der Bindung herausgebrochen worden. Diesen Folianten hatte man vielmehr Seite für Seite, Blatt für Blatt dezimiert. Polidori sah jetzt, daß die einzelnen Rißkanten ganz unterschiedlich gezackt waren, ausgenommen dort, wo jemand zwei oder drei Blätter auf einmal herausgerissen hatte. Dies war jedoch allem Anschein nach nur selten geschehen.

Polidori hatte also richtig verstanden, und er hatte sich nicht in der Tür geirrt. Auch in fremder Umgebung bewegte er sich mit untrüglichem Orientierungssinn. Die Genugtuung hierüber verflog jedoch rasch und machte einer empörten Ernüchterung Platz. Polidori begriff nun auch die Feinheiten des hier obwaltenden Systems. Offensichtlich genossen die größeren Formate den Vorzug gegenüber den kleineren. Auf diese Weise gingen zuerst die Folianten einer nach dem anderen zugrunde. Danach würden die Oktavbände an die Reihe kommen. Und wie stand es um die noch kleineren Formate in Duodez oder gar Sedez? Würden sie wegen mangelhafter Handhabbarkeit der Vernichtung vielleicht entgehen, so wie die unzweckmäßigen, steifen Einbanddecken ihr entgangen waren, die die Hausbewohner mit abwegiger Akribie neben die Tür geschichtet hatten?

Seit wann mochten sie die Bibliothek in dieser Weise nutzen? Und wie lange würde der Vorrat reichen? Würde diese unbelehrte Willkür ein Ende finden, bevor das letzte Buch vernichtet war? Plötzlich kam es Polidori so vor, als werde sich hier, in diesem Bücherzimmer, in einer Schmiede auf dem platten Lande unweit von Köln, das Schicksal der Gelehrsamkeit für den ganzen Weltkreis entscheiden. Als werde es ganz allein von seinem, von Polidoris Tun und Lassen während der nächsten Minuten abhängen, ob sich dieses Schicksal letztlich zum Guten oder zum Schlechten wendete. Schon suchte Polidori nach Sätzen, mit denen er diese Leute in ihrer eigenen Sprache zur Besinnung bringen und umstimmen konnte. Doch nach kurzer Zeit gab er auf, und die Größe des Gedankens, den er vor sich gesehen hatte, schrumpfte in dem Maße, wie es ihm nicht gelang, seiner mit Worten habhaft zu werden. Es fehlte ihm an deutschen Vokabeln. Und dringend benötigte er jetzt selbst Papier.

Die Last der Verantwortung verlor an Schärfe, wurde gleichsam dumpfer, aber sie schrumpfte nicht. Verzagt ließ Polidori den Blick über die Bücher zu seinen Füßen gleiten. Kein einziges von ihnen, keinen einzigen Titel und keinen einzigen Verfasser hatte er bisher wahrgenommen. Nur Halden hatte er erblickt, Stapelware, Schüttgut, träge, tote Massen. Aber jetzt,

da es galt, einem dieser Bände zu Leibe zu rücken, ver-
einzelten sich die Haufen und Hänge unter seinen
suchenden Blicken. Ihm war, als würden die Bücher,
indem er ihnen seine Aufmerksamkeit schenkte, zu
leben anfangen und ihn um Beistand gegen kom-
mende Mißhandlung bitten.

In der ersten Aufwallung von Empörung hatte Polidori geglaubt, er sei in dieser Sache, in der Sache der
Literatur, zu allem bereit und zu allem fähig. Beim
näheren Hinsehen jedoch mußte er feststellen, daß re-
ligiöses und theologisches Schrifttum katholischer
Observanz in lateinischer und französischer Sprache
– denn darum handelte es sich, und zwar ausnahmslos – nicht imstande war, seine Anteilnahme nachhal-
tig zu fesseln. Wie für die Bücher überhaupt, so galt
auch für die Bände, die er nun, wahllos um sich grei-
fend, flüchtig in Augenschein nahm, daß sie aus der
Empfänglichkeit des Lesers leben – oder nicht. Und
Polidori spürte mit wachsender Ungeduld, daß ihn die
Masse der Traktate und Predigten, der frommen
Betrachtungen und Gebete unbekannter Äbte und De-
chanten, der gelehrten Bibelkommentare und Samm-
lungen von Konzilsbeschlüssen rasch ernüchterte.
Schon sah er mit gelindem Entsetzen tief unten im
schwarzen Schacht seiner Enttäuschung das Einverständnis mit denen aufblitzen, die hier ihr gedan-
kenloses Vernichtungswerk an der geistlichen Über-
lieferung begonnen hatten und gewiß fortsetzen
würden. Doch er erstickte die barbarische Anfechtung

augenblicklich, indem er – um den Schaden klein und
den Verlust so gering wie möglich zu halten – drei un-
bedruckte Vorsatzblätter aus drei verschiedenen Büchern heraustrennte und so gerüstet nach nebenan
eilte.

Als Polidori das Bücherzimmer einige Minuten später
zum dritten Mal betrat, kam er als Sammler. Er hatte
Zeit zum Nachdenken gehabt, und ihm war die Idee
gekommen, daß möglicherweise auch hier Bücher zu
finden seien, wie er sie für seine Bibliothek suchte. An-
leitungen zur Gewissenserforschung, zum sittlichen
Lebenswandel oder gar zum zölibatären Dasein, prak-
tische Erörterungen über das Klosterleben oder Betrachtungen über das Verhältnis von Priester und
Nonne bei der Beichte hatten in einer wahrhaft katho-
lischen, nämlich allumfassenden Sammlung lizenziö-
ser Schriften durchaus ihren Platz, sofern die Erörterungen und der Rat, den diese Schriften erteilten, nur
gründlich und breit genug ausgearbeitet waren.
Indessen fand Polidori, während er aufs Geratewohl
einige der herumliegenden Bücher zur Hand nahm
und durchblätterte, nichts dergleichen. Erst recht er-
gebnislos verlief die kurze, hastige Fahndung nach
einem jener ausschweifenden Romane, die – dem er-
götzlichen Gerücht zufolge – französische Buchbinder
im letzten Jahrhundert zuweilen in das äußere Gewand eines Gebet- oder Andachtsbuches gekleidet

hatten, um dem Leser oder der Leserin die unbehel-
ligte Lektüre auch an öffentlichen und geweihten
Orten zu ermöglichen.

Selbst die letzte, vergleichsweise bescheidene Hoffnung Polidoris erfüllte sich nicht. Vergebens hielt er
nach einem Kommentar zum Vaterunser Ausschau.
Seit langem, seit er begonnen hatte, Bücher zu sammeln, war ihm eine bestimmte Bitte in diesem Gebet
stets besonders merkwürdig erschienen. Und während Polidori die Masse der vom Absturz bedrohten er-
baulichen Schriften auf seine Weise und unter seinem
Gesichtspunkt gemustert hatte, war ihm diese Bitte,
die sechste, wieder in den Sinn gekommen. Wie es ihm
zuweilen erging, hatte sie sich als unablässiges, for-
melhaftes Kreisen in seinem Ohr festgesetzt: *...und
führe uns nicht in Versuchung, und führe uns nicht in
Versuchung...*

Wenn die Kinder des Glaubens ihren göttlichen
Vater anflehten, sie nicht zu versuchen, dann trauten
sie ihm doch offensichtlich eben dies zu und sprachen
Gott als einen Versucher an. Waren die Versuchungen
also nicht samt und sonders Teufelswerk? Waren sie
der moralischen Kräftigung des Menschen, seiner
inneren Stärkung gar dienlich? Vielleicht zielten die
göttlichen Versuchungen auf das Gute, vielleicht
waren sie Proben, Gelegenheiten, in denen sich die
Menschen bewähren sollten? Aber wenn dies der Fall
war, welchen Sinn hatte dann die Bitte, Gott möge den
Menschen solche Gelegenheiten zur Bewährung ihrer

Tugend ersparen? Verwirrende Fragen, auf die Polidori in dieser Anhäufung von Gottesgelehrtheit keine Antwort fand.

Überhaupt erlahmte sein Eifer jetzt rasch. Er überlegte, wieviel Zeit vergangen sein mochte, seit er Berger gesagt hatte, er werde bald nachkommen. Unruhe und Mißmut befielen ihn, während er sich zuletzt nach irgendeinem Andenken an diesen seltsamen Ort mit all seinen Verheißungen und all seinen Enttäuschungen umsah. Vielleicht stellte man draußen schon ungnädige Mutmaßungen über die Ursache seines langen Ausbleibens an. Noch einmal ging Polidori in die Hocke und bemächtigte sich kurzerhand der Titelseite eines sehr alten Buches, die ihm wegen einer prachtvollen Vignette aufgefallen war. Unter dem Titel »Hortus Pastorum« oder »Garten der Seelenhirten« tappte ein grimmig dreinblickender Wappenlöwe mit erhobenen Vordertatzen durch einen Schwarm von Fliegen oder Bienen. Auf der linken Seite neben der Vignette begann mit dem Wörtchen »ex«, in schwarzer, gut lesbarer Tinte geschrieben, der handschriftliche Besitzervermerk, der auf der rechten Seite des Bildes fortgesetzt wurde: »libris Jacobi Arboer«. Ein zweiter Schriftzug in einer dunkelbraunen Tinte, die das Papier stellenweise zerfressen hatte, war nicht vollständig zu entziffern: »nunc mani ... Brun... .784«. Hastig faltete Polidori das große Blatt einmal quer und richtete sich wieder auf. Draußen auf dem Vorplatz schob er es in ein Seitenfach seiner Instrumententasche und wandte sich zum Ausgang.

Polidori fuhr zusammen, als ihm aus der blendenden Helle des Hofes ein vielstimmiges Gelächter entgegenschlug. Aber es galt nicht seinem Auftritt. Am Tor der Werkstatt lehnte der alte Mann. Die Belustigung über einen Witz, den er offenbar Byron, Fletcher, Berger, Rushton und den beiden Postillionen erzählt hatte, verebbte gerade in beifälligem Gemurmel. Fletcher hatte die Pointe nicht mitbekommen und erkundigte sich bei einem der Postillione. Rushton machte ein gelangweiltes Gesicht, hörte aber ebenfalls aufmerksam zu. Auch er hatte den Witz also nicht verstanden. In geöffneten Küchenfenster hatte die Frau ihre roten Unterarme verkeilt. Matt und feindselig glänzte auf ihren Zügen die Zufriedenheit darüber, daß soeben auch der letzte Fremde das Haus verlassen hatte.

»Na, Doktor, lebt er noch?« rief Byron quer über den Hof.

Als Polidori die Gruppe erreicht hatte, bestätigte sich, daß Byron tatsächlich in sehr guter Stimmung war. Von Ungnade keine Spur. In seinem Überschwang legte er Polidori sogar den Arm um die Schulter und sagte, ohne den Bericht des Doktors abzuwarten, einfach: »Das haben Sie gut gemacht. Der Wagen ist auch schon repariert.«

Der alte Mann hingegen sah den Doktor besorgt an.

Polidori nickte ihm zu und sagte dann zu Byron: »Ich hatte das richtige Mittel für ihn dabei. Zufällig.«

»Was heißt hier ›zufällig‹? Seien Sie nicht so bescheiden, Doktor«, rief Byron und fügte hinzu: »Sie haben da über der Erfüllung Ihrer ärztlichen Pflichten leider eine erstaunliche Geschichte verpaßt. Sie würde Ihnen gefallen. Es geht um ein Leichenhaus.«

Polidori wollte antworten, er komme selbst gerade aus einem Leichenhaus und habe dort am eigenen Leib eine Geschichte erlebt, die an Erstaunlichkeit so leicht nicht zu übertreffen sei. Aber Byron ließ sich nicht unterbrechen.

»Ich erzähle sie Ihnen nachher. Kommen Sie jetzt! Wir wollen heute noch nach Köln.«

Mit einem ungeduldigen Wink trieb er auch die Bediensteten zur Eile und hastete, so schnell er vermochte, quer über den Hof der Straße und dem Wagen zu.

Polidori trat noch einmal zu dem alten Schmied, der schon wieder den Pinsel in der Hand hielt und seine Regale musterte.

»Sagen Sie mich: Wozu diese Schränks?«

Der Mann zeigte auf das Wohnhaus hinter sich.

»Wenn Sie wüßten, wie es da drinnen aussieht!«

Polidori nickte und stellte eine andere Frage: »Woher kommen nämlich alle diese Bücher zu Ihnen?«

»Ach, Sie haben das Zimmer gesehen? Dann brauche ich Ihnen ja nichts zu erklären.«

»Aber woher die Bücher?«

»Die haben einem Onkel von mir gehört, einem Großonkel. Er war Pastor drüben bei Lüttich, und als er starb, da wollte sie niemand.«

»Und dann haben Sie die geholt?«

»Nein, mein Vater. Das ist jetzt auch schon wieder fünfzehn Jahre her. Zwei große Fuhren, und er wollte sie alle lesen. Kam aber nicht dazu, ist dann selbst bald gestorben.«

»Und nun stellen Sie die Bibliothek wieder auf?«

»Direkt lesen tun wir in denen ja nicht mehr. Aber ein bißchen Ordnung kann nicht schaden, oder? Und *Sie* müssen jetzt laufen, sonst schimpft Ihr Lord«, fügte er nach einem Blick über Polidoris Schulter hinzu.

Hinter dem Fenster seines Wagens winkte Byron ungeduldig. Polidori ergriff die Hand, die ihm der Schmied entgegenstreckte, und drückte sie aus Dankbarkeit für diese letzte Abrundung seiner Geschichte besonders fest.

Aber kaum hatte er sich zum Gehen gewendet, da spürte er in seiner Rechten etwas Klebriges. Zähe braune Farbe haftete an seinen Fingern. Ein plötzlicher Ekel überkam Polidori. Er wollte die Farbe an der Hose abwischen, besann sich aber noch rechtzeitig und fuhr, während er dem grünen Wagen entgegenstrebte, mit der Hand in seine Hosentasche und tastete nach dem Schnupftuch.

Die Wagentür wurde von innen aufgestoßen.

»Wo bleiben Sie denn?« rief ihm Byron entgegen.

Polidori kletterte mit federnder Zuversicht in den Wagen, und während er seine Taschen unter die Bank schob und es sich in seiner Ecke bequem machte, ließ er ein Lächeln um seine Lippen spielen, das vieles versprach. Byron richtete sich ein wenig steif auf und pochte zweimal unwillig an das verglaste Guckloch über Polidoris Sitzbank. Sofort setzte sich der Wagen in Bewegung.

»Wunderbar, Sir. Er läuft ja wieder«, sagte Polidori nach einer Weile.

»Was heißt hier ›Wunder‹? Es war einiger Schmutz in eines der Lager geraten. Die Sache war in ein paar Minuten behoben. Und wie ist es Ihnen ergangen, Doktor? Weshalb sind Sie so lange fortgeblieben? Ein ernster Fall?«

Auf dieses Stichwort hatte Polidori gewartet. Seinen Krankenbesuch streifte er nur kurz, verweilte dafür aber um so länger bei dem, was ihm danach begegnet war, und Byron unterbrach ihn kein einziges Mal. Zuletzt lehnte er sich sogar mit beifälligem Kopfnicken zurück. Der Eindruck, den Polidoris Bericht hinterließ, war offenkundig ein starker. Byron suchte nach Worten und meinte schließlich:

»In Ihnen steckt ja ein Fabulierkünstler, Polidori. Wie sagt ihr Italiener immer? *Se non è vero, è ben trovato.*«

»Aber diese Geschichte ist wahr, Sir!« versicherte Polidori. »Erfinden kann man so etwas gar nicht!«

Byron nickte beschwichtigend, aber immer noch ungläubig.

Polidori spürte, wie Schweißperlen auf seine Stirn traten. Einen Augenblick lang war er ratlos. Dann besann er sich und zog aus seiner Tasche unter der Bank das Blatt mit dem grimmigen Löwen hervor, das er als Andenken mitgenommen hatte.

»Hier, sehen Sie!«

»Oh, was ist das? Etwa ein Beweisstück?«

Mit spitzen Fingern faßte Byron das Blatt bei den Ecken, entfaltete es behutsam und atmete auf.

»Nun gut«, sagte er nach längerer Betrachtung, »ein Löwe, von Bienen umschwärmt. Auf makellos weißem Papier, wie ich sehe.«

›Weil ich ihn gerettet habe‹, wollte Polidori erwidern, aber auch damit wäre nichts bewiesen gewesen. Eben noch hatte ihn die Geschichte der wundersamen Errettung dieses Löwen so sehr beflügelt, und jetzt hing sie wie Blei an ihm, jede Regung, jeden Gedanken lähmend. Mit einer geringen Dosis seines Zweifels hatte Byron sie vergällt.

Erschöpft tastete Polidori nach seinem Taschentuch und tupfte sich über die Stirn. Dabei wäre ihm fast entgangen, wie aufmerksam Byron plötzlich zu ihm hinübersah und unter hochgezogenen Augenbrauen jede Bewegung des Taschentuches verfolgte. Verzagt ließ Polidori es in seinen Schoß sinken, und jetzt entdeckte auch er die braunen Flecken, die Byrons Argwohn erregten.

»Das, Sir, ist *Farbe*«, rief er und setzte wütend hinzu: »Lackfarbe!«

Immerhin überschlug sich seine Stimme nicht. Polidori atmete auf. Das Beben in seinen Händen wurde nicht heftiger, es nahm sogar ab.

»Nun gut, wenn *Sie* es sagen!« meinte Byron und wedelte heftig mit den Händen, als wolle er die wirklichen oder vermeintlichen Rätsel, die sich zwischen ihm und seinem Arzt angehäuft hatten, zusammenscharren und zum Wagenfenster hinausfegen. Dabei warf er Polidori einen besorgten, fast ängstlichen Blick zu. Er beklagte sich nicht über den ungebührlichen Ton, in dem Polidori ihm seinen letzten Satz entgegengeschleudert hatte. Plötzlich schien er nur noch darauf aus, zu schlichten, zu entschärfen und die Wogen, die er selbst aufgepeitscht hatte, zu glätten.

»Eine höchst sonderbare Geschichte, die Sie da erlebt haben«, meinte er schließlich mit veränderter Stimme. »Und ich bin froh, daß ich mich dafür mit einer anderen Geschichte revanchieren kann. Auch sie ist ziemlich merkwürdig.«

Das Zittern in Polidoris Händen hatte sich ganz gelegt, als er das Blatt aus dem »Hortus Pastorum« in seine Tasche zurückschob. Er setzte sich sehr gerade auf seine Bank. Die Hände legte er vor sich auf die Knie. Mit einer Geschichte würde ihm Byron nicht davonkommen.

Tote und Scheintote

»In einer kleinen Stadt«, so begann Byron, »nicht weit
von hier wurde kürzlich ein neues Leichenhaus errichtet, weil das alte nicht mehr groß genug war. Nie nahm
die Zahl der Särge ab, die bestattet werden mußten,
und die Zeitspanne, während der man sie vorher auf-
bewahrte, war, wie überall in Europa, auch in dieser
Stadt im Laufe der Jahre immer länger geworden. Als
nun die ersten Toten in das neue Leichenhaus gebracht wurden, zeigte es sich, daß man hier gerade die
Vorsicht im Hinblick auf die Scheintoten nicht so be-
achten konnte, wie es Vorschrift war. Die Wohnung
des Totengräbers lag direkt neben dem alten Leichenhaus, doch von dem neuen war sie so weit entfernt,
daß der Totengräber beim besten Willen kein Scharren im Sarge, kein Rufen und kein Sargglöckchen
hätte hören können, ja, nicht einmal das Gepolter
eines herabstürzenden Sargdeckels. Die Sache war
ernst, also fragte man den Bürgermeister des Städt-
chens um Rat, und dieser ordnete kurzerhand an:
›Legt die Scheintoten in das alte Haus und bringt die
wirklich Toten in das neue‹.«

Byron lachte, aber Polidori ließ sich nicht zur Heiterkeit einladen. Er hatte, während Byron sprach, vor

sich die tief gestaffelte Landschaft eines großen Gedankens erblickt.

»Sind denn nicht alle Toten Scheintote?« fragte er kaltblütig.

Byron riskierte schon wieder einen seiner belustigten Blicke. Aber Polidori ließ sich nicht beirren.

»Sir, denken Sie nicht, ich hätte den vordergründigen Witz Ihrer Geschichte nicht verstanden! Ihre tiefere Bedeutung aber scheint auch Ihnen entgangen zu sein.«

Byron sah ihn mißtrauisch an. Jedenfalls hörte er zu.

»Sind nicht alle Toten nur Scheintote?« wiederholte Polidori. »Sind nicht auch die wirklich Toten in Wirklichkeit bloß scheintot? Können nicht auch sie wieder lebendig werden? Liegt nicht darin die Pointe Ihrer Anekdote? Alle Toten sind scheintot, und sie bleiben es – ihr Leben lang. Denn auch die Toten, so scheint mir, haben ein Leben. Gewiß, ein subalternes und nicht sonderlich bequemes Leben, aber doch ein Leben. Wer sein Leben als Toter fristet, der ist für immer und ewig auf andere angewiesen. Er muß sich an die Lebenden halten. Der Tod befreit nicht. Er macht abhängig. Aber solange es Lebende gibt, sind die Toten nicht wirklich tot, sondern allenfalls scheintot. Sie können zu jeder Zeit wieder lebendig werden.«

»An Ihnen ist ja ein Prediger verlorengegangen«, meinte Byron.

»Denken Sie an den Totengräber in Dover«, fuhr

Polidori fort. »Er wußte nichts von dem einst so berühmten Mann auf seinem Kirchhof. Es mußte einer kommen wie Sie, Sir, um den guten Churchill für ihn und für uns alle wieder lebendig werden zu lassen. – Außerdem leben die Toten nicht nur in dem Bild fort, das sie in unserem Gedächtnis zurückgelassen haben, sondern auch in ihren Taten und Werken und Überresten. Jawohl, Sir, auch in den Überresten. Sie müßten es wissen. Sie kennen nicht die Namen der Krieger, deren Säbel und Kürassierpanzer und Uniformknöpfe Sie von den Andenkenhändlern in Waterloo gekauft haben. Aber leben die Männer, denen diese Dinge gehörten, und selbst der Franzose, den jener Säbel durchbohrte, nicht in diesen Reliquien fort?«

Byron sah hinaus in die Ebene, über der sich die Dämmerung verdichtete, und nickte.

»Doch vor allem«, fuhr Polidori fort, »sind es ihre Taten und Werke, in denen die Menschen über ihren Tod hinaus fortleben. Allerdings nicht in all ihren Werken mit der gleichen Lebendigkeit und Kraft. Das ist es, was mich am Arztberuf, so kurz ich ihn erst ausübe, oft zweifeln und manchmal auch verzweifeln läßt.«

»Was haben Sie Ihrem Patienten eigentlich gegeben, Doktor?«

»Opiumtinktur. Ein äußerst bekömmliches, vielseitiges Mittel, das ich gern verwende. Aber man wird sich der Wohltat, die ich diesem Mann erwies, im

Hause des Schmieds wohl nicht sehr lange erinnern. Man wird sie für immer vergessen – noch zu meinen Lebzeiten. Wie anders verhält es sich dagegen mit den Büchern, wenn demnächst mein ›Cajetan‹ auf haltbarem Papier gedruckt, mit haltbarem Faden gebunden erscheint, und später vielleicht auch einmal mein ›Ximines‹!«

»Daß gerade Sie in diesem Punkt so zuversichtlich sind, erstaunt mich, Doktor. Was ist denn, wenn Ihre Werke unserem Schmied in die Hände fallen?«

»Eine bedrückende Aussicht, gewiß, Sir. Aber die ganze Auflage? Nein, worauf ich hinauswill, ist dies: Nicht nur alle Toten sind scheintot. Auch wir Lebenden sind allesamt scheintot – solange wir nichts unternehmen, uns in das Gedächtnis anderer Menschen einzuprägen. Leben nicht auch wir Lebenden, genau wie die Toten, vor allem im Gedächtnis der anderen? Und was ist der Stoff, aus dem dieses Dasein besteht, das Blut, das dieses Dasein lebendig erhält, das Elixier dieses ewigen Lebens? Sie selbst, Sir, kennen es besser als Ihr Arzt. Es ist der Name, das Ansehen – mit einem Wort: der Ruhm!«

Kaum hatte Polidori dieses letzte Wort mit letzter Kraft hervorgestoßen, da überkam ihn eine große Erschöpfung. Aber er war zufrieden mit sich. Er hatte gesagt, was zu sagen war. Durch seine weitläufigen Ausdeutungen hatte er Byron seine Geschichte gleichsam entwunden und ihn entwaffnet. Das genügte fürs erste.

Byron indessen gab sich nicht geschlagen.

»Ihre Theorien vom ewigen Leben in allen Ehren, Doktor«, meinte er und ließ die Zungenspitze ein paarmal zwischen den Mundwinkeln hin- und herfahren. »Sie gefällt mir, sie überzeugt, sie trifft zu − so weit, wie sie reicht.«

»Es freut mich, daß Sie dies zugeben, Sir«, erwiderte Polidori und wartete ab.

»Aber daß es Leben und Lebendigkeit für uns Lebende nur im Gedächtnis der anderen geben soll, das gebe ich nicht zu. Sie haben etwas übersehen, das zum Leben gehört, etwas sehr Wichtiges. Sie haben die Gegenwart vergessen, den Augenblick − und einen besonderen Augenblick ganz besonders. Ich frage mich, warum er in Ihren Erwägungen nicht vorkommt.«

Polidori spürte, daß er auf der Hut sein mußte.

»Ich verstehe nicht, Sir.«

»Nun, denken Sie an Geneviève!«

»Sie meinen...?«

»Man fühlt sich immer so jung danach, nicht wahr, Doktor?«

»Allerdings!« antwortete Polidori in einem Ton, der triumphierend klingen sollte.

Doch im nächsten Augenblick packte ihn der Zorn. Es ärgerte Polidori, wie Byron sich zum Dirigenten der Empfindungen seines Arztes aufgeworfen hatte. Aber er war vor allem wütend über sich selbst: darüber, daß er sich von Byron hatte nötigen lassen, in einem Punkt aufzutrumpfen, in dem von Triumph keine Rede sein konnte. Es machte ihn rasend, daß er kein Mittel fand, die Zudringlichkeit abzuwehren, mit der Byron sich an den Namen des Mädchens aus Ostende gekrallt und in Polidoris eigener Geschichte eingenistet hatte.

Plötzlich kam ihm der Gedanke, Byron habe nicht nur das Zimmermädchen im »Cour Impériale« und jene Clara, sondern auch die Tochter des Buchhändlers wirklich besessen. Es war eine unsinnige Vorstellung, und trotzdem sah Polidori alles vollkommen deutlich vor sich. Wie Byron, bevor er sich ganz in sie fügte, noch einmal den Kopf hob und mit geschlossenen Augen den Duft der Geranien einsog, wie sich seine Lippen ihrem Ohr näherten, etwas hineinflüsterten – Polidori konnte nicht verstehen, was – und nachher an ihrem Hals hinabglitten.

Da schien es Polidori an der Zeit, sich zur Wehr zu setzen. Keineswegs merkwürdig, sondern den Gefährdungen, denen er ausgesetzt war, durchaus angemessen, erschien ihm der Plan, sich seinerseits, wenn schon nicht im vergangenen, so doch im zukünftigen Leben Seiner Lordschaft festzusetzen und zum Mitbewerber zu werden – zum Mitbewerber um ewiges Leben, um Ruhm und um Jugend. Aber kaum hatte er diesen Plan ins Auge gefaßt, da erkannte er, daß er ihn, recht betrachtet, schon von Beginn an verfolgt hatte.

Während Byrons Wagen zwischen menschenleeren Feldern und Bauerngärten auf die heilige Stadt am Rhein zurollte, über deren Mauern die Türme der Kirchen, die Giebel der hohen Häuser, auch die Flügel einer Windmühle und der riesige Arm eines hölzernen Krans als nachtschwarze Silhouette in den abendlichen Himmel ragten, glaubte Polidori, er könne dem Dichter mit den ungleichen Beinen bei guter Aussicht auf Erfolg entgegentreten – vielleicht sogar auf dem Felde der Literatur, gewiß aber auf jedem anderen.

Plötzlich durchbrach Byron das Schweigen, das sich zusammen mit der Dunkelheit zwischen sie geschoben hatte.

»Übrigens, Doktor, als sie eben ganz richtig bemerkten, daß die Toten und die Lebenden nicht nur im Gedächtnis, sondern auch in Taten und Werken und Überresten weiterleben, da haben Sie eine Möglichkeit des Weiterlebens vergessen.«

»Welche, Sir?«

»Sie hat mit dem besonderen Augenblick zu tun, Polidori – Kinder.«

»Sie haben Kinder, nicht wahr, Sir?«

Auf Byrons Zügen erschien plötzlich jener Ausdruck tiefer Betrübnis, den Polidori bisher immer nur an dem schlafenden Dichter bemerkt hatte.

»Ja, meine Tochter«, sagte er. »Ada. Nachts ist sie fast immer bei mir. Sie geht mir nach. Dabei kann sie noch gar nicht laufen.«

»Sie ist eben ein Nachkomme.«

»Sehr witzig!«

»Nein, Sir. Gespenstisch!«

Die Stadt der Elftausend Jungfrauen

Ein Schiff sollte kommen, und ganz Köln schien darauf zu warten. Scharenweise waren bereits Fremde in die Stadt eingefallen und hatten sämtliche Hotels besetzt. Bei sechs oder sieben von ihnen hatte sich Berger vergeblich nach Unterkunft für Byron und seinen Troß erkundigt, bevor er endlich etwas fand. An der verwitterten Fassade des »Hôtel de Prague« prangte ein viel zu großer, mit Maßwerk reich verzierter Erker. Den Raum dahinter nannte der Hotelier sein »Zwei-Kaiser-Zimmer«. Er war noch nicht vermietet, und Byron gefiel die Aussicht, in einem Zimmer zu nächtigen, in dem vor ihm schon andere hohe Gäste logiert hatten. Aber der Preis, den er hierfür bezahlen sollte, gefiel ihm nicht. Mit finsterer Miene nahm er ihn zögernd hin, und nun bemühte sich der Wirt unter eifrigem Händereiben, seine übertriebene Forderung mit einem ebenso übertriebenen Strahlen zu vergelten.

Dieses Strahlen richtete sich, durch ein Lorgnon gebündelt, zunächst auf einen rätselhaften Zettel, den Byron ihm über den Schanktisch zuschob. Aus dem tiefen Schatten neben der Einfahrt zum Hof des Hotels hatte ein Ausrufer Polidori diesen Zettel zugesteckt und dabei im lokalen Idiom verschiedene unverständliche

Laute ausgestoßen, die für jedes englische Ohr eine Zumutung waren. Drinnen hatte Polidori bald erkannt, daß die Schrift, mit der das Blatt bedruckt war, eine nicht minder große Zumutung für jedes englische Auge darstellte. Kopfschüttelnd hatte er es an Byron weitergereicht. Aber auch dieser war nicht in der Stimmung gewesen, die gotisch verschrobenen Lettern zu entziffern, die zuletzt nun der Wirt in Augenschein nahm.

Für kurze Zeit zeigten sich auf dessen Stirn einige Runzeln. Doch dann verklärte sich sein Blick, das Lorgnon sank, und ein Strahlen, noch heftiger als zuvor, glitt auf das mehlbleiche Gesicht.

»Aber Mylord!« sagte er. »Es handelt sich um das Dampfboot! Mylord haben gewiß davon gehört. Es kommt aus England – genau wie Mylord.«

Nun runzelte Byron die Stirn. Er sprach weniger gut deutsch als Polidori. Aber er verstand das meiste von dem, was gesagt wurde.

»Mir scheint, Mylord wissen nichts davon«, fuhr der Wirt fort. »Hat es sich denn in London nicht herumgesprochen? Hier redet man von nichts anderem! Dergleichen hat es noch nie gegeben. Zum ersten Mal ein Dampfboot auf dem Rhein! Übermorgen soll es eintreffen! Ein Triumph! Ich hatte geglaubt, auch Mylord seien gekommen, um dem festlichen Empfang beizuwohnen.«

Byron blieb stumm. Nach dem Gezänk mit den Wachen am Stadttor, die dreist um die Höhe des Bestechungsgeldes gefeilscht hatten, ehe sie die beiden Wagen an diesem späten Abend noch in die Stadt ließen, und nach der anschließenden Irrfahrt durch die Gassen und Sträßchen von Köln zu lauter überfüllten Gasthäusern, ballte sich in Byron der Zorn gegen das englische Dampfboot auf dem Rhein und gegen alle rheinischen Wegelagerer an seiner Fahrtroute. Polidori spürte es, der Wirt nicht. Er hatte sein Strahlen so fest auf Byron geheftet, daß seine Frau, die neben ihm hinter der Theke stand, schon ein besorgtes Gesicht machte.

»Niemand«, so begann der Wirt schon wieder, »sollte sich dieses Schauspiel entgehen lassen. Wenn Mylord es wünschen, könnte ich...«

»Ich wünsche, daß Sie uns den Weg von diesem Haus zum Dom aufklären!« unterbrach ihn Byron.

Das Strahlen erlosch.

»Zum Dom? Warum denn zum Dom? Mir scheint, man macht sich in England eine ganz falsche Vorstellung von unserem Dom. Er ist nie fertiggeworden. Praktisch eine Ruine. Jedenfalls steht er ohne Türme da. Von dort sieht man überhaupt nichts. Aber unten am Fluß sind Tribünen aufgestellt. Wenn Mylord es wünschen, könnte ich einen Platz reservieren lassen.«

»Ich wünsche es nicht!« stöhnte Byron. Mit einem Ruck wandte er sich zu Polidori um.

»Doktor, sagen *Sie* es ihm! Erklären *Sie* ihm, was wir hier wollen.«

Aber Polidori konnte es nicht erklären. Er machte nur ein erstauntes Gesicht.

Da fuhren nacheinander drei zornig mitzählende Finger aus Byrons Faust nicht auf den Wirt, sondern auf Polidori los: »Kaspar! – Melchior!! – und … und …«

Byron stockte. Er räusperte sich. Es entstand eine Stille.

»… und Balthasar«, ergänzte die Frau des Wirts mit freundlichem Singsang in der Stimme.

Byron dankte ihr mit einem Kopfnicken.

»Balthasar. Sehr richtig!« rief Polidori. »Drei Könige wollen wir sehen – oder ihren Sarg, aber nicht irgendwelche Dampfboote!«

Der Wirt konnte es nicht fassen. Er deutete auf einen Tisch, der gerade frei geworden war.

»Wenn die Herrschaften noch etwas essen möchten … nehmen Sie Platz. Meine Frau kommt gleich zu Ihnen. Bei ihr können Sie bestellen.«

Polidori und Byron setzten sich. Um sich herum erblickten sie nur satte, erwartungsfroh gestimmte Gesichter.

»Lauter Schaulustige«, murmelte Polidori nachdenklich.

»Immerhin haben sie es nicht auf mich abgesehen«, sagte Byron.

Fletcher, Berger und Rushton hatten ein paar Tische entfernt Platz gefunden. Eine erschöpft dreinblickende Magd setzte jedem von ihnen gerade ein blaßgrünes Krautgebirge vor, an dessen Fuß ein rosa Fleischstück schillerte.

Die Frau des Wirts kam zu Polidori und Byron. Als sie sah, wie sehnsüchtig Polidoris Blick bei den dampfenden Tellern der Dienstboten weilte, schüttelte sie bedauernd den Kopf. Die Küche habe soeben geschlossen, erklärte sie: »Aber einen halben Hahn kann ich Ihnen noch bringen.«

»Zwei Scheiben Zwieback und ein Glas Wasser sind genug für mich«, sagte Byron.

»Ich nehme den gebratenen Vogel«, verkündete Polidori.

Die Frau des Wirts sah ihn zuerst verwirrt an, dann lachte sie.

»Immer zu einem Scherz aufgelegt, wie?« sagte sie und ging davon.

Wenig später servierte sie Byron seinen Zwieback und schob Polidori einen Teller zu, auf dem eine zentimeterdicke Scheibe gelber Käse und eine Schnitte Brot lagen. »Den Senf hole ich Ihnen noch«, fügte sie hinzu und kehrte zur Theke zurück.

»Und was ist mit dem Hahn?« wollte Polidori wissen, aber die Frau des Wirts hörte es nicht mehr. Sie brachte den Senf, löffelte Polidori eine Portion davon auf den Tellerrand, wünschte einen guten Appetit und blieb mit einem aufmunternden Lächeln am Tisch stehen.

»Mylord haben ganz recht«, sagte sie. »Es gibt wirklich Wichtigeres als dieses Dampfboot!«

Byron nickte ihr zu und knabberte lustlos an seinem Zwieback. Polidori war inzwischen zu dem Schluß gelangt, daß der Käse eine Vorspeise sei, und machte sich mit Messer und Gabel darüber her. Mit dem Senf wußte er allerdings nichts anzufangen.

»Mylord wollen sich bei der Besichtigung von Köln also an unser Stadtwappen halten?« fragte die Frau des Wirts.

»Ich verstehe nicht, Madame.«

»Zuerst die Heiligen Drei Könige im Dom und dann die Elftausend Jungfrauen.«

Polidori horchte auf.

»Sie sagen mir Rätsel«, meinte Byron.

»Dort drüben – sehen Sie?« Die Frau des Wirts deutete auf ein kleines Fenster neben der Tür zum Hof. Wegen der Dunkelheit draußen war das farbige Wappenschild darin nur schemenhaft zu erkennen.

»Im oberen Feld die drei Kronen und darunter die elf Flämmchen. Jedes Flämmchen steht für tausend Jungfrauen. Sie haben die Stadt vor den Hunnen gerettet.«

Inzwischen war auch der Wirt von der Theke herübergekommen. Den letzten Sätzen seiner Frau hatte er mit argwöhnischer Miene gelauscht.

»Genug jetzt!« rief er. »Wer interessiert sich um diese Zeit noch für Hunnen? Gertrud, du langweilst die Herrschaften!«

»Aber keines Weges!« meinte Byron. »Jungfrauen langweilen mich nie. Bitte, Madame, fahren Sie fort. Wie ging es diesen Jungfrauen mit den Hunnen?«

145

Die Frau des Wirts setzte sich zu ihren Gästen und begann zu erzählen.

»Hierzulande kennt fast jeder ihre Legende. Sie hatten den Papst in Rom besucht und landeten auf der Heimreise bei Köln. Aber Köln wurde gerade belagert, von den Hunnen – und die machten sich sofort über die Jungfrauen her. Als sie nun erkannten, daß die Jungfrauen sich wehrten und weigerten und lieber das Martyrium erlitten, als ihre Jungfräulichkeit zu verlieren, da metzelten sie alle nieder, alle elftausend. Am nächsten Morgen waren die Belagerer verschwunden, aber überall lagen Mädchenleichen herum. Die Hunnen hatten vor der eigenen Blutgier die Flucht ergriffen. Übrigens, Mylord, Sie können sie besuchen.«

»Wen?« fragte Byron.

»Die Jungfrauen.«

»Aber Madame! Was für Scherze!«

»Schluß jetzt!«, fuhr der Wirt dazwischen, »es ist viel zu spät für diese Dinge. Die Herrschaften wollen zu Bett.«

Polidori hatte seinen Käse und das Brot inzwischen vertilgt und wandte sich an den Wirt.

»Wo bleibt denn mein Hähnchen?«

»Wie bitte?« fragte der Wirt.

»Mein halber Hahn!«

Der Wirt sah ihn entrüstet an. »Wollen Sie sich über uns lustig machen? Sie haben ihn doch gerade verspeist!«

Polidori stutzte und fand lange keine Lösung für

dieses Rätsel. Da kam ihm der Gedanke, daß er hier soeben vielleicht einer Spielart der sogenannten »rheinländischen Fröhlichkeit« begegnet war, einer für Briten und andere Ausländer seit jeher schwer zu ergründenden Geisteshaltung, über die schon bei Tacitus nichts zu lesen war und über die sich auch die neueren englischen Reisehandbücher nur in dunklen Andeutungen ergingen. Polidori überlegte, wie er durch geschicktes Fragen und kluges Mienenspiel noch mehr über dieses Phänomen in Erfahrung bringen konnte.

»Ach«, sagte er schließlich, »das war also ein Hahn?«

»Ein halber!« rief der Wirt und kehrte mit finsterer Miene zu seiner Theke zurück.

Dort begann er eine ganz und gar unfrohe Betriebsamkeit zu entfalten, die anscheinend nur darauf abzielte, sämtliche Personen im Raum nach verschiedenen Seiten hinauszudrängen. Er fuhr hierhin und dorthin, schob das große Meldebuch in das Fach zurück, aus dem er es vorhin gezogen hatte, räumte ein paar Gläser zur Seite und wischte mit einem Tuch über die Anrichte. Schließlich rief er durch die Tür hinter dem Schanktisch nach der Magd und gab ihr mit einem ungeduldigen Wink zu verstehen, sie möge sich um das Handgepäck Seiner Lordschaft kümmern, das neben dem Treppenaufgang lagerte.

Polidori bemerkte, wie Byron der Magd mit dem Blick folgte und daß er ein Lächeln für sie bereithielt.

Aber dieses Lächeln mißriet, weil die Magd vor lauter Müdigkeit vollkommen blind gegen ihre Umgebung war und nur noch Augen für die Schlaufen und Tragegriffe der Reisetaschen hatte. Auch die Frau des Wirts war Byrons Blick gefolgt.

»Im Ernst, Mylord«, sagte sie jetzt und erhob sich von ihrem Stuhl, »in Sankt Ursula können Sie den Jungfrauen einen Besuch machen.«

Sie ging zur Schanktheke hinüber, und Byron sah ihr erstaunt nach. Aber ehe er ihr noch eine Frage stellen konnte, hatte der Wirt seine Frau schon aus der Gaststube geschoben. »Jetzt reicht es aber!« rief er ihr nach. »Jungfrauen!«

Byron winkte ihn noch einmal zu sich.

»Noch eines, Herr Wirt«, sagte er nach einem kurzen Zögern, »meine Diener können bei den Wagen schlafen. Aber mein Freund hier« – er deutete auf Polidori – »braucht einen Raum. Nicht neben meinem, sondern höher und mit Abstand.« Und in englischer Sprache fügte er, an Polidori gewandt, hinzu: »Sie lieben die Höhe, nicht wahr, Doktor? Und Sie streben nach Höherem. Ein hochgelegenes Zimmer wäre Ihnen doch recht, oder?«

Polidori nickte. Er wollte nicht noch einmal aus Byrons Nähe fliehen müssen. Und was die Scherze anging, die Byron auf seine Kosten machte, so nahm er sie seit einiger Zeit gelassen hin.

In einem gewissen Sinne beschwingten sie ihn sogar. Zum einen enthielten sie fast immer einen wahren

Kern, und auch das, was an Verletzendem in ihnen stecken mochte, machte Polidori nichts mehr aus, seit er begonnen hatte, alles, was Byron ihm antat, zu horten, es als einen heimlichen Leidensschatz anzuhäufen und so umzumünzen, daß ihn diese Kränkungen nun ebenso kräftigten wie die Ermunterungen, die Byron manchmal noch für ihn bereithielt. Zum anderen gaben die Pointen, mit denen Seine Lordschaft nach ihm stach, Polidori auch eine Art von Selbstgewißheit. Er spürte, daß die Gegenwehr, zu der er sich entschlossen hatte, nicht ins Leere ging. Polidori kämpfte nicht gegen Windmühlenflügel, die ihren Gegner *achtlos* mit in die Höhe rissen, weil sie sich ohnehin drehten. Byrons Genie mochte ein gnadenloses Räderwerk sein, vor dem nichts und niemand sicher war. Aber es war kein blinder Mechanismus. Byrons Genie besaß Augen. Und diese Augen hatten bemerkt, daß sich ganz in ihrer Nähe ein Mitbewerber um Ruhmeshöhe und ewiges Leben und um Jugend eingefunden hatte. An Byrons Sticheleien erkannte Polidori, daß er die richtige Statur für diesen Kampf besaß – nicht zu groß, aber auch nicht so klein, daß sein Gegenspieler ihn übersehen konnte. Überdies besaß Polidori die Genügsamkeit, die notwendig war, um gegen einen riesenhaften Gegner wie Byron zu bestehen. Er verstand es, sich an den unwahrscheinlichsten Kraftquellen zu stärken. Selbst dort, wo Seine Lordschaft sich über ihn lustig machte, fühlte Polidori sich ernst genommen, und geradezu gehoben fühlte er sich, wenn Byron ihn anderen Leuten in lauter wahren Worten so vorstellte: »Und dies ist John William Polidori, Doktor und Dichter – oder vielmehr umgekehrt.«

Es war eine von Byrons schönsten Pointen, aber an diesem Abend in Köln hatte er sie gar nicht zum besten gegeben.

»Halten wir uns also an das Wappen von Köln«, sagte Byron am nächsten Morgen, als er mit Polidori die Mietkutsche bestieg, die der Wirt für sie bestellt hatte.

Während der Fahrt begann es zu regnen, und als der Wagen in der Nähe des Doms hielt, freute sich Polidori, Seiner Lordschaft für den kurzen Weg zum Portal den Schirm anbieten zu können. Daß der riesige Kirchenbau so unfertig dastand, war für Polidori vollkommen begreiflich. Unvorstellbar erschien es ihm, daß er je vollendet werden könnte. Zwischen dem hochragenden hinteren Kirchenschiff und dem mächtigen Unterbau für die Türme klaffte eine breite, notdürftig überdachte Lücke. Und die Türme selbst fehlten auf eine beklemmend endgültige Art und Weise – nicht so, als könnten sie durch vermehrten Fleiß der Handwerker noch in die Höhe wachsen, sondern so, als wären sie schon einmal dagewesen und später von der Hand eines Riesen abgerissen oder weggebrochen worden.

Während Byron und Polidori den Schrein der Drei

Könige betrachteten, näherte sich ihnen ein Kirchen-schweizer und erklärte ungefragt, dieser Schrein sei »mindestens« drei Millionen Franken wert.

»Es ist gut«, entgegnete Byron. »Wir kaufen nichts.« Der Kirchenschweizer wandte sich mit belei-digter Miene ab.

Auf dem Rückweg vom Dom zum Wagen bewies Poli-doris Schirm ein weiteres Mal seine Nützlichkeit. Es regnete noch immer, sogar stärker als zuvor, und wäh-rend der Fahrt nach St. Ursula beteuerte Byron in im-mer neuen Worten und Wendungen, wie geborgen und wohl verwahrt er sich unter Polidoris gewaltig aus-greifendem Schutzdach fühle. Für den kurzen Fuß-weg vom Wagen zur Kirche der Elftausend Jungfrauen nahm er den Regenschirm mit ungeübtem Griff sogar selbst in die Hand.

Doch als er ihn an der Kirchentür zurückgab, da spürte Polidori, wie sich das, was Byron eben noch eine »wohltätige Errungenschaft des bürgerlichen Le-bens« genannt hatte, wieder in ein tückisches Gerät verwandelte, das zwar Regentropfen fernhielt, dafür aber ganze Hagelschauer von Hohn und Spott auf sich und seinen Besitzer herabzuziehen vermochte. In zu-sammengelegtem Zustand im Inneren einer Kirche wurde der triefende Parapluie erst recht zum Ridikül.

Mit einem schweren Schlüssel sperrte der Küster eine eisenbeschlagene Tür auf. Er ließ seine Besucher vorangehen und blieb versonnen lächelnd an der rückwärtigen Wand der hohen Seitenkapelle stehen.

Polidori war zunächst wie geblendet. Aus zahllosen rot ausgekleideten Nischen ringsum lächelten, von wulstigem Schnitzwerk umrankt, die Jungfrauen in den Raum. Die meisten von ihnen reichten nur bis zu den Schultern hinab, andere bis zu den Ellbogen, so daß man auch die angewinkelten Arme mit den andächtig gefalteten Händen daran sehen konnte.

Ihre Köpfe waren von langem, gelocktem Haar umflossen, und auf allen Gesichtern lag ein Lächeln, so undurchdringlich wie das des Küsters, aber weniger verklärt. Keine dieser Jungfrauen blickte himmelwärts, und keine hatte die Augen züchtig niedergeschlagen. Jede sah geradewegs auf den, der vor ihr stand. Es lag keine Lockung und kein Entgegenkommen in ihren Mienen, wohl aber unverzagte Freundlichkeit, Klugheit und bei manchen von ihnen ein Anflug von Belustigung über den Betrachter, der nicht recht wußte, wie er sich zu soviel schöner Stärke stellen sollte.

Polidori sah sich nach dem Küster um. Der hatte die Hände auf den Rücken gelegt und schien auf Bekundungen der Ehrfurcht oder des Staunens zu warten, während er, immer noch lächelnd, zusah, wie sich dort, wo die Spitze von Polidoris Regenschirm den Steinboden berührte, eine kleine Wasserlache bildete.

Aber der Küster lächelte nicht deswegen. Sein Lächeln war von einer fast überirdischen, jedenfalls über Schirme und ihre Tücke hoch erhabenen Zuversicht. Es lag eine Art frommer Erfolgsgewißheit darin, die Polidori stutzig machte. Dieser kleine, nahezu kahlköpfige Mann, der so beharrlich das Anwachsen der Pfütze um Polidoris Schirm beobachtete, wartete auf das Eintreten einer Wirkung.

Noch einmal musterte Polidori die barocke Pracht der Regale an den Wänden. Da stach plötzlich eine dieser hölzernen Jungfrauen Polidori mit ihrem unerschrockenen Blick tief ins Herz, und wie jedesmal, wenn ihm das Mädchen aus Ostende in den Sinn kam, durchfuhr ihn ein scharfes Bedauern. Es war, als würde nicht er selbst, sondern sein Körper mit all seinen Sinnen einen Augenblick lang um alles trauern, was Körper je aneinander versäumt hatten.

»He, Doktor!«

Polidori fuhr aus seinen Gedanken hoch.

»Dort oben, sehen Sie doch!« flüsterte Byron.

Polidori blickte in die Höhe. Unzählige Knochen bedeckten die Wände über den Regalen, ein lückenlos dichtes Mosaik aus Gebein, das bis zum Ansatz des Deckengewölbes hinaufreichte. In breiten übereinanderliegenden Bändern bildeten die Knochen geometrische Figuren und verschiedene Kreuzformen aus Armspeichen und Ellen. Sterne und Rosetten waren aus einzelnen Wirbeln zusammengesetzt. Und inmitten dieser beinernen Dekorationen erkannte Polidori große lateinische Buchstaben aus Schenkelknochen, die sich von dem mit schmalen Rippen, mit winzigen

Finger- und Fußknochen schraffierten Hintergrund kaum abhoben.

Die Knochen waren nicht weiß oder grau, sie waren ockerbraun. Grau wirkte nur der feine Schleier aus Staub, der sie überzog. Licht und Wetter hatten die Gebeine im Halbdunkel dieser Kammer nicht ausgebleicht. Diese Knochen, so alt sie sein mochten, hatten sich nicht in Stein und Mineral verwandelt. Das Leben hatte sich verflüchtigt, aber der Tod war in ihnen lebendig geblieben. Starr und spröde nistete er in den Ornamenten und Schriftzeichen, die Polidori vergeblich zu entziffern versuchte.

Byron wandte sich an den Küster.

»Elftausend Jungfrauen. Aber wo sind die Köpfe?«

Das Lächeln um die Mundwinkel des Küsters glich mehr als vorher dem der gotischen Jungfrauen. Es wirkte jetzt diesseitiger. Der Effekt, auf den der Kirchendiener gewartet hatte, war eingetreten.

»Sie sehen die Jungfrauenbüsten in diesem Raum«, erklärte er. »In jeder – es sind mehr als hundert – ruht ein Haupt. Wenn Sie einmal einen Blick hier hineinwerfen wollen...«

Er trat auf eine der Jungfrauen zu, die ihm aus ihrer roten Nische entgegenlächelte, und deutete auf eine gerundete Öffnung in ihrem Sockel, groß genug, um zwei Finger hineinzulegen. Byron beugte sich vor, spähte hinein und richtete sich mit zweifelnder Miene wieder auf. Auch Polidori erkannte nur Finsternis.

»Viele hundert Häupter sind außerdem in den Fächerleisten zwischen den Nischen untergebracht.«

Der Küster deutete auf eine senkrechte Reihe von Fensterchen, die kaum auffielen, weil sie von vergoldeten Schnitzereien eingerahmt waren. Doch wenn man nahe genug herantrat, konnte man hinter den Glasscheiben die Schädel erkennen. Bis über die Augenhöhlen waren sie mit breiten, bestickten Bändern umhüllt, die nur den oberen Teil der Stirn und die Schädeldecke freiließen.

»Die übrigen Gebeine ruhen in den großen Steinsarkophagen drüben in der Kirche.«

»Es ist sehr beeindruckend«, sagte Polidori.

Der Küster nickte zufrieden.

»Es gibt natürlich auch Leute, denen gefällt das hier gar nicht. Die packt der Ekel, wenn sie das sehen. Denen sage ich dann: Was wollen Sie? Das ist kölsch-katholisch – wenn Sie wissen, was ich meine.«

Polidori war sich dessen nicht sicher. Byron beugte sich jetzt zu ihm und sagte halblaut auf englisch: »Die Knochen sind eigentlich das, woran man bei Jungfrauen am allerwenigsten denkt, nicht wahr, Doktor?«

Polidori warf einen Blick zu dem Küster hinüber. Doch der schien nichts verstanden zu haben. Er ließ sich jedenfalls nichts anmerken.

»Gibt es überhaupt einen Unterschied zwischen Jungfrauen und anderen Frauen, Doktor?« fuhr Byron fort. »Ich meine, im Knochenbau?«

Polidori schüttelte den Kopf.

»Und das sind nun alles Jungfrauenbeine?« fragte Byron den Küster auf deutsch.

Der Kirchendiener lächelte nachsichtig. »Es gibt natürlich *Bein*knochen hier, aber wir haben auch andere. Unfromme Leute behaupten sogar, wir hätten hier Pferdeknochen. Aber das kümmert uns überhaupt nicht.«

»Sie besitzen große Vorräte«, sagte Polidori.

»Früher waren sie größer.«

»Ist Ihnen denn schon etwas abhanden gekommen?«

»Früher war es üblich, Reliquien an Kirchen in anderen Städten oder an Klöster weiterzugeben. Es wurde auch viel getauscht – fast eine Art von Handel.«

Polidori tastete in der Innentasche seiner Jacke nach dem Geldbeutel.

»Verkaufen Sie noch?« fragte er und nahm eine Goldmünze aus seiner Börse.

»An Sie?« Der Küster sah ihn mit einem strafenden Blick an und schwenkte seinen großen Zeigefinger.

»Kein Haupt«, erläuterte Polidori, »nur ein paar Knochen.«

Entschiedenes Kopfschütteln war die Antwort.

»Ich bin Arzt.«

Das Kopfschütteln nahm an Entschiedenheit noch zu.

»Und Engländer!« beharrte Polidori.

Mit einem bösen Blick auf das Goldstück in Polidoris Hand sagte der Küster: »England ist kein katholisches Land!«

Polidori überlegte, ob er seine italienische Herkunft ins Feld führen sollte. Aber auch hierdurch würde sich der Hüter dieser Schätze nicht erweichen lassen. Polidori zuckte mit den Achseln, steckte die goldene Münze wieder ein und suchte statt dessen nach der geringsten, die er finden konnte. Wortlos ließ der Kirchendiener sie mit einer raschen Drehung der Hand zwischen den Falten seines Gewandes verschwinden.

»Sie hätten nicht sagen sollen, daß Sie Arzt sind. Das macht jeden mißtrauisch«, meinte Byron, als sie bald darauf wieder im Wagen saßen und zum Hotel zurückfuhren.

Polidori antwortete nicht. Er sah durch die verregnete Scheibe nach einem schmalen, hohen Haus mit spitzem Giebel, das bis zum ersten Stockwerk in einem Tümpel aus Rauch versunken war. Der Rauch quoll aus einem der Kamine, aber statt in die Höhe zu steigen, trieb er an der Seite abwärts und blieb in kalten Schwaden zwischen den Obstbäumen hängen, die um das Haus standen.

»Mein Großvater war Doktor wie ich«, begann Polidori nach einer Weile. »Aber einmal hat auch er ein Gedicht verfaßt, ein Gedicht über sämtliche Knochen des menschlichen Körpers, über jeden einzelnen von ihnen. Stellen Sie sich vor, Sir, auf die weniger wichtigen dichtete er ein oder zwei Verse und auf die wichtigen eine ganze Strophe, auf den Schädel natürlich mehrere.«

»Natürlich!« äffte Byron ihn nach.

Polidori seufzte.

»Vielleicht haben Sie recht, Sir. Es war wirklich ein langes, ziemlich pedantisches Gedicht. Auch waren die Reime nicht alle gleich schön und rein. Trotzdem habe ich diesem Großvater in dichterischen Dingen sehr viel zu verdanken.«

Polidori besann sich einen Augenblick auf sein literarisches Herkommen und fügte hinzu: »Haben eigentlich auch Sie poetische Vorfahren, Sir?«

»Keinen Dichter, Doktor – aber einen Mörder. Sehen Sie sich also vor!«

Ein Herr, der wenig Worte macht

Während Polidori mit Byron in der Gaststube des »Hôtel de Prague« zu Mittag aß, beschloß er, endlich in die Tat umzusetzen, was er sich schon seit längerer Zeit vorgenommen hatte. Er wollte die Ruhe des frühen Nachmittags nutzen, um einen Blick in die »Petersburger Sündennächte« zu werfen, die ihn seit Ostende unberührt und unerschlossen begleiteten.

Byron nahm wiederum nur eine Kleinigkeit zu sich. Bald erhob er sich vom Tisch und wäre am Fuß der Treppe beinahe mit der Magd zusammengestoßen, die eben hereinkam, um das Geschirr abzuräumen. Polidori konnte nicht verstehen, was Byron zu ihr sagte.

Kurze Zeit später trat Polidori in den Hof, vergewisserte sich, daß niemand ihn beobachtete, und ging hinüber zum Wagenschuppen. Er hob die beiden Pakete mit den wuchtigen Bänden aus dem Gepäckkasten der Kalesche und trug sie auf sein Zimmer.

Sie waren in dickes, braunes Packpapier gehüllt und fest verschnürt. Polidori fand kein geeignetes Werkzeug, um sie zu öffnen, weder eine Schere noch ein Messer. Deshalb begann er mit spitzen Fingern an den unförmigen Knoten zu nesteln. Aber der belgische Buchhändler hatte anscheinend dafür sorgen wollen, daß die Pakete für immer verschlossen blieben. Knoten über Knoten hatte er zu Geschwülsten von perfider Unübersichtlichkeit gehäuft. Polidori spürte, wie ihm die Geduld abhanden kam. Auch bedrückte ihn die Vorstellung, daß er in dem Paket, welches er sich als erstes vorgenommen hatte, womöglich gar nicht den ersten Band fände. Aber bei einem Werk, das aus mehreren Bänden bestand, nicht mit dem Anfang anzufangen, den ersten Band nicht auch als ersten in die Hand zu nehmen, hätte seinem Ordnungssinn durchaus widerstrebt. Andererseits würde er diesen Bänden in russischer Sprache und kyrillischer Schrift, die sich seiner Lektüre also auf doppelte Weise entzogen, ihre Reihenfolge vielleicht gar nicht ansehen können.

Während er solche Erwägungen anstellte, entwich nach und nach jegliches Gefühl aus seinen Fingerspitzen. Da drang aus dem ersten Stock ein Geräusch, ein Rumoren, ein anschwellender Lärm zu ihm herauf, der seine Neugier bald vollends ablenkte. Polidori ließ von der verknoteten Literatur ab, trat in den Gang hinaus und stieg, wenngleich zögernd, die Treppe hinab, der Aufregung entgegen.

Ihrer Mittagsruhe, so schien es, gingen die meisten Gäste dieses Hotels gründlich nach. Schlafmützen erblickte Polidori auf mehreren der Köpfe, die in das Halbdunkel des Gangs ragten und nach der Stelle lugten, von der die Ruhestörung ausging.

Vor Byrons Zimmer stand wild entschlossen und schlotternd zugleich der Wirt. Abwechselnd rang er die Hände, klopfte mit der Faust an die Tür, lauschte einen Augenblick und klopfte noch einmal. Zuletzt rüttelte er auch an der Klinke und hätte fast den Fuß zu Hilfe genommen.

»Ich bitte Sie, Mylord! Öffnen Sie diese Tür! Ich muß mit Ihnen reden! Das ist nicht möglich! Es ist unmöglich! Mylord können doch nicht … Mylord vergessen sich! Ein Skandal! Eine Schamlosigkeit! Mylord, ich lasse die Tür aufbrechen! Gertrud, komm sofort heraus!«

In der Stille, die auf dieses Machtwort folgte, war das Knirschen eines Schlüssels zu vernehmen. Die Tür zu Byrons Zimmer öffnete sich einen Spaltbreit, und es erschien der Kopf der Magd. Der Wirt fuhr zurück. Die Magd spitzte den Mund, legte den Zeigefinger auf die Lippen und zog die Tür wieder zu.

In diesem Augenblick hörte Polidori hinter sich Schritte, die von unten heraufkamen. Er drehte sich um und erkannte die Frau des Wirts, die eben den Treppenabsatz erreicht hatte und blinzelnd die Dunkelheit zu durchdringen suchte, aus der nun der Wirt auf sie zugestürzt kam. Fast hätte er Polidori einen Schlag ins Gesicht versetzt, als er schon auf halbem Wege die Arme ausbreitete und seiner Frau entgegenstreckte.

»Mein Gott, Gertrud, wo hast du nur gesteckt?« rief er, packte sie, die gar nicht wußte, wie ihr geschah, bei den Schultern, drehte sie um und schob sie vor sich her in ein Zimmer auf der anderen Seite des Gangs. Die Tür schlug er hinter sich zu.

Die Zuschauer verharrten noch einen Augenblick auf den Schwellen ihrer Zimmer. Doch ihre Hoffnung auf eine Fortsetzung der Turbulenzen schwand rasch. Einer nach dem anderen gingen sie wieder zur Ruhe. Auch Polidori machte sich auf den Weg nach oben. Doch auf dem Treppenabsatz in halber Höhe zwischen den beiden Oberstockwerken blieb er stehen, lehnte sich an das Geländer und wartete ab.

Einmal glaubte er, gedämpft durch Wand und Tür, die Stimme des Wirts zu hören. Schimpfend schwoll sie an, sank aber lange, bevor sie ihr größte Lautstärke erreicht hatte, in sich zusammen und kroch zurück in den Schutz der Stille.

Den Gang, der zu Byrons Zimmer führte, konnte Polidori von hier oben nicht überblicken. Dies war ein Nachteil. Andererseits aber konnte ihn auch niemand von unten sehen, und dies war ein Vorteil. Polidori nahm sich vor, von nun an die allergrößte Umsicht walten zu lassen. Er ahnte, daß er das Knirschen des Schlüssels im Schloß irgendwann wieder vernehmen würde, und nachdem er eine Viertelstunde auf seinem Posten ausgeharrt hatte, war es soweit. Ein kurzes Geflüster noch – dann machte sich die Magd mit schweren Schritten auf den Weg nach unten.

Polidori wartete eine Minute, ehe er ihr folgte. Als er in die Schankstube trat, stand sie schon wieder hinter der Theke und stellte drei Gläser und eine Flasche auf ein Tablett. Ihre Hände schienen ein wenig zu zittern. Und als sie das Tablett anhob, um es hinüber an den

Tisch beim Fenster zu bringen, wo Berger, Rushton und Fletcher saßen, da stolperte sie und wäre beinahe gestürzt. Die Gläser klirrten, und die Flasche geriet ins Wanken, ohne zu kippen. Polidori war an der Theke stehen geblieben und hatte den drei Bedienten seinen Rücken zugekehrt. Aber beim Klirren der Gläser sah Berger herüber und erkannte ihn.

»Da ist ja auch der Doktor«, sagte er zu seinen beiden Gefährten und dann lauter quer durch den Raum: »Was war denn das für ein Lärm vorhin, Sir?«

»Lärm? Was für ein Lärm?«

»Das frage ich *Sie*, Sir! Sie kommen doch von da oben.«

Alle wandten sich nun Polidori zu und warteten auf die Lösung eines Rätsels, über das sie anscheinend schon eine ganze Zeit debattiert hatten. Auch die Magd, die ihr Tablett inzwischen wohlbehalten zu dem Tisch am Fenster befördert hatte, warf Polidori, ehe sie die Gläser austeilte, einen Blick zu, den er gern verstanden hätte. Wollte sie herausfinden, ob er die Szene vor Byrons Tür miterlebt hatte? Oder ahnte sie, daß es so war, und bat ihn um Verschwiegenheit? Oder wollte sie ihm ganz einfach zu verstehen geben, daß sie gleich an die Theke zurückkehren und sich um seine Wünsche kümmern werde?

»Der Doktor redet eben nicht mit jedem, wie wir wissen«, sagte Rushton zu Berger, so laut, daß alle es hören konnten, und wandte sich wieder dem Tisch zu.

Polidori fuhr aus seinen Gedanken hoch.

»Nein, Rushton, nicht mit jedem! Und mit vorlauten Leuten besonders ungern!« Für die anderen fügte er noch in einem freundlicheren Ton hinzu: »Ein Vorfall, nicht der Rede wert, ein kleines Mißverständnis.«

»Aber erzählen Sie doch!« sagte Fletcher, nachdem er einen Schluck getrunken hatte. »Mit wem sind Sie aneinandergeraten?«

Polidori hob abwehrend beide Hände. Glücklicherweise kam in diesem Augenblick der Wirt von oben herunter, blieb am Fuß der Treppe stehen und sah sich unschlüssig um. Der lebenslängliche Mangel an Tageslicht trat auf seinem Antlitz jetzt besonders unvorteilhaft in Erscheinung.

Sobald die Magd hinter die Theke zurückgekehrt war, fragte er sie kleinlaut: »Wo ist Seine Lordschaft?«

»Ich weiß nicht«, antwortete sie. Polidori stand nah genug, um alles mitanhören zu können.

Der Wirt machte ein gequältes Gesicht.

»Was sollen wir bloß tun? Wie können wir ihn wieder aufmuntern? ... Sei doch so gut und hol schon mal eine Flasche aus dem Keller.«

Die Magd machte sich auf den Weg.

»Vom besten«, rief er ihr nach und wartete ungeduldig auf ihre Rückkehr. Als sie schließlich mit dem Gewünschten erschien, da nahm er die staubige Flasche vorsichtig in die Hand, wischte sie mit einem Lappen ab, betrachtete sie von unten bis oben, schnippte mit dem Finger noch einen winzigen Krümel weg und streichelte ihr liebevoll über Etikett und Hals, als

wollte er durch solche magischen Gebärden die ver-
söhnende Kraft des Weines zu vollkommener Un-
widerstehlichkeit steigern. Schließlich stellte er die
Flasche behutsam in ein Regal, wo sie ihm gleich zur
Hand sein würde, wenn Seine Lordschaft auftauchte.

»Doktor, jetzt verraten Sie uns aber endlich, was da
oben los war!« rief Fletcher vom Fenster herüber.

Der Wirt, der neben seiner Flasche ein wenig in sich
zusammengesunken war, wurde bei diesen Worten
hellwach und rief mit beschwörender Stimme durch
den Raum: »Meine Herren, bitte keine Indiskretionen
in diesem Hause! Meine Gäste sind mir heilig.«

Polidori verbiß sich ein Grinsen. Sein Blick suchte
den der Magd. Auch um ihren Mund zuckte es. Er
trat näher zu ihr und sagte leise: »Bitte, können Sie
mir eine Heizung bringen. In meinem Zimmer ist es
eisig.«

Sie lächelte.

»Gern, Sir. Sofort.«

Soviel Bereitwilligkeit in Stimme und Auge hatte
Polidori gar nicht erwartet. Es war, so schien ihm,
bereits hier unten das *Einverständnis*. Leichtfüßig
schlüpfte er – vorbei an Byrons Etage – auf der dunklen Treppe nach oben.

Wenig später klopfte sie an und trat ins Zimmer, ohne
das »Herein!« abzuwarten.

»Vorsicht, heiß!« stöhnte sie und setzte die schwere

Heizpfanne auf einem kreisrunden Blech neben dem Bett ab.

Polidori hatte sich an das Fenster gestellt und sah ihr von dort mit heiterer Zuversicht entgegen.

Doch nachdem sie sich wieder aufgerichtet hatte, ließ sie sich nicht auf seinem Bett nieder, um sich die Schuhe auszuziehen. Sie lächelte ihn auch nicht an, weder verlegen noch aufmunternd. Sie wartete nicht einmal ab, ob und wie der Gast sich ihr nähern würde, sondern ging zielstrebig zur Tür zurück. Polidori hatte nicht erwartet, daß es nötig sein würde, sie zum Bleiben zu bewegen.

»Ach, etwas noch«, sagte er aufs Geratewohl.

»Ja bitte, Sir?«

Polidori sah hinaus auf den Platz vor dem Hotel und tat, als würde etwas dort unten seine Aufmerksamkeit fesseln. Eine kleine Menschenmenge umringte einen schäbig gekleideten Mann mit einem ramponierten Zylinder. Es schien derselbe zu sein, von dem Polidori gestern abend den Zettel in die Hand gedrückt bekommen hatte.

»Können Sie mir sagen, was da draußen vorfällt?« fragte Polidori.

Von der Tür aus konnte sie nicht sehen, was Polidori sah. Sie würde zu ihm herüberkommen müssen – und sie kam. Aber sie machte ein mißtrauisches Gesicht. Die Stimme des Ausrufers drang undeutlich herauf.

»Was redet der?« fragte Polidori, als sie neben ihm stand.

Sie stützte sich mit beiden Händen auf das schmale Fensterbrett und lauschte. Polidori betrachtete sie von der Seite. An ihrem Hals, unterhalb des Ohrs, entdeckte er einen Fleck.

»Sie meinen den Mann mit dem Zylinder da unten?« fragte sie.

»Ja, den genau.«

Der Fleck war von einer Ansammlung winziger, teils leuchtender, teils blaßroter Punkte umgeben. Nach der Mitte verdichteten sie sich zu einem braunroten Kranz, der eine violett-wässrige, fast durchsichtige Mitte umschloß.

»Morgen soll doch nun endlich das Dampfboot kommen. Und das da unten ist der Ausrufer, der es bekannt macht.«

Sie wandte sich wieder Polidori zu. Der Fleck verschwand nach der Seite.

»Ich weiß«, sagte Polidori.

»Aber ... warum fragen Sie dann?«

»Ich wollte Sie etwas anderes fragen, etwas ganz anderes«, sagte Polidori und versuchte zu lächeln.

Ein Glitzern trat in ihre Augen und verschwand wieder. Sie wußte, worauf Polidori so fasziniert gestarrt hatte. Sie wußte, daß er die Natur dieses Flecks erkannt hatte. Und sie ahnte, daß er auch seine Herkunft kannte. Aber es machte ihr nichts aus. Tatsächlich glitt ihre Hand sogar an ihrem Hals hinauf und streifte dabei den Fleck so, als wollte sie sich vergewissern, daß er noch da sei.

Polidori nahm eine Strähne ihres Haars zwischen Daumen und Zeigefinger. Er versuchte noch einmal, sie anzulächeln, und spielte mit ihrem Haar – bis er fand, daß es an der Zeit sei, sie um den Leib zu fassen und an sich zu ziehen. Nun hielt sie nicht mehr still, sondern trat einen Schritt zurück. Polidoris Hände griffen ins Leere.

»Sie haben so schönes Haar.«

»Aber Sir!«

»Mögen Sie keine Komplimente?«

Sie war noch einen Schritt zurückgetreten und stand jetzt neben dem kleinen Tisch, auf dem die beiden Pakete lagen.

»Ach, in meiner Stellung bekommt man viel zu hören...«

»Im Ernst«, sagte Polidori, »ich versichere Sie ... Ihr Haar.«

»Viele Komplimente bekommt man zu hören. Aber ernst sind die meisten nicht gemeint – gar nicht ernst.«

Sie wandte Polidori den Rücken zu und ging zur Tür hinüber.

»Und die Komplimente heute nachmittag?« fragte er. »Waren die ernst gemeint?«

Sie hatte die Klinke schon niedergedrückt. Sie drehte sich noch einmal um.

»Komplimente hat mir Mylord eigentlich überhaupt nicht gemacht.«

»Was denn sonst?«

Noch einmal tasteten ihre Finger an ihrem Hals hinauf.

»Ihr Herr«, sagte sie und zögerte, »Ihr Herr hat
überhaupt wenig Worte gemacht. Weniger als Sie.«

Dann ging sie hinaus. Polidori sah nach den beiden
Paketen auf dem kleinen Tisch. Sie würden auch an
diesem Nachmittag ungeöffnet bleiben.

Der Ruhm, nicht wahr?

Als Polidori später neben Byron am Ufer des Rheins stand, der sich schwarzsilbern der letzten Hellig-keit zwischen den dunklen Wolken im Norden ent-gegenwälzte, da war er nicht unzufrieden mit sich. Zwar hatte er die wirkliche Nähe der Magd nicht gewonnen. Aber das verdroß ihn wenig. Ein An-fang war gemacht. Sehr viel mehr erbitterte es Poli-dori, daß die Magd und später auch der Hotelier ihn für einen Dienstboten Seiner Lordschaft gehalten hatten.

»Das Mißgeschick von vorhin tut mir aufrichtig leid«, sagte er.

Byron hatte die Hände hinter dem Nacken ver-schränkt und schien mit geschlossenen Augen dem Duft aus Fäulnis und Frische nachzuspüren, der vom Wasser aufstieg.

»Schon gut, Doktor. Genug der Zerknirschung. Sie haben die Flasche doch nicht absichtlich zu Boden fal-len lassen, oder?«

»Natürlich nicht. Aber es war so unnötig.«

»Jedenfalls roch es im ersten Augenblick recht an-genehm in meinem Zimmer, nicht wahr? Muß ein guter Wein gewesen sein, den uns der eifersüchtige

Wirt da kredenzen wollte. An meine Diät hat er natürlich nicht gedacht!«

Polidori schluckte.

»Gewiß, Sir, ein guter Wein. Aber als er mir die Flasche für Sie übergab, da sagte er: ›Bringen Sie dies Ihrem Herrn, mit den besten Empfehlungen!‹ Es klang wie ein Befehl. Ich mußte ihm erst sagen, wer ich bin.«

»Und wer sind Sie?«

Diesmal triumphierte Polidoris Schlagfertigkeit.

»Wer ich bin? Doktor und Dichter – oder vielmehr umgekehrt. Das wissen Sie doch!«

Byron legte ihm einen Arm um die Schulter.

»Nicht übel, Polidori! Nicht übel!«

Polidori scharrte mit der Schuhspitze im Ufersand zwischen den Steinen, den Ziegelscherben und den ausgebleichten Muschelschalen, die der Strom herangeschwemmt und rundgeschliffen hatte.

»Danke, Sir!«

Es entstand eine Pause.

»Darf ich Ihnen eine Frage stellen?« begann Polidori von neuem. »Sie geht mir schon seit einiger Zeit durch den Kopf. Aber nie ergab sich eine Gelegenheit...«

»Nur zu! Fragen Sie!«

Polidori sah Byron entschlossen an.

»Gibt es irgend etwas, vom Dichten *vielleicht* abgesehen, wozu Sie imstande sind, ich aber nicht?«

Byron legte den Kopf schief und dachte einen Augenblick nach.

»Das will ich Ihnen sagen, Doktor!« meinte er schließlich, und noch einmal fuhren die zählenden Finger aus seiner Faust hervor, aber nicht gegen Polidori, sondern abwärts, auf ein paar helle Kieselsteine neben Byrons zu kurzem Bein.

»Erstens: Ich kann über diesen Fluß schwimmen. Zweitens: Ich kann eine Kerze auf zwanzig Schritt Entfernung mit einem einzigen Pistolenschuß auspusten. Und drittens: Ich habe ein Buch geschrieben, von dem an einem Tag vierzehntausend Exemplare verkauft worden sind.«

»Frappierend«, sagte Polidori und versuchte sich diese drei Punkte einzuprägen.

»Nein, Dokotor – frappant!«

» Wie bitte?«

»Es heißt nicht *frappierend*, es heißt *frappant*. Man sagt ja auch nicht *charmierend*, sondern *charmant*, und *degoutant* ist zwar ein scheußliches Wort, aber mit ihm verhält es sich genauso.«

»Und ich war fest davon überzeugt...«

»Ich weiß, ich weiß ... eines Ihrer Lieblingswörter, aber durch und durch ein falscher Freund.«

Polidori überlegte.

»Vierzehntausend Exemplare an einem Tag. Das ist der Ruhm, nicht wahr?«

»Er *war* es!« entgegnete Byron. »Er war es ohne Zweifel. Aber der Tag ist vergangen, der Ruhm verraucht, und was einst aus all den Büchern werden wird, wissen wir nicht.«

Polidori sah ihn überrascht an.

»Wollen Sie etwa schon aufgeben, Sir?« fragte er und erschrak über den erwartungsfrohen Klang seiner Stimme. Aber Byron antwortete nicht. Er hatte die Frage gar nicht gehört.

Byron sah nach dem anderen Ufer, von wo jetzt die ersten Lichter herüberfunkelten.

»Morgen kommt das Dampfboot«, sagte er, »und alle warten darauf. Nur wir nicht. Der Wirt wird sich wundern. Wir fahren einfach weiter und verzichten auf das große Schauspiel. Sie sind doch einverstanden, Doktor? Oder fehlt es Ihnen an Eindrücken für Ihr Tagebuch?«

»Ganz und gar nicht, Sir.«

An diesem Abend beschloß Polidori, nicht nur das Tagebuch mit Fleiß weiterzuführen, sondern bei der nächsten Gelegenheit auch den »Cajetan« wieder vorzunehmen, an dem er seit der Abreise aus London nicht mehr geschrieben hatte.

Rheinaufwärts

Kaum hatten Byron und sein Troß Köln verlassen, da stellte sich bei Polidori das Zahnweh ein und wollte nicht mehr weichen. Nicht in einem bestimmten Zahn setzte es sich fest, sondern wanderte auf unberechenbaren Wegen zwischen den Wurzeln umher. Ein dumpfer Druck erfüllte die Kiefer, vor allem den oberen, und manchmal schien es Polidori, als würden aus der Tiefe des Knochenbettes noch einmal Zähne hervortreiben, seine dritten. Aber das war natürlich unmöglich.

Am Abend in Bonn versuchte er die Schmerzen mit Opiumtinktur zu betäuben und verordnete sich nun von Tag zu Tag größere Gaben des bewährten Mittels. Manchmal verlor der Schmerz für einige Zeit seine Umrisse und wurde gleichsam durchsichtig. Aber während der ganzen Fahrt den Rhein hinauf, fast anderthalb Wochen lang, verschwand er nicht.

An die schriftstellerische Arbeit war unter diesen Umständen nicht zu denken. Tagsüber hockte Polidori in der Karosse, sah Stunde um Stunde durch graue Schleier das Rheintal an sich vorüberziehen und spürte, wie jede Unebenheit der Straße an seine Zähne rührte, während Byron auf der Bank gegen-

über unentwegt die Herrlichkeiten der Landschaft be-
jubelte. Abends wiederum, in jedem Gasthof aufs
neue, fühlte sich Polidori von den allzu schweren Spei-
sen, vom Wein und von der eigenen Arznei entkräftet
und wie vergiftet. Nicht nur sein Drama litt darunter,
auch das Tagebuch kam zu kurz.

Wenn er am Ende eines langen Reisetages in sein
Zimmer trat und auf einen Stuhl sank, war er kaum
noch imstande, ein paar Eintragungen zu machen.
Überdies fehlte oft auch ein Tisch. Der Tisch gehörte
nicht zu den selbstverständlichen Einrichtungsgegen-
ständen der deutschen Hotelzimmer. Er galt hierzulande offenbar als Luxusmöbel. Byron fand in seinen
Räumen gewiß immer einen Tisch, und er nutzte ihn
wohl auch. Er sprach zwar nie darüber, aber Polidori
ahnte, daß Byron oft bis tief in die Nacht an seinem
großen Gedicht arbeitete, daß er die Eindrücke des
Tages oft noch am gleichen Abend in Verse brachte,
während Polidori in einem Nebel aus Schmerz und
Schwäche über seinem Tagebuch brütete und kaum
imstande war, sich die Namen der Ortschaften, durch
die sie gekommen waren, ins Gedächtnis zu rufen. Zuweilen blätterte er ängstlich zurück, um nachzusehen,
ob er sich nicht im Datum geirrt hatte.

Im Rheintal war die Flut an vielen Stellen bis in die
verwinkelten Dörfer gestiegen. Wie ein lehmiger Brei
strudelte das Wasser zwischen den Häusern dahin.

Grau wie die Schieferplatten auf den Dächern war meist auch der Himmel. Aber wenn die Wolken einmal auseinanderfuhren, dann probten Licht und Schatten Auftritte zu einem heroischen Drama.

Von den Höhen und Hängen schäumten Sturzbäche ins Tal. Hier und da bildeten sie kleine Wasserfälle, deren Zungen vor der düsteren Felsenkulisse hell aufblinkten. In allen Gräben und Rinnen rieselte und strömte und wühlte es. Auf der anderen Seite des Flusses war ein ganzer Weinberg ins Rutschen geraten. Mitten in dem wüsten Gelände, zwischen wirr in alle Richtungen starrenden Rebstöcken, stand schief und fast umgeworfen ein mit Zinnen bewehrtes Bienenhaus, das aussah wie eine winzige, kippende Ritterburg.

Kurz bevor sie die Stadt Koblenz erreichten, erspähte Byron auf einer Anhöhe einen gedrungenen, grauen Obelisken und wußte sofort Bescheid. Begeistert verkündete er den Namen des französischen Generals, dem seine Soldaten hier ein Denkmal gesetzt hatten. An der nächsten Kreuzung ließ er die Karosse abbiegen und den Weg nach der Anhöhe nehmen.

Die weite Aussicht, die sich von dem Sockelrund der Gedenkstätte bot, begrüßte er mit neuem Jubel: »Kein Schlachtfeld diesmal, aber ein Feldherrnhügel! Von hier hat Hoche 1797 den Rheinübergang der Franzosen geleitet.«

Gleißende Helligkeit hatte sich von Westen in das

Tal ergossen, während über dem jenseitigen Ufer noch schwarze Regenwolken hingen.

»Zum erstenmal die Sonne!« rief Byron. »Seit wann, Doktor? Seit wann?«

Polidori war nur zögernd aus der Karosse gestiegen. Er stand mit geschlossenen Augen neben Byron und sagte nichts. Den ganzen Nachmittag über hatte der Schmerz in einem der oberen Eckzähne gehaust. Polidori wußte mit dem Namen des Generals nichts anzufangen. Höchst unwillkommen war ihm auch dieses blendende Licht. Er versuchte zu blinzeln und riß dann plötzlich die Augen weit auf. Zu weit – den nun begannen sie heftig zu tränen. Er rieb sie sich, und während er abwechselnd rieb und in die Ferne stierte, entdeckte er eine schmale Rauchfahne. Aus dem goldenen Lichtnebel, zu dem Himmel, Strom und Felsen verschwammen, stieg sie schwarz und fast schnurgerade in die Höhe. Es dauerte eine Weile, bis Polidori das schmächtige Schiff darunter erkannte, das sich mit kreisenden Schaufelrädern unermüdlich gegen die Strömung voranarbeitete.

»Das Dampfboot«, murmelte er. »Es ist schneller als wir.«

Byron wandte sich ab. Er würdigte Polidoris Feststellung keiner Antwort. Dabei war sie in diesem Augenblick durchaus bemerkenswert.

Polidori befand sich nämlich während der quälenden Stunden unterwegs fast immer in einer Verfassung, in der ihm jeglicher Begriff von schnell und langsam abhanden gekommen war. Für ihn hatte die Reise aufgehört, Bewegung zu sein. Sie war jetzt ein Zustand, ein einziger, unerträglich langer, unerträglich eintöniger Augenblick, der sich an jedem Tag aufs neue zu einer Ewigkeit aufblähte und abends, wenn Polidori sich die Stationen und Eindrücke des vergangenen Tages ins Gedächtnis zu rufen versuchte, wie eine leere Blase zerplatzte. Selten trat aus den Dunstschleiern ein Bild hervor, schemenhaft und wie losgerissen aus der Kette der Ansichten und Eindrücke. Ein zinnenbewehrtes Bienenhaus. Eine schmale Rauchfahne im Lichtnebel. Das Grabmahl eines Nicht-Toten.

Polidori war nicht begierig gewesen, den Dom von Mainz zu besuchen, und Byron betrachtete die Besichtigung von Kunstgegenständen in geschlossenen Räumen durchwegs als lästige Pflichtübung. Dennoch waren sie durch eine schmale Seitentür in die riesige Kirchenhalle geraten, und nun machte Polidori sogleich eine Entdeckung, die seine Theorien über den Scheintod und das Leben der Toten auf sonderbare Weise bestätigte. Für kurze Zeit fiel alle Benommenheit von ihm ab, als er Byron auf das steinerne Grabmal eines jungen Mannes aufmerksam machte, das im hinteren Teil des Doms hoch oben in eine Wand eingelassen war.

Der Tod selbst bewies hier, daß alle Toten nur scheintot sind. Unter den andächtigen Blicken eines Engels hatte er den Deckel eines Sarges noch einmal

so weit angehoben, daß der Leichnam, der darin gelegen hatte, den Kopf herausstecken konnte. Er trug
eine prachtvoll gelockte Perücke. Schon hatte sich der
junge Tote auf einen Ellbogen gestützt und drückte
seinerseits mit der freien Hand von unten gegen den
schweren Deckel. Sonderlich kräftig war diese Hand
nicht, aber sie tat das Ihre, um im Verein mit der
Knochenhand des leibhaftigen Todes den Sarg offen-
zuhalten.

Byron war Polidoris Zeigefinger nur mißmutig in
die Höhe gefolgt. Aber nachdem er die Inschrift unter
der Figurengruppe gelesen hatte, nickte er zufrieden.
Sie lautete: *Ich bin hier.*

Als Polidori abends auf seinem Zimmer das Tagebuch hervorholte, sah er das Grabmal immer noch
deutlich vor sich. Er brachte auch eine Schilderung
zuwege, die ihm anschaulich erschien. Aber er konnte
sich nicht darauf besinnen, was Byron und ihn dazu
gebracht hatte, den Mainzer Dom überhaupt zu be-
treten.

In Karlsruhe schleppte Polidori die beiden Pakete, die
er seit Ostende ungeöffnet mit sich führte, noch
einmal auf sein Zimmer. Er suchte nach einem Werkzeug, um die Schnüre zu durchschneiden, denn mit
den tückischen Knoten wollte er sich nicht noch einmal aufhalten. Aber als er schließlich ein Messer gefunden hatte, da verließ ihn all seine Kraft. Kyrillische

Obszönitäten in Karlsruhe – wozu? Nachdem sich Polidori eine kräftige Dosis Opiumtinktur verabreicht hatte, verblaßte das Zahnweh. Die nachfolgende Erschöpfung trieb ihn ins Bett.

Am nächsten Morgen fehlte ihm die Umsicht oder die Geduld, den richtigen Zeitpunkt abzuwarten, um die Pakete unbemerkt in den Hof zu bringen und in der Kalesche zu verstauen. Byron wurde zufällig Zeuge der mühsamen Operation, und als er wenig später seinem Arzt in der rumpelnden Karosse wieder gegenübersaß, da zögerte er nicht lange und wollte wissen, was es mit diesen Paketen auf sich habe.

Polidori hatte die Frage erwartet. Ihm war genügend Zeit geblieben, sich wenigstens notdürftig gegen Byrons Neugier zu rüsten. Und da ihm ohnehin die Kraft fehlte, Ausflüchte zu ersinnen, hatte Polidori beschlossen, Byron wahrheitsgetreu über die Prinzipien aufzuklären, nach denen er Bücher sammelte.

»Aber was tun Sie mit all diesen Schriften, die Ihnen vollkommen unzugänglich bleiben, da Sie sie doch nicht lesen können?« fragte Byron schließlich.

»Entzündet sich unsere Vorstellungskraft nicht auch an dem – nein, gerade an dem, was uns verschlossen und unzugänglich ist? Dabei sind lizenziöse Schriften in fremden Zungen nicht einmal wie verschlossene Schachteln. Der Zugang zu ihnen ist erschwert, aber nicht verwehrt. Sie lassen sich betasten, öffnen, spreizen, und sie geben dem Betrachter ihren Duft preis.«

Byron nickte. »Jemand hat behauptet, daß sich auch die obszönen Wörter fremder Sprachen oft ganz ohne Auskunftsmittel und fremde Hilfe preisgeben. Ich denke, dieser Mann hat recht.«

»Durchaus, Sir. Das lehrt alle Erfahrung. Aber es ist eben nicht das Lesen allein. Ich glaube sogar: das Lesen ist nicht einmal das Wichtigste.«

Lächelnd beugte sich Byron vor und zog eine der Schubladen unter seiner Sitzbank auf. Sie war mit Büchern und Papieren gefüllt. Byron kramte darin herum und zog schließlich ein schmales, in dunkelbraunes Leder gebundenes Bändchen hervor.

»Für Ihre Sammlung. Ich schenke es Ihnen.«

Mit beiden Händen griff Polidori zu und begann sofort zu blättern.

»Es ist in toskischem Albanisch geschrieben«, erklärte Byron, »und in Rom gedruckt. Ich habe es auf meiner Reise nach Griechenland bei einem Trödler gekauft. Ich glaube, den Ort habe ich vorne vermerkt.«

Polidori schlug auf die erste Seite zurück und fand Byrons Eintragung: *Perversa, 10. Nov. 09.* Er stutzte.

»Was ist?« fragte Byron, nahm ihm das Buch noch einmal aus der Hand und sah selbst hinein.

»Ach, ein Versehen!« rief er lachend. »Es muß heißen: *Prevesa.* Ein griechischer Hafen, von dem ich damals nach Janina aufbrach. Nur mit knapper Not gelangte ich einen Monat später dorthin zurück. Ein Schiffbruch... Aber warten Sie«, er beugte sich noch einmal über die Bücherschublade und zog einen

Bleistift hervor. »Ich will Ihnen noch etwas hinein-
schreiben.«

Byron klappte das Tischbrett neben sich herunter
und breitete das Buch sorgfältig darauf aus. Nach kurzem Überlegen schrieb er etwas hinein, schlug es mit
einer resoluten Bewegung wieder zu und überreichte
es Polidori. Der aber wußte nun nicht, ob es unschick-
lich oder etwa geradezu ein Gebot der Höflichkeit sei,
das zu tun, wonach ihn gelüstete: das Buch zu öffnen
und Byrons Widmung zu lesen.

»Meinen Sie…? Darf ich…?«

»Aber, bitte!«

Und Polidori las: *Meinem polyedrisch-poetischen
Doktor – Byron. 18. Mai 16.*

Unwillkürlich tastete er nach dem Griff seines Regenschirms, der neben seiner Bank wohlverstaut war,
und hielt sich daran fest.

»›Polyedrisch‹ bedeutet ›vielseitig‹, Doktor.«

Polidori nickte und atmete auf. Denn dies war ein
freundliches Wortspiel, das ihn und seinen Namen
ehrte und nicht verhöhnte wie jenes grausame »Pollydolly«, das er nicht vergessen, seit Antwerpen aber
auch nicht mehr gehört hatte.

Zwei Tage nach diesem Gespräch erschien ihm Geneviève nachts im Traum. Nackt stand sie vor ihm, und
ihr Anblick machte Polidori sehr vergnügt. Er war in
seinen Reisemantel gehüllt, die vielen Außen- und

Innentaschen voller Zeit. »Was hat Ihr Vater eigentlich gemeint, als er sagte: ›Ich *kenne* meine Tochter. *Besser als Sie*‹?« fragte Polidori, und keine Frage schien ihm eben jetzt näherzuliegen als diese. Das Mädchen hatte die Pakete, die er in den Händen hielt, wiedererkannt und lächelte. »Willst du es wirklich wissen?« fragte sie. und Polidori erwiderte: »Ja, doch, ja, gewiß.« – »Dann komm.« Sie spitzte die Lippen, und Polidori verstand, daß sie ihm, obwohl niemand sonst in der Nähe zu sein schien, etwas ins Ohr flüstern wollte. Die Pakete in seinen Händen waren so leicht wie sonst nie. Aber als er sie absetzen und zu dem Mädchen hinübergehen wollte, da zeigte sich, daß seine Arme mit diesen Paketen längst verwachsen waren. Nicht in zehn regsamen Fingern endeten seine Arme, sondern in zwei ungefügen, wenngleich gewichtslosen Ballen, die in lächerlicher Weise zu beiden Seiten an ihm herabhingen. Polidori erwachte. Die Scham hatte ihn aus seinem Traum vertrieben. Über ihm an der Zimmerdecke hing das Lächeln Genevièves. Zuerst zerflossen die Umrisse ihrer Augen, zuletzt die ihrer Lippen. Während Polidori in die Finsternis des Hotelzimmers starrte, spürte er, wie sich in einem Backenzahn der Schmerz erhob.

Doch kaum hatten die beiden Wagen Byrons den deutschen Boden verlassen und bei Basel die Brücke in die Schweiz überquert, da trat in Polidoris Gesundheitszustand eine wirkliche Besserung ein. Die Zahnschmerzen verschwanden fast spurlos. Zurück blieben nur die Verwunderung über ihr Fehlen und ein gleichsam verschärftes Gefühl für das Vorhandensein seines Gebisses, das Polidori einige Tage lang in Anspruch nahm. Entschlossenheit und neuer Tatendrang erfüllten ihn. Es war wie während der letzten Monate seines Studiums, als er in Edinburgh an seiner Dissertation gesessen hatte. Die Arbeit am Tagebuch hörte auf, eine tägliche Qual zu sein, und schon notierte Polidori sich hier und da ein paar Sätze für sein Drama.

Je weiter sie in der Schweiz vorankamen, desto schöner wurden die Frauen. Ihre Trachten setzten Polidori in Erstaunen. Zuweilen reichten die Röcke nicht einmal über die Knie. Auch Byron entgingen diese Ansichten nicht. Aber die Abende schien er über den Manuskripten zu verbringen, genau wie Polidori.

In Murten ließen sich Byron und Polidori von Berger das in der Nähe der Stadt gelegene Schlachtfeld zeigen, vor allem das berühmte Beinhaus. Jahrhundertelang waren in ihm die Überreste der von den Eidgenossen getöteten Burgunder aufbewahrt worden, aber vor zwanzig Jahren hatten es die Franzosen zerstört. Die Gebirge von Knochen, die die Revolutionisten zwischen den Trümmern zurückgelassen hatten, waren unterdessen größtenteils abgetragen, verwittert und zerstreut. Aber manches war noch vorhanden, und hier hinderte niemand die englischen Reisenden daran, einige Stücke in einen Korb zu sammeln, den der umsichtige Berger gleich mitgebracht hatte. Zuletzt wog Byron ihn noch einmal in beiden Händen und meinte: »Ein Viertel Held. Das genügt.« Berger stülpte einen Deckel darüber und schleppte die Andenkenlast zur Karosse zurück. Da sich nirgendwo sonst ein Platz für den Korb fand, willigte Byron schließlich ein, daß er während der letzten Etappen der Reise in seiner eigenen Karosse zwischen den Sitzbänken verstaut würde.

Schon am nächsten Morgen aber zeigte sich, daß Berger den Korb nicht in die Mitte zwischen den Plätzen der beiden Insassen gestellt hatte, sondern so, daß allein Polidori unter der vermehrten Enge zu leiden hatte. Während der letzten beiden Etappen der Reise konnte Polidori sich kaum noch regen und stritt deshalb unentwegt mit Byron über die Frage, ob die Berge Wolken seien oder die Wolken Berge. Als Byron glaubte, er habe in der Ferne zum erstenmal einen See erblickt, warf Polidori einen flüchtigen Blick aus dem Fenster und behauptete, es könne sich nur um eine Luftspiegelung oder eine Nebelbank handeln. Bald indessen besann er sich eines anderen und erklärte mit Bestimmtheit, es sei nicht irgendein See, sondern ganz gewiß der Genfer See, der dort herüberschimmere. Doch nun wurde Byron vom Widerspruchsgeist gepackt und verkündete, der See sei wohl eine Täuschung. Unter solchen Gesprächen näherten sie sich dem Ziel ihrer Reise.

Zuletzt allerdings saßen sie stumm da. Zuletzt konnten sie weder Berge noch Wolken, weder den See noch irgendeine Luftspiegelung ausmachen, nur wässernde Luft und Wattedunst. Als Byrons Karosse und die Kalesche mit dem Personal beim »Hôtel d'Angleterre« in Séchéron, einem Vorort von Genf, anhielten, fiel der Regen in Strömen.

Das Meldebuch

Mit einem Schwung öffnete Polidori den Wagenschlag, stach mit dem Schirm nach draußen und
spannte ihn auf, ehe er selbst in den Platzregen hin-
ausstieg. Er stand aber nicht vor dem Hotel, wie er
erwartet hatte, sondern mitten auf der Straße. Polidori versuchte sich in der stürzenden Nässe zu orien-
tieren.

»Die Klassiker müssen sich nicht an uns, wir müssen uns an ihnen bewähren«, verkündete in französischer Sprache ein gemaltes Schild im Schaufenster
eines Ladens auf der anderen Straßenseite.

Fahles Licht zuckte über den Dächern der Stadt,
und gleich darauf spaltete ein krachender Donner-
schlag den Raum zwischen Himmel und Erde. Polidori fuhr zusammen. Auch in dem zweiten Fenster des
Ladens hing ein großes Schild, das im grellen Licht
des Blitzes auf ihn zugesprungen war: »*Mediocribus
esse poetis non homines, non di, non concessere
columnae.*«

Polidori wollte sich, solange er im Regen stand,
nicht darauf einlassen.

»Sinnlose Prinzipien!« ertönte hinter ihm die
Stimme Seiner Lordschaft.

Byron war in der Türöffnung der Karosse erschienen. Auch er hatte die Schilder in den Auslagen der Buchhandlung erblickt.

»Doktor, ich bitte um den Schutz Ihres Parapluies.«

Polidori machte zwei Schritte zurück zur Karosse und hielt seinen Schirm als Baldachin über den Schlag. Jetzt erblickte er auch das Hotel. Naß und schwer hing die rote Fahne mit dem weißen Kreuz über der Eingangstür. Polidori war nur auf der dem Hoteleingang abgewandten Wagenseite ausgestiegen.

Kaum hatte Byron auf dem regenglatten Pflaster Fuß gefaßt, da fragte er: »Können Sie das übersetzen, Doktor?«

Ein zweiter Blitz flammte auf.

»Jetzt lieber nicht«, rief Polidori in das nachfolgende Getöse, »wenn es Ihnen recht ist, Sir.«

»Warum denn nicht?« schrie ihm Byron ins Ohr.

Polidori seufzte. Unter Gewitterfurcht litt er, wenn es darauf ankam, genausowenig wie Seine Lordschaft.

»Mittelmäßig zu sein ...«, begann er, »gestatten ... den Dichtern weder die Menschen noch die Götter, noch die ... die Säulen.« Polidori stutzte. »Die Säulen? Welche Säulen?«

»Ganz recht, Doktor: die Säulen – ich glaube, es sind die Säulen gemeint, an denen die Buchhändler neue Werke anzukündigen pflegten.«

»Und warum ›sinnlose Prinzipien‹?«

»Dichter wie uns könnte die Maxime vielleicht anspornen – falls wir eines solchen Ansporns bedürfen. Aber für den Buchhändler ist sie ein Rezept zum Ruin! Würde er das Mittelmaß an seiner Säule nicht dulden und von seinen Regalen verbannen – ich kenne keinen, der das tut –, so müßte er seinen Laden bald schließen. Und auch diesem hier prophezeie ich keine lange Zukunft, wenn er sich nicht bald eines Besseren besinnt.«

Byron spähte nach den Schaufenstern hinüber, als wollte er die Titel der dort ausgelegten Bücher lesen. Er sucht nach seinen Werken, dachte Polidori.

»Mylord, so kommen Sie doch ins Haus, Sie werden sich einen Schnupfen holen«, ertönte eine heisere Stimme. Zwischen den beiden Wagen war Byrons Kammerdiener aufgetaucht.

»Nicht doch, Fletcher«, erwiderte Byron. »Polidori hier ist gegen alle Wetter gerüstet.«

Die Eingangshalle des Hotels lag im Halbdunkel. Ihre niedrige Balkendecke paßte nicht zur Weitläufigkeit des Raumes. Lichter hatte man nicht angezündet. Die Fenster waren klein. Im Kamin flackerte ein schmächtiges Feuer. Es verbreitete keine Helligkeit, aber es erfüllte den Raum mit einer trockenen Wärme.

Polidori horchte auf. Englische Stimmen drangen vom Kamin herüber.

»Nimm ihm doch das Mützchen ab, Mary.«

Ein Mann und eine Frau unterhielten sich mit der

Unbekümmertheit von Reisenden, die nicht erwarten, daß in der Fremde jemand ihre Sprache verstehen könnte.

»Dieses ewige An- und Ausziehen!« seufzte die Frau. »Wo Nanny nur bleibt? Sie wird sich darum kümmern.«

»Aber er glüht schon jetzt!«

»Lieber, du übertreibst! Eben hast du selbst gesagt, eines der Prinzipien des Lebens sei die Wärme. Und was die Elektrizität angeht...«

Byron, der an die kleine Empfangstheke getreten war, wo der Hotelier bereits mit dem Meldebuch hantierte, wandte sich zu Polidori um.

»Sind wir im Kreis gefahren? Ich dachte, wir seien in der Schweiz.«

»Ganz recht, Mylord, in der Schweiz«, erklärte der Hotelier. »Darf ich mich vorstellen? – Dejean! Wenn sich die Herrschaften jetzt bitte hier eintragen wollen. Formalitäten gewiß, aber die Behörden sind streng hierzulande, sehr streng. Name, Stand, Herkunftsland, letzter Wohnort, Legitimation, Alter. Bitte sehr!«

Byron nahm den Stift, den Monsieur Dejean ihm bot, und beugte sich, wie schon so oft während der Reise, über das große Buch.

»Zum letzten Mal!« murmelte er, während er seine Eintragungen machte. »Wir mieten so bald wie möglich ein Haus hier in der Gegend!« Inzwischen war er bei der vorletzten Spalte im Fremdenbuch angelangt.

»Mein Alter? Nein, Monsieur, für solche indiskreten Fragen bin ich *zu* alt. Die Behörden werden das verstehen!«

Er schob das Buch über die Theke. Der Hotelier schob es wieder zurück.

»Ich bitte ergebenst um Verzeihung, Mylord. Aber die Spalten sind obligatorisch, bis auf die letzte: Besondere Bemerkungen.«

»Also gut«, sagte Byron. »Obligatorische Neugierde muß befriedigt werden.« Achselzuckend trug er auch sein Alter ein und schlug das Buch dann endgültig zu.

Er trat in die Nähe des Kamins und streckte die Innenflächen der Hände dem Feuer entgegen. Das englische Paar in den Sesseln ließ sich nicht stören. Die junge Frau blickte kurz zu Byron hinüber. Dann wandte sie sich wieder um und sagte zu dem Mann an ihrer Seite: »Aber Liebster, wenn ein Froschschenkel an eine Batterie angeschlossen wird und zuckt, ist das noch kein Leben.«

Das Kind auf ihrem Schoß fing an zu wimmern.

»Vielleicht doch«, erwiderte der Mann und faßte behutsam an eine der Brusttaschen seines strohfarbenen Hemdes, als wollte er sich vergewissern, daß das, was sie enthielt, unversehrt sei. »Oder es könnte Leben daraus werden.«

Die Frau schüttelte nachdenklich den Kopf. Das mechanische Auf und Ab ihrer Knie beruhigte das Kind nicht.

Polidori, der in der Mitte des Raumes stehengeblieben war, hörte, wie sich neben der Reception eine Tür öffnete. Eine junge Frau, mit Mantel und Hut, fertig zum Ausgehen, trat an die Theke und schlug, ohne zu zögern, das Meldebuch auf. Was sie suchte, hatte sie rasch gefunden. Der Hotelier, der in irgendeine Addition vertieft war, sah erst auf, als die junge Frau ihm mit energischem Finger etwas in seinem schweren Buch zeigte. Noch einmal beugten sich beide über die bezeichnete Stelle. Der Hotelier schüttelte den Kopf. Wenig später kam er mit dem aufgeschlagenen Buch hinter seiner Theke hervor und trat zu Byron, der sich noch immer am Kamin die Hände wärmte.

»Nun, Monsieur«, sagte Byron, ohne ihn anzusehen, »will der Vorwitz denn gar kein Ende nehmen?«

Der Hotelier räusperte sich.

»Mylord, ich bitte nochmals um Verzeihung, aber ist das hier eine Hundert?«

Er deutete auf die vorletzte Spalte des Meldebuches. Byron sah sich die Zahl, die er eben selbst eingetragen hatte, sehr lange und sehr genau an.

»Ganz recht, Monsieur. Eine Hundert.«

»Aber Sie sind doch nicht hundert Jahre alt!«

»Nicht?«

»Sie sind allerhöchstens dreißig.«

»Gut, dann schreiben Sie ›allerhöchstens dreißig‹.«

»Aber, Mylord...« Der Hotelier verstummte.

Byron wandte sich mit einem Ruck ab und wäre fast mit der jungen Frau in Mantel und Hut zusammengestoßen, die während dieses Wortwechsels langsam von der Reception herübergeschlendert war. Das selbstgewisse, erwartungsvolle Lächeln, mit dem sie sich Byron näherte, verwirrte Polidori. Es war auf eine alarmierende Weise fehl am Platze, und einen Moment lang glaubte er, die verzückte Unbekannte mit dem Funkeln im Blick führe gegen Seine Lordschaft irgend etwas im Schilde. Er trat einen halben Schritt vor, um nötigenfalls eingreifen zu können, und erlauschte auf diese Weise alles, was sie sagte.

»Schade, daß Sie so alt geworden sind. Aber ich hatte schon befürchtet, Sie seien inzwischen zweihundert – nach dem Tempo zu urteilen, in dem Sie reisen.«

Erschrocken fuhr sich Byron mit der Hand über die Stirn.

»Sie hier?«

»Warum nicht?«

»Sie lesen Meldebücher?«

»Zweimal täglich, seit wir hier sind. Ich warte doch auf Sie.«

Plötzlich wußte Polidori, wer da vor Byron stand. Es war die Frau, die sich das Leben seiner Lordschaft bei jedem Zusammentreffen in London neu ausgedacht hatte. Polidori erkannte die mutwillige Verwerfung um ihren Mund, von der Byron ihm erzählt hatte.

»Sie sind mir nachgereist!« stöhnte Byron. Er hatte seine Fassung noch nicht wiedergefunden.

»Ja – und bin eine ganze Woche vor Ihnen angekommen – oh, wie habe ich auf Sie gewartet!«

Sie sah Byron lange an, und Polidori konnte beobachten, wie sie ihre Finger in die Hand Seiner Lordschaft zu flechten versuchte. Doch Byron schob seine Hand in die Hosentasche.

»Claire, woher wußten Sie ... ich habe Ihnen nie gesagt, daß ich nach Genf wollte.«

Die Frau namens Claire lächelte.

»Mir nicht, aber es gibt Leute in London, denen Sie es nicht verschweigen konnten – Ihr Verleger zum Beispiel ...«

»Und wie kommt es, daß Sie hier, in diesem Hotel auf mich warten? Es ist doch nicht das einzige in der Stadt!«

»In Genf steigen die meisten Briten im ›Hôtel d'Angleterre‹ ab. Aber ich hätte Sie auch in jedem anderen gefunden.«

Byron blieb stumm.

»Haben Sie vergessen«, fuhr Claire fort, »daß ich diejenige war, die Ihnen von der Schönheit dieser Gegend vorgeschwärmt hat? Ich kenne mich hier aus. Vor zwei Jahren war ich schon einmal hier, zusammen mit Mary und Shelley, genau wie jetzt. Damals wollten die beiden hierher und haben *mich* überredet, mitzukommen – diesmal wollte ich hierher und habe *sie* überredet, ganz einfach!«

»Soll das heißen, Sie sind nicht allein gekommen?«

Claire deutete auf den Mann und die Frau am Kamin.

»Wie könnte ich allein durch halb Europa reisen? Kommen Sie, ich mache Sie bekannt!«

»Nein, warten Sie! Wissen die beiden Bescheid über ... uns?«

Claire antwortete nicht. Mit einem glückseligen Lächeln auf den Lippen wandte sie sich um und wollte zum Kamin hinübergehen. Da flammte hinter den kleinen Fenstern des Empfangsraumes das bleiche Licht eines Blitzes auf. Das Kind auf dem Schoß der Frau namens Mary begann zu schreien und beruhigte sich nicht, als der Donner in der Ferne verrollte. In sein Kreischen mischte sich die sanfte Stimme des Mannes, der vielleicht sein Vater war.

»Wenn man nun aber die Elektrizität eines Blitzes oder eines ganzen Gewitters einsetzen könnte, dann wäre der Effekt auf den leblosen Organismus ganz unvorhersehbar. Es wäre sogar denkbar...«

Claire war einen Augenblick lang stehen geblieben. Jetzt trat sie an den Kamin.

»Denkbar, denkbar ... was redet ihr beiden da bloß wieder?«

Shelley und Mary blickten auf.

»Ach, du bist es!« rief Mary. »Hast du Nanny gesehen? Ich finde, dieses Mädchen könnte wirklich einmal... Was ist denn?«

Claire lachte.

»Habt ihr gesehen, wer eben angekommen ist?«

Sie ging ein paar Schritte zurück, faßte Byron am

Arm und zog ihn in den Halbkreis der Sessel und Stühle vor dem Kamin.

»Lord Byron! Ihr wißt doch, er hat in London meine Literatur gefördert, als ich ihn darum bat. Darf ich vorstellen? Mrs. Shelley, meine ... wie sagt man? ... meine Stiefschwester, und ihr Mann, Mr. Shelley, Dichter wie Sie. Aber das wissen Sie ja.«

»Sehr erfeut«, sagte Byron.

Es entstand eine Pause. Shelley musterte seinen Landsmann neugierig.

»Was für ein Zufall!« sagte er schließlich.

»Ja, was für ein Zufall, nicht wahr?« Claire nickte heftig zu ihren eigenen Worten.

»Wirklich, ein merkwürdiger Zufall«, meinte Byron. »Gerade eben habe ich an Sie gedacht, Mr. Shelley.«

»Tatsächlich?«

»Sie haben doch vor ein paar Jahren über den Atheismus geschrieben. Und drüben in der Buchhandlung liegt eine Broschüre, die den Atheismus ebenfalls im Titel führt. Genaues konnte ich nicht erkennen, der Regen ... aber kann Ihre Abhandlung überhaupt bis hierher gelangt sein?«

Shelley war aufgesprungen.

»Mary, hast du gehört? Mein Buch in Genf!«

»Es ist nicht sicher ...«

»Das muß ich sehen!«

»Aber es regnet!«

»Unwesentlich!«

»Gibt es denn eine französische Ausgabe Ihrer Schrift?« fragte Byron.

Shelley, der schon fast bei der Tür war, blieb stehen. »Ich weiß nicht«, sagte er. »Aber wissen kann man nie!«

Da wandte sich Claire plötzlich an Polidori und sagte so laut, daß alle es hörten und sogar Shelley sich noch einmal umsah: »So leihen Sie ihm doch wenigstens Ihren Schirm!«

Polidori verschlug es die Sprache. Er schloß die Faust fester um den Knauf seines Regenschirms.

»Nur keine Umstände!« rief Shelley von der Tür her. »Ich bin gleich wieder da« – und stürzte hinaus.

Claire sah Polidori so lange vorwurfsvoll an, bis ihm schien, sie habe ein Recht dazu. Dann hob er verlegen die Schultern und sagte: »Zu spät.«

Alle warteten auf Shelleys Rückkehr.

»Hoffentlich hat er diesmal Glück«, sagte seine Frau. »So oft hat er in englischen Schaufenstern nach seinen Schriften gesucht...«

»Mary, glaubst du denn wirklich...?« fragte Claire.

»Wissen kann man nie!«

Die Tür öffnete sich. Shelley kehrte zurück. Das strohfarbene Hemd war an manchen Stellen fast durchsichtig geworden und klebte ihm am Oberkörper, so naß war es. Trotzdem sah Shelley munter in die Runde.

»Von meinem Buch natürlich keine Spur. Wie denn auch? In den Alpen! Irgendeine Widerlegung des

Atheismus ist dort ausgestellt. Unbedeutend und ohne Interesse. Aber es wird heller da draußen. Zieht euch an! Wir kommen doch noch zu unserem Spaziergang.«

Er zog sich Jacke und Mantel über, die auf einem Stuhl beim Kamin gelegen hatten.

»Kein Wetter für Ausflüge mit kleinen Kindern«, murmelte Polidori vor sich hin.

»Warum nicht?« sagte Claire. »Wenn Sie uns Ihren Schirm leihen!«

Wieder erstarrte Polidori angesichts der Hartnäkkigkeit, mit der diese Frau es auf seinen Schirm abgesehen hatte. Aber eine Antwort blieb ihm erspart. Mary kam zu ihnen herüber.

»Ich muß noch einmal aufs Zimmer«, sagte sie. »Claire, sei so nett, und übernimm William für eine Minute. Ich bin gleich wieder da.«

Claire nahm den greinenden Jungen und versuchte ihn durch Schaukeln zu beruhigen, während der Blick, mit dem sie Polidori ansah, zu fragen schien: Wer sind Sie eigentlich?

Polidori trat einen Schritt zurück.

Drüben am Kamin hatte sich Byron zu Shelley gesellt.

»Froschschenkel und Gewitter? Darf ich fragen, worüber Sie sich mit Ihrer Frau unterhalten haben?«

»Über den Galvanismus … die Prinzipien des Lebens. Kennen Sie Erasmus Darwin?«

»Dem Namen nach.«

198

»Hier, halten Sie bitte mal!« sagte Claire zu Polidori und eilte zu den beiden Männern am Kamin.

Sie hätte das Kind beinahe fallen lassen, so hastig drückte sie es Polidori in die Arme. Polidori hatte kaum Zeit, sich seines Schirmes zu entledigen. Er hängte ihn über eine Stuhllehne.

Der Kleine schrie. Sein Gesicht glühte in einem bedenklichen Dunkelrot. Polidori hatte das unbehagliche Gefühl, daß ihm seine medizinische Ausbildung im Umgang mit diesem Säugling keinerlei Vorteil verschaffte. Ungeschickt kam er sich vor, als er ihn in seinen linken Arm zu betten versuchte, und geradezu unbefugt, als er mit der freien Hand die erhitzte Stirn und die Wangen des Knaben streichelte.

Doch nach kurzer Zeit verebbte das Schreien in einem moderaten Gequengel, und Polidori faßte Zutrauen zu den eigenen Zärtlichkeiten. Er spürte, daß sie Wirkung taten, und bald wagte sich sein Zeigefinger bis zu den Lippen des Kleinen. Aber kaum hatte die Fingerkuppe sie gekitzelt, da begannen diese Lippen zu schlürfen und zu saugen. Mit hastiger Gier fiel das Kind über diesen Finger her und blickte dabei aus halbgeschlossenen Augen ängstlich zu Polidori auf. Immer tiefer geriet der Finger in den Mund des Kleinen, so tief, daß Polidori schließlich die Kiefer des Kindes fühlte, die nackten, zahnlosen Kiefer. Da packte ihn ein namenloser Widerwille.

Bestürzt zog er seinen Finger zurück. Sofort brach der Junge wieder in Geschrei aus. Polidori sah sich hilfesuchend um und begegnete dem Blick Marys. Ohne daß er es bemerkt hatte, war sie zurückgekehrt und unterhielt sich mit den anderen am Kamin über die Prinzipien des Lebens. Auch sie wollte nichts von dem versäumen, was Byron zu sagen hatte und was Shelley darauf erwiderte, und mit dem Blick, den sie zu Polidori hinübersandte, wollte sie sich nur vergewissern, daß er mit ihrem Sohn zurechtkäme. Aber schließlich riß sie sich los, kam mit noch immer leuchtenden Augen herüber und nahm das Kind.

»Wie alt ist er?« fragte Polidori, als das Geschrei endlich in ein dünnes Plärren übergegangen war.

»Ein halbes Jahr.«

»Und schon solche weiten Reisen!«

»Er hat sich daran gewöhnt. Die ersten Tage, als wir durch Frankreich fuhren, waren schlimmer. Unser Kindermädchen wäre fast verzweifelt. Dichterkinder führen ein hartes Leben.«

»Aber er hat keine Zähne«, sagte Polidori.

Mary lachte.

»Kinder in diesem Alter haben fast nie Zähne … das wäre ja auch schrecklich.« Sie sah an ihrer Brust herab und fügte hinzu: »Sie *sind* doch Arzt, oder nicht? Lord Byron hat uns das jedenfalls eben erzählt.«

»Ja, gewiß, aber kein Zahnarzt.«

Mary sah ihn mit großen Augen an und nickte nachdenklich. Schließlich wandte sie sich ab und rief zum Kamin hinüber: »Seid ihr soweit? Laßt uns gehen, bevor es wieder anfängt zu regnen. Claire, bist du fertig?«

»Ich komme nicht mit.«

»Aber du wolltest doch ... warum hast du dich denn dann umgezogen?«

»Nein, ich bleibe hier.« Claire nahm ihren Hut ab.

»Sie hat ihren eigenen Kopf«, sagte Mary leise zu Polidori.

Polidori sah nach seinem Schirm und nickte.

»Wahrscheinlich«, fuhr Mary fort, »wird sie Lord Byron wieder ihre Literatur zeigen wollen. Die geht ihr über alles. Eigentlich ist sie ein braves Mädchen, aber mit ihrer Literatur kann sie manchmal recht lästig werden. Shelley weiß ein Lied davon zu singen. Ganze Nachmittage hat sie ihn damit behelligt.«

Polidori sah sie überrascht an. Er sagte aber nur: »Vielleicht sollte ich Lord Byron etwas abschirmen.«

»Tun Sie das, wenn Sie können.«

Mary rückte die kleine Mütze auf dem Kopf ihres Sohnes zurecht und übergab ihn dem Kindermädchen, das endlich erschienen war. Shelley verabschiedete sich mit einem herzlichen Händedruck von Byron, nickte Claire zu und folgte seiner Frau und dem Kindermädchen mit dem Kind. Hinter ihnen trat auch Polidori noch einmal vor das Haus.

Nach dem Platzregen schossen schon wieder pfeilschnell die Mauersegler zwischen den Dächern umher. Nanny murrte. Doch die Shelleys waren nicht mehr aufzuhalten.

»Auf zum See! Bis bald, Doktor!« rief Shelley und eilte mit seiner Familie davon.

»Wenn es im Boot nicht zu naß ist«, hörte Polidori ihn noch sagen, »machen wir eine Kahnpartie. Auch Byron scheint ein großer Freund des Wassers zu sein. Er hat mir erzählt...«

Polidori sah ihnen nach, bis sie in eine Gasse bogen, die zum Seeufer hinunterführen mußte.

»Und was ist hiermit?« hörte er eine Stimme hinter sich. Polidori drehte sich um.

Ein Küchenjunge in einer blutigen Schürze ächzte unter der Last der beiden Pakete mit den »Petersburger Sündennächten«. Polidori stand wie angewurzelt da und wußte nicht, was er sagen sollte. Aber der Küchenjunge hatte seine Frage gar nicht an ihn gerichtet, sondern an Byrons Kammerdiener, der ein paar Schritte vor Polidori neben der Karosse stand und mit Berger die Bediensteten des Hotels beim Ausladen des Gepäcks beaufsichtigte. Fletcher hatte Polidori den Rücken zugekehrt.

»Die Pakete gehören Doktor Polidori. Sie kommen auf sein Zimmer«, rief er.

Berger dolmetschte und fügte noch hinzu: »Vorsicht, sie sind schwer! Am besten gehst du zweimal.«

Polidori wandte sich ab. Er tat, als hätte er nichts gehört, und hoffte, daß niemand ihn bemerkt hätte.

Im Inneren der Buchhandlung auf der anderen Straßenseite hatte sich ein einsamer Kunde – oder war es der Buchhändler selbst? – in ein Buch vertieft. Polidori fiel plötzlich ein, daß er die schmale Tasche mit dem Tagebuch und dem Manuskript seines Stückes aus den Augen verloren hatte. Er sah sich suchend um. Neben den Wagen türmten sich Koffer und Kästen, die einer nach dem anderen durch einen Seiteneingang ins Haus geschafft wurden. Polidori erblickte den Knochenkorb, er sah seinen Arzneikoffer und seine Instrumententasche. Aber die kleine Tasche sah er nicht. Als er sie auch an ihrem festen Platz in der Karosse nicht fand, erfaßte ihn die Sorge um seinen künftigen Ruhm. Er stürzte zurück ins Hotel, erfüllt von der Angst, irgendein blutbespritzter Küchenjunge könnte seine Manuskripte achtlos in einen Winkel gestopft haben, wo niemand sie je wiederfände.

Vor dem Kamin war Byron in einen Sessel gesunken und starrte ins Feuer. Neben ihm kauerte Claire. »Was ist denn jetzt?« hörte Polidori sie fragen, während er vorüberhastete.

Der »Cajetan« aber war noch vor seinem Verfasser an das letzte Ziel der langen Reise gelangt. Wohlbehalten und so ordentlich, als hätte der Gepäckträger geahnt, wie wichtig ihr Inhalt war, lag die Tasche auf dem Tisch in Polidoris Zimmer. Nicht weil Polidori dem Personal des Hotels mißtraut hätte, blätterte er alle einundfünfzig Seiten seines Manuskripts durch, sondern weil er sich an dem, was schon da war, erbauen und kräftigen wollte für das, was noch kommen würde. An diesem Abend schlief Polidori ruhig.

Kopieren

Im »Hôtel d'Angleterre« logierte eine ganze Anzahl von britischen Reisenden. Von ihnen hielt Byron sich fern. Nur die Bekanntschaft mit Shelley setzte er fort. Er pflegte sie geradezu, und Polidori konnte sehen, wie sie ihm von Tag zu Tag wertvoller wurde. Shelley und Byron hatten einander viel zu sagen – so viel, daß Polidori sich kaum noch bemerkbar machen konnte. Sie unterhielten sich über luftige Fragen der Poesie, der Philosophie und der Kunst oder über die Enge der englischen Verhältnisse, denen sie entflohen waren. Schon nach drei Tagen beugte sich Byron mit seinem neuen Gefährten am Kamin in der Empfangshalle des Hotels über Manuskripte, die seinem Arzt nie zu Gesicht gekommen waren. Er las Shelley daraus vor und hörte aufmerksam zu, wie dieser nachher über sie urteilte.

Anfangs staunte Polidori darüber, wie geschmeidig sich ihre Konversation entfaltete und wie zielsicher sie einander die Stichworte zu weit ausholenden Gedankenflügen zuwarfen und noch über den verwegensten Spekulationen zu einem Einverständnis gelangten, das nicht von Dauer sein konnte und sein würde. ›Die erste Stufe der Bekanntschaft‹, so dachte Polidori und sagte sich, daß er in seinem Verhältnis zu Byron über diese Stufe längst hinausgelangt sei. Es wäre ihm zwar nicht leicht gefallen, anzugeben, wohin er inzwischen gelangt war – aber die Euphorie, welche die Unterhaltungen zwischen den beiden Dichtern erfüllte, und die traumwandlerische Sicherheit, mit der sie die Bezirke der gemeinsamen Begeisterung einen nach dem anderen abschritten und alle Fallgruben der Uneinigkeit vermieden, erschienen ihm wie die Folgen einer Verblendung, für die er nicht mehr anfällig war. Nicht Seelenverwandtschaft herrschte zwischen Byron und Shelley, sondern eine vorläufige Eintracht, die Polidori brüchig, erkünstelt und so seicht anmutete, daß er zuweilen lieber auf sein Zimmer ging und an seinem Drama schrieb, als sich in das Geplauder einzumischen.

Wenn das Wetter es zuließ, fanden die Zwiegespräche zwischen Byron und Shelley unter den Walnußbäumen im Garten des Hotels statt, der unmittelbar an den See grenzte. Auf knirschendem weißen Kies standen hier weitaus mehr Tische und Klappstühle, als bei der kühlen Witterung benötigt wurden. Die Zahl der Zuhörer wechselte. Fast immer war Claire zugegen, oft auch Mary und Polidori, und zuweilen sogar das Kindermädchen mit dem kleinen Jungen auf dem Arm, solange er nicht schrie. Sobald aber der Kleine die Unterhaltung zu stören begann, erhob sich Nanny und setzte sich abseits an einen entfernten Tisch oder spazierte mit dem Kind langsam am Seeufer auf und ab. Die anderen Gäste des Hotels verirrten sich nie in diesen Garten.

Eines Tages jedoch hatten sich Byron, Polidori und die Shelleys eben unter den Walnußbäumen niedergelassen und Byron hatte begonnen, über die Schönheit des Gegensätzlichen in der Landschaft, vor allem über den Gegensatz von Höhe und Tiefe, zu sprechen, da erschienen drei weitere Gruppen von Hotelgästen: ein Ehepaar, eine Familie mit zwei halbwüchsigen Kindern und drei Frauen von mittlerem Alter. Sämtliche Tische im Garten bis auf einen waren frei, und es wäre nicht schwer gewesen, ein wenig Abstand zu wahren. Aber alle diese Leute setzten sich ganz in die Nähe des einen, der schon besetzt war, und alle sprachen englisch.

Viel redeten sie jedoch nicht. Sie saßen einfach da und erweckten einen Eindruck von Emsigkeit nur dadurch, daß sie die Köpfe hierhin und dorthin reckten, so als wäre jeder Eindruck neu und faszinierend für sie, als versuchten sie sich in unvertrauter Umgebung zurechtzufinden. Dabei hatte Polidori einige dieser Leute im Hotel schon mehr als einmal gesehen, und dies seit Tagen. Oft schweiften ihre Blicke auf den See hinaus und wanderten an der Kette der Alpengipfel in der Ferne entlang. Oft richteten sie sich durch das Blätterdach nach dem Himmel. Und manchmal streiften sie auch den Tisch, an dem die Dichter mit Polidori und den Frauen saßen. Nur die beiden Kinder, ein kleiner Junge in langen Hosen und ein etwas älteres

Mädchen mit sorgfältig zurechtgemachten Korkenzie-
herlocken, starrten ununterbrochen herüber. Byron,
der eben auf die Weite des Sees zu sprechen gekommen war, bemerkte es und geriet ins Stocken.

Da erhob sich vom Nachbartisch der Familienvater.
Mit der hemmungslosen Leutseligkeit jener Reisenden,
denen in der Fremde jeder Landsmann willkommen
ist, blieb er neben Byron stehen und verbeugte sich.

»Lord Byron, nicht wahr?«

Byron duckte sich ein wenig bei diesen Worten.

»Woher wissen Sie...?«

Der fremde Brite lächelte verlegen.

»Nun, wenn unsereins verreist, steht das nicht in
der Zeitung! Meine Frau hat alles von Ihnen gelesen,
Mylord!«

»Und nun?« fragte Byron mit finsterer Miene.

»Pardon! Emily – also, meine Frau – wollte nur wissen, ob Sie es wirklich sind!«

»Genug!« rief Byron.

»Ich dachte, es würde Sie freuen, wenn jemand sie
erkennt«, stammelte der Mann und wich erschrocken
zurück. Aber schon während er sich umdrehte und an
seinen Tisch zurückkehrte, erstrahlte auf seinen
Zügen die Zufriedenheit. Seiner Frau und den Leuten
an den anderen Tischen nickte er heftig zu. »Er ist
es!« hörte Polidori ihn sagen. Eine der drei Frauen
schlug sich hierauf bestürzt die Hände vor den Mund.
Die beiden anderen begannen aufgeregt in ihren
Handtaschen zu kramen. Die Mutter fing an, auf ihre

Tochter einzureden, und sah dabei immer wieder mit strenger Miene zu Byron herüber. Und schließlich starrten alle hinter vorgehaltenen Händen und Taschentüchern, unter halbgesenkten Lidern oder aus weit aufgerissenen Augen herüber. Das englische Gerücht hatte Seine Lordschaft eingeholt.

»Sollen wir gehen?« fragte Mary.

Byron sprang sofort auf. Shelley sah sich verwirrt um.

»Gehen? Warum gehen?«

»Wir könnten eine Bootspartie machen«, schlug Polidori vor.

»Fürs erste eine gute Idee, Doktor«, sagte Byron. »Aber keine dauerhafte Lösung. Wir werden hier ausziehen, so schnell wie möglich. Wir müssen ein Haus finden. Nicht auszudenken, was geschieht, wenn dieser Monsieur Dejean dahinterkommt, daß wir für einige Narren eine Attraktion darstellen.«

»Vielleicht weiß er es schon«, sagte Claire.

Der Pfad zur Anlegestelle des Hotels führte am Ufer des Sees entlang. Dort lagen zwei Boote, die die Gäste nach Belieben benutzen konnten. Byron blieb vor dem größeren von beiden stehen und reichte zuerst Mary, danach Claire die Hand. Die Frauen kauerten sich vorn ins Boot.

»Wollen Sie rudern, Doktor?« fragte Byron. »Dann setzen Sie sich in die Mitte.«

Shelley und Byron ließen sich auf der hinteren Bank nieder, Polidori gegenüber.

»Aber nachher tauschen wir die Plätze, nicht wahr?« rief Claire. Byron antwortete ihr nicht.

Kaum hatte sich das Boot vom Steg gelöst, da hob die Unterhaltung zwischen Byron und Shelley wieder an. Jetzt waren die Alpen selbst ihr Gegenstand, namentlich die Frage, wie die Kunst ihrer massiven Erhabenheit gerecht werden könne.

Polidori sah, daß sich auf dem Bootssteg mehrere Hotelgäste versammelt hatten und dem Boot nachblickten. Der Familienvater setzte gerade ein Fernrohr ans Auge. Seine Kinder umsprangen ihn und wollten es für sich haben. Aber der Vater reichte das Instrument schließlich seiner Frau und erklärte ihr mit ausgestrecktem Arm, wohin sie es richten und worauf sie achten solle. Die Kinder umtanzten jetzt die Mutter. Ihr Geschrei drang schwach bis zum Boot herüber. Byron und Shelley bemerkten es nicht. Sie hatten dem Ufer den Rücken zugewandt, und Polidori machte sie auf das Treiben am Steg nicht aufmerksam. Er ruderte nur etwas schneller und war erleichtert, als die Gestalten am Ufer so winzig geworden waren, daß man sie mit unbewaffnetem Auge nicht mehr erkennen konnte.

Nach einer halben Stunde war das Boot über die Mitte des Sees schon weit hinaus. Polidori ließ die Ruder für einen Augenblick sinken.

»Soll ich Sie ablösen, Doktor?« fragte Byron. »Oder wollen *Sie* einmal rudern, Shelley?«

Shelley hatte anscheinend nicht zugehört. Er sah Byron nur stumm an.

»Nicht nötig«, sagte in diesem Augenblick Polidori. Auch wenn ihn der Rücken und die Arme inzwischen schmerzten – erschöpft war er noch lange nicht.

»Doktor, woher wissen Sie, was mir nottut?« fragte Shelley.

»Ich bitte um Entschuldigung, Sir. Ich sprach von mir.«

»Warum sprechen Sie von sich, wenn Ihr Herr mich fragt, ob ich die Ruder übernehmen will?«

»Lord Byron hatte auch mich etwas gefragt, Sir.«

Byron nickte. »Diesmal hat er recht.«

»Und bitte, Mr. Shelley, noch eines«, fügte Polidori hinzu. »Lord Byron hat mich nicht als Dienstboten, sondern als Arzt engagiert und ist daher nicht im eigentlichen Sinne des Wortes mein Herr.«

»Verzeihen Sie, Doktor, es war nicht böse gemeint« sagte Shelley und wandte sich wieder an Byron. »Ist es im vornehmen England heutzutage eigentlich üblich, daß man sich auf Reisen von einem Arzt begleiten läßt?«

»Üblich ist es nicht«, antwortete Byron, »aber es ist angenehm. Wissen Sie, als man mir Mr. Polidori seiner vielseitigen Begabung wegen empfahl, da sagte ich mir: Falls ich den Arzt nicht brauche, der in ihm steckt – und für meine Diät kann ich wirklich selber sorgen –, habe ich an ihm immer noch einen Reisegefährten und Gesellschafter.«

Shelley nickte und lächelte Polidori freundlich zu.

»Doktor«, fragte er, »haben Sie eigentlich eine Spezialität, ein Gebiet, auf dem Sie sich besonders auskennen?«

»Alpträume, Sir. Meine Doktorarbeit handelt von Alpträumen.«

»Dabei leide ich gar nicht unter Alpträumen«, lachte Byron.

»Aber ich – zuweilen«, sagte Shelley und lachte nicht.

Eine Zeitlang sagte niemand etwas.

Da rief Claire aus dem vorderen Teil des Bootes: »Laßt uns jetzt endlich die Plätze tauschen!«

Byron hatte seine Hand lange im Wasser treiben lassen. Jetzt zog er sie heraus.

»Wollen wir?« fragte er Shelley.

»Von mir aus«, sagte Shelley und begann, an Polidori vorbei in den vorderen Teil des Bootes zu klettern, während sich Claire an der anderen Seite zu Byron nach hinten tastete. Das Boot schwankte, und für einen Augenblick krallte sich Claire mit einer Hand an Polidoris Nacken und mit der anderen an seiner Schulter so fest, daß Polidori vor Schmerz oder aus Ärger über soviel Ungeschick fast eine Verwünschung ausgestoßen hätte.

Das andere Ufer war inzwischen nahe herangerückt. Wenn Polidori sich umsah, konnte er in einem Obstgarten die einzelnen Kirschen an den Bäumen erkennen. Sie hingen spärlich in den Zweigen, und rot waren sie noch lange nicht.

Claire ließ sich neben Byron nieder. Anscheinend hatte sie ihm viel zu sagen – wie immer, wenn sie in seine Nähe kam. Aber diesmal schwieg sie und sah nur Polidori an, der mit diskretem Lächeln ruderte und sich nicht zurückziehen konnte.

Vorn im Boot hatte Shelley begonnen, seiner Frau die Türme von Genf zu erklären, die sich in der Ferne über dem Wasser erhoben.

Byrons Blick ruhte auf den Anhöhen des nahen Ufers.

»Hier ein Haus zu finden!« sagte er vor sich hin.

»Und was wird dann aus uns?« fragte Claire sofort. »Auch Shelley würde die Unterhaltungen mit Ihnen vermissen.«

»Er soll sich ebenfalls nach einem Haus umsehen. Aber selbst wenn er und Sie und Mary weiter im Hotel logieren würden – über das Wasser hätten wir es nicht weit, weder er noch ich, nicht wahr, Doktor?« Byron nickte Polidori aufmunternd zu.

»Sehr weit ist es nicht von einer Seite des Sees zur anderen«, begann Polidori. »Und gerade deshalb erscheint mir der Unterschied zwischen den beiden Ufern besonders frappant. Die Abhänge des Jura am westlichen Ufer – im philosophischen Sinne *schön*; der Anstieg zu den Alpengipfeln am östlichen Ufer – in zunehmendem Maße *erhaben*!«

»Ganz recht, Doktor! Und vergessen Sie nicht die

Stadt im Süden – zwar *bürgerlich*; dafür aber im Norden die weite Seefläche – in zunehmendem Maße *unendlich*. Mit einem Wort, fast ein idealer Ort.«

»Ein guter Tip, nicht wahr?« sagte Claire.

Byron warf ihr einen Blick zu und sagte nichts.

»Geographisch betrachtet«, verkündete Polidori, »sind wir hier natürlich auch am tiefsten Punkt weit und breit.«

Claire wandte sich nun doch an Byron: »Sie wollten darüber nachdenken, was ich für Sie tun kann.«

Es entstand eine Pause.

»Sie hatten es versprochen!« beharrte Claire.

»Kopieren«, sagte Byron schließlich.

»Wie bitte?«

»Meinen Dritten Gesang abschreiben. Ganz fertig ist er noch nicht. Aber es ist genug da, um anzufangen. Ich brauche eine Reinschrift für den Verleger. Wollen Sie?«

»Aber gern! Kopieren – wie entzückend!«

»Eine heikle Aufgabe!« gab Polidori zu bedenken. »Sie müssen wissen, Seine Lordschaft ist sehr anspruchsvoll in diesen Dingen.«

»Anspruchsvoll bin ich auch!« erwiderte Claire.

Polidori wollte etwas erwidern, aber Byron kam ihm zuvor.

»Claire, ich will Ihnen erklären, worum es geht. Das Manuskript ist in einem ziemlich wüsten Zustand. Es besteht aus lauter einzelnen Blättern unterschiedlichen Formats, während der Reise kreuz und quer vollgekritzelt, oft genug fast im Gehen. Ich frage mich, ob Sie meine Schrift entziffern können.«

»Ich werde mein Bestes versuchen. Wann soll ich die Sachen bei Ihnen abholen?«

Wieder zögerte Byron lange, ehe er fortfuhr.

»Vielleicht ... sollten Sie sie gar nicht abholen. Vielleicht sollten Sie, wenn es Ihnen recht ist, in meinen Räumen kopieren. Es würde uns die Arbeit in mancher Hinsicht erleichtern. Sie könnten mich gleich fragen, wenn Sie an irgendeiner Stelle nicht weiterkommen.«

Claire nickte heftig. Sie war vor lauter Einverständnis ganz stumm.

»Sie werden jedenfalls viel Fingerspitzengefühl benötigen«, meinte Polidori.

»Reden Sie nicht, Doktor – rudern Sie! Und seien Sie doch nicht eingeschnappt! Selbstverständlich könnten ebensogut Sie mir bei der Arbeit an meinen Versen zur Hand gehen.«

Polidori hob sehr selbstbewußt das Kinn und ließ es wieder sinken.

»Ja, das könnte ich.«

»Aber ich vermute, Sie sind mit Ihren eigenen Werken viel zu sehr beschäftigt, nicht wahr?«

»So ist es, Sir.«

»*Ich* stelle meine Literatur gern für Sie zurück, Mylord!« sagte Claire. Mißbilligend sah sie über Polidori hinweg, richtete sich ein wenig auf und rief nach vorne: »Mary, hast du gehört? Ich werde demnächst mit Lord Byron kopieren.«

»Ich verstehe dich nicht. Was hast du gesagt? Eine Verabredung?«

»Nicht so laut!« seufzte Byron. Claire schob sich an Polidori vorbei nach vorn, kauerte sich vor Mary und Shelley hin und erzählte ihnen, was sie mit Byron ausgemacht hatte. Polidori verstand bei weitem nicht alles. Er hörte aber, wie Mary schließlich fragte: »Hast du eigentlich gewußt, daß er hier in Genf sein würde?« und wie Claire zur Antwort gab: »Wie kommst du denn darauf?«

Byron kümmerte sich nicht um das, was vorne im Boot geschah. Er ließ wieder eine Hand im Wasser treiben und sah zum Ufer hinüber. Die Häuser inmitten der Gärten und Weinberge sahen alle gleichermaßen verschlossen und unnahbar aus.

»Eines von diesen da, Doktor«, sagte Byron. »Wir müssen uns darum kümmern!«

Eine grauenhaft
unvollkommene Angelegenheit

Wenige Tage später, noch vor Byron, mieteten die Shelleys ein Haus, das groß genug und nicht zu teuer war. Es lag in einem kleinen Garten direkt am Ufer und war vom Hôtel d'Angleterre und seinen neugierigen Gästen durch die ganze Breite des Sees getrennt. Es besaß einen eigenen Bootssteg mit einem Ruderboot, und Shelley sprach ein paar Tage lang von nichts anderem als seinem »privaten Hafen«. Schon allein wegen der Nähe zum Wasser hätte er mit Lord Byron nicht tauschen wollen, auch wenn die Villa, die Polidori schließlich ausfindig machte, viel größer und komfortabler war.

»Ein Geschenk des Himmels! Dio ... dati!« rief Byron, als sein Arzt endlich mit der Nachricht zu ihm kam, daß die Mietverträge bei einem Bankier in der Stadt nur noch unterzeichnet werden müßten.

Die Villa Diodati war geräumig und bequem, fast zu groß für Byron und seine Begleiter. Polidori bekam zwei Zimmer unter dem Dach für sich allein.

Über eine schmale Straße, die an ihrer Hangseite vorüberführte, war die Villa mit dem Wagen leicht erreichbar. Auch eine Remise mit einer Kutscherwohnung stand zur Verfügung. Aber der größte Vorzug war die Terrasse, die sich auf der rückwärtigen Seite an der ganzen Breite des Hauses entlangzog und eine weite Aussicht über den großen Garten, den See, die Stadt und die Hänge des Juragebirges auf dem gegenüberliegenden Ufer bot.

Die Villa Diodati lag oberhalb des Hauses der Shelleys. Ein schmaler Pfad führte von einer Pforte im unteren Teil des Gartens hinunter. Es war nicht weit zu gehen, kaum zehn Minuten, aber der Weg war an manchen Stellen ziemlich steil und für Byron beschwerlich. Dennoch stieg er oft hinab. Die Bootspartien auf dem See liebte er fast so sehr wie Shelley. Aber noch häufiger, als er zum Ufer hinunterging, kamen Shelley, Mary und Claire den Hang hinauf. Fast täglich waren sie in Diodati zu Gast.

Polidori hatte an diesem Tag lange im Garten der Villa gesessen und geschrieben. Als er am späten Nachmittag zum Haus zurückkehrte, sah er Mary auf der Terrasse. Sie stand am Geländer und blickte in die Ferne. Aber kaum war Polidori aus dem Unterholz getreten, da bemerkte sie ihn und rief ihm zu: »Ach Doktor, leisten Sie mir doch hier oben Gesellschaft!«

»Gern!« antwortete Polidori, eilte den Hang hinauf, überwand die Treppe an der Außenwand des Hauses in wenigen Sätzen und griff zur Begrüßung nach Marys Hand.

»So allein an diesem schönen Tag?« fragte er.

»Ich genieße die Aussicht«, antwortete sie. Aber sie klang nicht sonderlich froh.

Mary erblickte die Tasche, die Polidori unter dem Arm trug.

»Haben Sie im Pavillon gearbeitet, Doktor?« Sie deutete in die Richtung des hellblauen Gartenhauses, das zwischen den dicht stehenden Büschen und Bäumen im unteren Teil des Parks fast verschwand.

»Nein, auf der Bank in der Akazienlaube.«

»Unter Akazien? Genau wie der berühmte...? Unser Geschichtsschreiber, der hier in der Gegend sein dickes Buch beendet hat? ... im Angesicht des gewaltigen Montblanc, so sagt man.«

»Ganz recht. Gibbon in Lausanne. Ich war froh, auch in unserem Garten eine Akazienlaube zu finden. Ein inspirierender Platz, wenngleich der Montblanc von diesem Ufer aus natürlich nicht zu sehen ist. Aber meinem Drama bekommt die Arbeit im Freien ausgezeichnet. ›Cajetan‹ ist in den Tagen, seit wir hier sind, um mehr als zwanzig Seiten gewachsen.«

»Sie schreiben ein Stück?«

»Eine Tragödie.«

»Wie interessant!«

»Oh, wenn es Sie interessiert, könnte ich Ihnen einmal daraus vorlesen – Ihnen und den anderen. Vielleicht an einem der nächsten Abende.«

»Aber gern!«

»Wo sind die anderen eigentlich?«

»Shelley kommt nach. Er wollte noch einmal auf den See hinaus. Und Claire ist drinnen bei Byron. Sie kopieren.«

»Ach, die Literatur.«

»Ja, die Literatur«, sagte Mary nachdenklich. »Die Literatur nimmt Claire jetzt sehr in Anspruch. Aber sie muß wissen, was sie tut. Sie ist alt genug.«

»Alle schreiben«, sagte Polidori.

»Außer mir.«

»Und wann fangen *Sie* an?«

Mary schien Polidoris Frage nicht gehört zu haben. Sie war ein wenig blaß geworden.

»Wie geht es Ihrem Sohn?« fragte Polidori nach längerem Schweigen. »Hat er sich an das Klima und die neue Umgebung gewöhnt?«

»Oh, ja. Nanny sagt, er sei inzwischen ein kleiner Weltreisender.«

»Ich habe einen ärztlichen Rat für Sie: Seien Sie vorsichtig, wenn Sie ihm Kirschen zu essen geben. Ein Apotheker in der Stadt erzählte mir, noch nie hätten sich so viele Leute, und vor allem Kinder, den Magen an unreifen Kirschen verdorben. Offenbar verlassen sich alle auf den Kalender, statt auf die eigenen Augen. Und das Obst scheint in diesem Jahr später reif zu werden als je zuvor, oder überhaupt nicht.«

»Kein Wunder, bei diesem Wetter. Aber William hat ja noch keine Zähne. Da ißt er auch noch keine Kirschen.«

Polidori lächelte verlegen.

»Wie dumm von mir! Oh, Mary, ich fürchte, Sie haben recht. Vielleicht sollte ich mich ganz auf die Literatur werfen.«

»Aber Doktor, ich dachte, die Literatur sei Ihr Zeitvertreib.«

»Nein, in der Medizin fehlt es mir offenbar an Umsicht. Die Literatur indessen ist mein Ernst.«

»Dann müssen Sie uns wirklich recht bald vorlesen. Shelley wird Ihnen ebenso gern zuhören wie ich. Haben Sie denn Lord Byron von Ihren Projekten schon erzählt?«

»Gewiß!«

»Ich stelle mir vor, er steht auf der Leiter des Erfolges so hoch oben, daß von den Bestrebungen anderer Schriftsteller wenig an sein Ohr dringt.«

Polidori sagte nichts. Er sah sich in einem nassen Nebel auf einer schmalen, hohen Sprossenleiter stehen, oben das ungleichmäßige Geklapper von Byrons ungleichen Schuhen, unten nichts, kein Anhaltspunkt dafür, wie hoch er selbst schon gestiegen war und wie tief er stürzen konnte.

»Shelley dagegen«, fuhr Mary fort, »wird sich Ihnen nicht verschließen.«

»Auch Lord Byron hat mir seine Ermunterung keineswegs versagt, solange ich mit ihm auf Reisen war. Jetzt allerdings...«

Hinter ihnen knirschte die Tür, die aus dem Salon auf die Terrasse führte. Der Kopf von Fletcher erschien:

»Eine Erfrischung gefällig?«

»Oh, ja, lieber Mr. Fletcher«, sagte Mary, »für mich bitte ein großes Glas Milch.«

»Und für mich einen kleinen Sherry«, sagte Polidori.

Fletcher verschwand. Mary und Polidori schlenderten zu dem großen runden Gartentisch hinüber. Er stand am südlichen Ende der Terrasse. Darüber hing ein rotweiß gestreiftes Sonnensegel, das im fahlen Licht dieses Nachmittags wenig Schatten spendete und so aussah, als hätte man es in der falschen Jahreszeit ausgespannt. Polidori legte seine Tasche auf den Tisch.

Mary und er hatten sich kaum gesetzt, da brachte Fletcher schon die Getränke. Sie nahm einen langen Schluck. Der schmale weiße Rand, der über ihrer Oberlippe zurückblieb, als sie ihr Glas absetzte, gefiel Polidori. Er nippte an seinem Sherry, rückte etwas näher zu ihr und zögerte nun doch, die Frage zu stellen, die ihm eben eingefallen war. Mary bemerkte es.

»Was ist?«

»Stillen Sie selbst?« fragte Polidori und fügte gleich hinzu: »Professionelle Neugier, ich bitte um Verzeihung!«

»Medizinische Neugier oder poetische?« Marys Lachen klang gezwungen. »Ich versuche es, Doktor, ich tue mein Bestes. Aber leider genügt das nicht immer.«

»Fühlen Sie sich während der Prozedur ... wie soll ich sagen? ... fühlen Sie sich beraubt?«

»Beraubt? Warum?«

»Immerhin saugt es an Ihnen und lebt davon. Es saugt Sie aus.«

»Doktor, wovon reden Sie?«

»Nur eine Idee von mir.«

»Eine Idee?«

»Kinder rauben ihren Eltern das Leben.«

Mary sah ihn erschrocken an.

»Hören Sie, Doktor, ich hatte vor William schon einmal ein Kind, und ich kann Ihnen versichern, es hat mir mein Leben nicht geraubt! ... es ist gestorben.«

»Oh!«

»Aber ich habe ihm auch nicht *sein* Leben geraubt! Ich habe es dem armen Kind nicht erhalten können. Geraubt ... geraubt habe ich ... *dieses* Leben ... nicht.«

»Natürlich nicht«, sagte Polidori.

Mary war plötzlich ganz weiß geworden, hatte die Hände vor sich auf dem Tisch zu Fäusten geballt und starrte sie an.

»Mein Gott, Doktor«, stammelte sie. »Wie können Sie wissen...? Wer hat Ihnen das gesagt? Ahnen Sie überhaupt, wie recht Sie haben?«

»Nein. Aber beruhigen Sie sich doch!«

Mary traten Tränen in die Augen.

»Die Fortpflanzung des Menschengeschlechts ist eine so grauenhaft unvollkommene Angelegenheit!« rief sie.

»Nicht doch! Bloß ein Gedanke von mir, kein

Grund zur Beunruhigung! Das ist doch alles nicht wahr!«

»Wie entsetzlich wahr!« rief Mary. »Kinder rauben ihren Eltern das Leben. Genau das tun sie! Ich zum Beispiel, so, wie ich hier vor Ihnen sitze, habe meine Mutter umgebracht.«

»Unsinn!«

»Sie ist bei meiner Geburt gestorben!«

Polidori leerte sein Glas mit einem Zug. Sein Blick verfing sich in den schmiedeeisernen Verschlingungen des Terrassengeländers und kam von ihnen erst wieder los, als auf der Treppe, die vom Garten heraufführte, Schritte laut wurden. Shelley stürmte heran. Er beugte sich über die schluchzende Mary, nahm ihren Kopf in beide Hände und flüsterte ihr besorgte Fragen zu, die sie nicht beantwortete. Schließlich hob er den Kopf und funkelte Polidori böse an.

»Was geht hier vor, Doktor?«

»Ich weiß es nicht, Sir.«

»Reden Sie!«

»Ich weiß es wirklich nicht … es kam so plötzlich … äußerst rätselhaft!«

»Eine Erklärung! Ich will eine Erklärung!« Es schien Polidori, als würde sich Shelley aus lauter Verzweiflung im nächsten Augenblick auf ihn stürzen.

»Ich bitte Sie, Sir. Beruhigen Sie sich. Es überkam Ihre Frau so – wie soll ich sagen? – so völlig unerwartet.«

»Eine Erklärung!«

»Percy, laß ihn! Es war nicht seine Schuld.« Mary zitterte am ganzen Körper.

»Ihre Frau hatte sich ein Glas Milch bestellt...«

»Mary, wovon spricht er?« Shelley raufte sich die Haare.

»Ja, Percy, er hat recht, die Milch...«

»Die Milch, die Milch — was redet ihr da von Milch?«

Shelleys wäßrig blaue Augen waren wie vereist. Plötzlich fuhr er herum, war mit zwei Sätzen hinter Marys Stuhl und packte durch ihr leichtes Kleid nach einer ihrer Brüste, so, als wollte er sich vergewissern, daß sie prall gefüllt sei.

»Percy, du tust mir weh!«

Mary umklammerte seine Hand, riß sie von sich los und schleuderte sie zur Seite. Sie warf den Kopf nach hinten und sah zu Shelley hinauf.

»Sieh mich nicht so an!« schrie Shelley. »Vier Augen sind zuviel!«

»Percy«, sagte sie, »komm zu dir!«

Shelley sank neben Mary auf einen Stuhl. Er stützte die Stirn in beide Hände und starrte mit weit aufgerissenen Augen auf die Tischplatte herunter.

»Mir ist kalt«, flüsterte Mary.

»Ich hole Ihnen Ihre Jacke«, sagte Polidori. »Fletcher wird wissen, wo sie ist.«

»O ja, bitte.« Mit einem Blick auf Shelley fügte sie hinzu: »Es ist gleich vorüber. Es dauert nie sehr lange.«

Polidori nickte und eilte davon. Die Jacke fand er, ohne Fletcher zu fragen, auf einem Stuhl im Salon, gleich neben der Terrassentür. Doch statt unverzüglich umzukehren, durchquerte er mit raschen Schritten den großen Raum, öffnete vorsichtig die Tür auf der gegenüberliegenden Seite und trat in die Eingangshalle der Villa. Am Fuß der steinernen Treppe blieb er stehen und lauschte.

Aus dem oberen Stock drang kein Laut nach unten.

Wer die Kunst hat,
kann sich alles erlauben

Als Polidori wieder an den Tisch trat, war Shelley ruhiger geworden. Er saß zurückgelehnt auf seinem Stuhl und wirkte erschöpft und abgekämpft. Trotzdem sprang er sofort auf, nahm Polidori die Jacke aus der Hand und legte sie Mary um die Schultern.

»Sie haben ein Drama geschrieben, wie ich höre«, sagte er. Seine Stimme klang nicht so, als wollte er mehr darüber erfahren.

»Noch bin ich bei der Arbeit«, entgegnete Polidori.

»Lord Byron hat mir nichts davon erzählt.«

»Aber er kennt es.«

»Der Doktor möchte uns aus seinem Stück einmal vorlesen«, sagte Mary. »Vielleicht an einem der nächsten Abende.«

»Einen ganzen Abend lang?«

»Oder jetzt gleich?« fragte Mary. »Wie du willst, Lieber! Wir sitzen bequem. Es regnet nicht.«

»Na schön, Doktor«, seufzte Shelley. »Lassen Sie hören!«

»Aber wir sind nicht vollzählig«, wandte Polidori ein.

»Wenn Lord Byron den Text doch schon kennt!« sagte Mary.

Shelley wandte sich an seine Frau: »Wo steckt George eigentlich?«

»Drinnen. Beim Kopieren.«

»Ach ja«, sagte Shelley und sah zu Polidori hinüber. »Dieser Dritte Gesang scheint ein gewaltiges Stück Arbeit zu sein, länger als die beiden ersten. Schreibt er denn noch, Doktor? Wie kommen die beiden voran?«

»Er hat mir nichts gesagt, Sir.«

»Wie soll das Manuskript eigentlich nach London kommen? Auf die Post wird er sich doch nicht verlassen?«

»Ich weiß es nicht.«

»Vielleicht schickt er *Sie* zu Murray.«

»Wohl kaum, Sir. Ich werde hier benötigt!«

Shelley lachte.

»George hat uns erzählt, der einzige, der auf der Reise einen Arzt benötigte, seien Sie gewesen, Doktor.«

»Aber ich habe mich selbst kuriert.«

»Das hat er uns verschwiegen.«

»Redet Seine Lordschaft oft von mir?«

»Zuweilen... Aber wie ist es jetzt? Lesen Sie oder lesen Sie nicht?«

»Tun Sie uns den Gefallen!« bat Mary.

»Wenn Sie unbedingt wollen...«

»Unbedingt!«

»Also gut«, seufzte Polidori, setzte sich wieder an den Tisch hinter sein leeres Sherryglas, nahm sein Manuskript aus der Tasche und ließ eine kurze Stille eintreten.

»Cajetan, der Held meiner Tragödie«, so begann er, »ist ein Mann, dem es an Selbstbewußtsein nicht fehlt. Nachdem der französische König gestorben ist, schickt der Papst ihn nach Paris, und als er im dortigen Parlament Einzug hält, scheint ihm, daß nur ein einziger Stuhl seiner würdig sei, der des Königs. Zwar zieht ihn der Präsident im letzten Augenblick auf einen geringeren Platz. Aber er kann nicht verhindern, daß Cajetan nachher durch allerlei selbstgefällige Umtriebe bei vielen Leuten Anstoß erregt.«

»Ein Popanz als tragischer Held?«

»Percy!«

»Lassen Sie nur, Mrs. Shelley. Die Frage liegt anscheinend nahe. Man hat sie mir schon einmal gestellt, und damals war ich meiner Sache weniger sicher als heute. Nein, Sir, ich denke, an Größe des Charakters mangelt es diesem Mann nicht. Und die Ausweglosigkeit seines Ringens mit der Welt darf wohl tragisch genannt werden. Zuletzt scheitert Cajetan an dem, was ihn anfangs gehoben hat. Er wird von jener Macht erniedrigt...«

»Genug der Vorreden!« unterbrach ihn Shelley. »Lesen Sie jetzt, Doktor!«

Und Polidori begann mit einer Szene, in der Cajetan die ohnehin verwickelten diplomatischen Beziehungen zwischen Frankreich und Spanien noch weiter verwirrte.

Er hatte erst wenige Seiten gelesen, als Byron und Claire an den Tisch traten. Polidori unterbrach seinen

Vortrag, aber Byron gab ihm mit einem Wink zu verstehen, er möge sich nicht stören lassen und fortfahren. Byron rückte Claire zwar noch den Stuhl am Terrassengeländer zurecht, doch dann ließ er sich neben ihr nieder, als wäre er allein gekommen. Polidori spürte, während er las, mit welch übertriebenem Eifer Byron sich ins Zuhören vertiefte, während Claire ganz und gar nicht bei der Sache war. Ihr Blick schweifte jenseits des Sees umher oder war auf die Spitzen ihrer Finger geheftet, die sie nebeneinander vor sich auf den Tisch gelegt hatte.

Doch auch Byrons Aufmerksamkeit währte nicht lange. Bald rückte er auf seinem Stuhl hin und her, stützte einen Ellbogen auf den Tisch, wiegte den Kopf gedankenvoll, aber an den falschen Stellen, oder vergrub das Kinn in der Faust. Polidori spürte, daß Byron nahe daran war, ihn mit irgendeiner ironischen Bemerkung zu unterbrechen. Deshalb schloß er seine Lesung bei der nächsten Gelegenheit, die der Text bot.

»Gut«, sagte Byron.

»Meinen Sie das Stück oder den Vortrag?« fragte Polidori.

»Beides. Und vor allem die Tatsache, daß Sie uns zur rechten Zeit eine Atempause gönnen.«

»Wollen Sie nachher noch mehr hören?«

»Danke, Doktor. Vielleicht ein ander Mal. Nein, Sie haben, wie mir scheint, ein Gespür dafür entwickelt, wann es genug ist, wann die anderen Luft holen wollen. Nicht jeder besitzt dieses Gespür, wie man leider viel zu oft feststellen muß. Auch bei Ihnen war es nicht immer sehr ausgeprägt, das müssen Sie zugeben.«

Polidori ordnete schweigend seine Papiere und sah erst wieder auf, als Claire, den Blick auf Byron gerichtet, murmelte: »Sie sind so zynisch!«

Byron lehnte sich zurück.

»Aber ich bitte Sie!«

»Zynisch! Zu allen!«

»Was ist denn, Claire?« fragte Mary.

»Ja, erklären Sie es uns«, sagte Byron.

Doch Claire blieb stumm.

»Gibt es Schwierigkeiten bei der Abschrift des Dritten Gesangs?« fragte Polidori und schob sein Manuskript in die Tasche.

Claire warf ihm einen finsteren Blick zu und sagte: »Sie, Doktor, müßten eigentlich Bescheid wissen.«

»Pardon?«

»Wie lange sind Sie mit diesem … selbstgefälligen Mann schon unterwegs?«

»Claire«, sagte Mary, »ich begreife dich nicht!«

»Aber der Doktor begreift mich, nicht wahr? Also, wie lange, Doktor?«

»Genau kann ich es nicht sagen. Ich müßte in meinem Tagebuch nachsehen. Sechs oder sieben Wochen.«

»Sie schreiben ein Tagebuch?« Shelley tat auf einmal sehr interessiert. »Mary und ich schreiben auch eines, vor allem Mary. Nicht wahr, Mary?«

Mary nickte beflissen.

»Der Unterschied«, warf Byron ein, »besteht nur darin, daß ihr beiden vermutlich keinen Penny dafür bekommt, der Doktor hingegen, wenn er fleißig ist, aus irgendeinem Grund fünfhundert Pfund. Und zwar von *meinem* Verleger.«

»Aber keinen Vorschuß!« fügte Polidori hinzu.

»Fünfhundert Pfund!« Shelley war verblüfft. »So viel habe ich mit all meinen Schriften noch nicht verdient. Und was bitte ist ein Vorschuß?«

»Da sehen Sie«, fuhr Byron, an die ganze Runde gewandt, fort, »wie das literarische Verdienst auf dieser Welt verteilt ist. Aber trösten wir uns! Für die Ewigkeit werden die Karten neu gemischt.«

»Mehrmals!« rief Polidori. »Zum Glück!«

»Glauben Sie an die Ewigkeit, George?« fragte Shelley.

»Manchmal sehr.«

»Ich nicht.«

»Leben bedeutet unsterblich sein wollen«, verkündete Polidori. »Richtig leben bedeutet sich unsterblich machen: im Gedächtnis der Nachwelt, in bleibenden Spuren, in Kindern, in Werken.«

»Und in Tagebüchern«, fügte Byron hinzu.

»Ja«, rief Claire, »lesen Sie uns doch einmal aus Ihrem Tagebuch vor, Doktor Polidori! Ist es aufrichtig?«

»Das hoffe ich!«

»Keine Schönfärberei?«

»Bloße Notizen!«

»Dann möchte ich hören, was Sie über Lord Byron notiert haben.«

»Nein. Nicht hier. Nicht jetzt. Das alles ist noch unfertig und unvollkommen.«

»Vollkommen ist nichts und niemand. Sie nicht, Lord Byron nicht und ich auch nicht. Und ich in meiner Unvollkommenheit möchte jetzt hören, was Sie in Ihrer Unvollkommenheit über diesen unvollkommenen Mann geschrieben haben.«

»Was für Perspektiven!« seufzte Byron und lehnte sich erwartungsvoll zurück.

Aber Polidori schüttelte den Kopf.

»Nein. Eines Tages werden Sie es vielleicht selbst lesen.«

»Er hat recht«, sagte Shelley, »du mußt Geduld haben, Claire. Laß ihn!«

»Dann deuten Sie uns wenigstens in ein paar Worten an, wie Lord Byron auf den Seiten Ihres Tagebuchs erscheint.«

Polidori überlegte, ehe er antwortete.

»Nicht, bevor Sie, Claire, uns in ein paar Worten andeuten, wie Seine Lordschaft in Ihren Augen erscheint.«

»Das ist unfair! Sie sind im Vorteil. Seit Wochen sind Sie in seiner Nähe!«

»Und worüber sollte ich deshalb Bescheid wissen?«

Claire sah Byron lange an.

»Also gut«, sagte sie schließlich. »In meinen Augen ist Lord Byron ein Mann, der glaubt, wer die Kunst hat, der kann sich alles erlauben. Und er erlaubt es sich!«

»Ach, Claire«, sagte Byron, »auch Sie erlauben sich nicht wenig.«

Claire erwiderte nichts.

»Und was die Kunst angeht, meine Liebe«, fügte Byron hinzu, »so kann sich *jeder* alles erlauben. Jeder kann die Machtvollkommenheit auskosten, die die Kunst gewährt.«

»Unsinn!« rief Claire.

»Niemand braucht seine Literatur zurückzustellen, Sie nicht, Claire, und Mary nicht und der Doktor ebenfalls nicht. Shelley weiß ohnehin, wovon ich spreche.«

»Ich bin nicht sicher«, sagte Shelley.

»Machen wir doch einen Versuch«, fuhr Byron fort, »seien wir alle dreist, selbstgefällig, zynisch – was Sie wollen, Claire –, und schreiben wir jeder eine Geschichte! Erlauben wir uns einfach alles!«

»Um Literatur geht es doch gar nicht!« murmelte Claire.

»Um was denn sonst?« fragte Byron.

»Ich glaube nicht«, sagte Shelley, »daß sich der Künstler alles erlauben kann. Gewiß mehr, als der gewöhnliche Verstand sich träumen läßt. Vielleicht auch mehr, als er selbst zuweilen für möglich hält. Aber alles?«

»Doch, Shelley, alles!«

»Und das Niedrige, das Gemeine oder das Triviale?

Was ist damit, George? Trivial kann und darf die Kunst nicht sein!«

»Es käme auf einen Versuch an. Probieren wir es aus und schreiben wir jeder eine *Gespenster*geschichte! Das Ergebnis muß nicht belanglos sein.«

»Eine frappante Idee!« rief Polidori. »Doch kann ich an diesem Wettkampf leider...«

»Kein Kampf, Doktor!« unterbrach ihn Byron. »Wer spricht denn von Kampf?«

»Wie Sie wollen, Sir, aber ich kann an diesem Wettstreit, diesem Wettbewerb leider nicht teilnehmen.«

»Das dürfen Sie uns nicht antun, Doktor! Sie müssen!« sagte Byron. Mary und Shelley kamen Byron mit verschiedenen übermütigen Beschwörungen zu Hilfe. Aber Polidori blieb unerschütterlich.

»Der ›Cajetan‹ erfordert meine ganze Kraft und Aufmerksamkeit«, sagte er.

»Auch Doktor Polidori glaubt nämlich an das ewige Leben«, erklärte Byron den anderen. »Und jeden, der nichts für sein ewiges Leben tut, den hält er schon zu Lebzeiten für scheintot.«

»Das ist nicht Ihr Ernst, George!« rief Mary.

»Aber der des Doktors. Und man erkennt daran, daß er Talent für das Gespenstische besitzt. Wollen Sie es sich nicht noch einmal überlegen, Polidori?«

»Nein, Sir. Bitte.«

»Endet Ihr Cajetan denn nun am Fensterkreuz des Pariser Rathauses, oder stirbt er im Bett?«

Die anderen blickten erstaunt auf.

»Ich bewundere Ihr gutes Gedächtnis, Sir«, sagte Polidori.

»Nun, wie geht es aus?«

»Ich habe mich noch immer nicht entschieden.«

»Ist denn seit Dover nichts geschehen?«

»Um diese Frage zu beantworten, müßte er erst in seinem Tagebuch nachsehen«, spottete Claire. »Doktor, *Ihr* Gedächtnis bewundere ich nicht. Sie sind uns übrigens auch noch Ihr Portrait Seiner Lordschaft schuldig. Haben Sie das vergessen?«

»Nein, das habe ich nicht. Sobald ich meine Tragödie vollendet habe, wird es entworfen werden.«

»Als Gespenstergeschichte?« fragte Claire.

»Ich bin gespannt«, sagte Byron.

»Das sind wir alle«, fügte Claire hinzu. »Als Polidoris Gespenst würden Sie schön dastehen, Mylord!«

»Ich bitte um etwas Geduld«, sagte Polidori und wiegte den Kopf, dachte aber an nichts Bestimmtes.

Da öffnete sich die Terrassentür, und von Fletchers Hand gehalten erschien die kleine Glocke. Sie läutete zum Abendessen.

Am tiefsten Punkt

In der Umgebung der Villa Diodati gab es mehrere Plätze, die Polidori mit Manuskript und Schreibzeug gern aufsuchte, wenn er arbeiten wollte. Nur bei Regen, Wind und Kälte blieb er in seinen Räumen unter dem Dach. In dem größeren der beiden Gemächer hatte er einen Tisch unter das schmale Gaubenfenster gerückt, der reichlich Platz bot, die Papiere auszubreiten. An Licht allerdings fehlte es in dieser Mansarde, zumal bei bedecktem Himmel. Überall im Freien fand Polidori mehr Helligkeit als hier – in seiner Akazienlaube ebenso wie auf der niedrigen Mauer neben dem unteren Gartentor, wo er zwar ein wenig kühl saß, aber die Beine angenehm baumeln lassen konnte. Und auch im Blauen Pavillon, in den er sich manchmal zurückzog, wenn ihn der Regen im Gelände überraschte, war es heller als in seiner Mansarde.

In diesem Gartenhaus stand ein breites Sofa. Auf ihm ließ sich Polidori nieder, sobald er seinen Schirm zum Trocknen in die Ecke neben der Tür gestellt hatte, und beobachtete dann, wie die Blätter einer jungen Kastanie vor dem Fenster jedesmal in heftiges Nicken gerieten, wenn ein Regentropfen sie getroffen hatte. Manchmal nahm sich Polidori auf diesem Sofa auch sein Manuskript vor und las noch einmal die letzten Seiten, die er vor dem Regen geschrieben hatte. Aber zur Feder greifen und seine Tragödie voranbringen, das konnte er in diesem Pavillon nicht. Schuld daran war das bizarre Mißverhältnis, das zwischen den verschiedenen Sitzmöbeln und dem kleinen, einbeinigen Tisch in der Mitte herrschte.

Draußen machte es Polidori nichts aus, die Mappe mit dem Manuskript beim Schreiben auf den Schoß zu nehmen. Es war ihm sogar angenehm und gab ihm ein Gefühl der Unbeschwertheit. Hier drinnen aber wäre ihm diese Haltung lächerlich erschienen. Ein Tisch stand schließlich zur Verfügung, wenn auch ein kleiner. Zwei Teetassen oder anderthalb Manuskriptblätter hätten darauf Platz gefunden. Polidori hätte seine Papiere auf ihm auslegen und sich einen der wackligen Stühle heranholen können. Er hätte dann allerdings auf diesem Stuhl so hoch über seinem Manuskript gethront, daß es unter ihm in der Tiefe kaum noch erreichbar gewesen wäre. Tatsächlich wäre er in ein sehr viel günstigeres Verhältnis zu seinem Drama gelangt, wenn er sich auf das Tischchen gesetzt und die Sitzfläche des Stuhles zum Arbeiten benutzt hätte, zumal diese Sitzfläche mehr Platz für Papiere und Arbeitsgeräte bot als der Tisch. Aber eine wirkliche Lösung bot auch diese Anordnung nicht, denn das zierlich gedrechselte Bein des Tischchens, das sich unten auch noch in einen Dreifuß von fragwürdiger Stabilität verzweigte, hätte der Belastung durch den sitzenden Dichter keinen Augenblick standgehalten.

Polidori hätte nun andererseits den kleinen Tisch auch an das Sofa rücken können. Aber so, wie dieser Tisch neben den Stühlen zu niedrig war, erwies er sich neben dem Sofa als zu hoch. Ein bequemer Arbeitsplatz ergab sich auch auf diese Weise nicht. Einmal hatte Polidori es ausprobiert. Er war so tief in die Polster des alten Sofas gesunken, daß er den Überblick über sein Manuskript auf dem Tischchen schon allein deshalb verloren hatte, weil es plötzlich bis in Augenhöhe herangerückt war.

Aus all diesen Gründen schrieb Polidori, wenn er im Blauen Pavillon Zuflucht vor dem Regen suchte, niemals.

Der Platz, an dem ihm das Schreiben so leicht von der Hand ging wie nirgendwo sonst, lag am Ufer des Sees. Nicht weit vom Haus der Shelleys ragte ein breiter hölzerner Steg in den See hinaus. Hier war mehr Licht als an den anderen Stellen, die Polidori gelegentlich aufsuchte. Hier war er von Byron durch einen steilen Abhang und einen Fußweg getrennt, für den ein rüstiger Wanderer wie Polidori bergab bereits fast zehn Minuten brauchte. Auch Bäume überschatteten den Platz nicht, und einige Büsche bildeten einen Vorhang, der den Steg und seinen Benutzer fast vollständig vor den Blicken der Landleute verbarg, die auf dem Uferpfad unterwegs waren. Aber durch diesen Teil der Menschheit fühlte sich der Doktor ohnedies nicht sonderlich gestört. Er kehrte ihm den Rücken zu und ließ die Beine baumeln. Der Steg war hoch genug. Seine Schuhe hingen drei oder vier Handbreit über dem Wasser.

Eine milchige Dunstschicht spannte sich über den Himmel. Dahinter zerlief die Sonne und konnte nicht brennen. Eine laue Wärme hing über dem See.

Polidori hatte seine Jacke ausgezogen. Sie lag auf den Holzplanken – daneben, nutzlos, der Regenschirm. Auf der anderen Seite stand das hölzerne Kästchen mit dem Schreibzeug. Die Mappe, die ihm als Schreibunterlage diente, und das Manuskript hielt Polidori auf den Knien. Er hatte die Feder gezückt, aber er schrieb nicht. Er dachte über Cajetans Ende nach. An diesem Tag wollte er sich entscheiden. Byron sollte ihn nicht noch einmal unschlüssig antreffen. Beim nächsten Mal würde er eine Antwort erhalten, wenn nicht sogar das vollendete Stück.

Eigentlich war alles ganz einfach. Das wirkliche Leben mochte auf dem Sterbelager enden. Aber wann hatte man je ein Bett auf dem Theater gesehen? Plötzlich fiel Polidori die Entscheidung für das Fensterkreuz ganz leicht, und schon wandte er sich, beflügelt von der eigenen Entschlossenheit, der nächsten Frage zu, die sich aus seinem ersten Beschluß ergab: Ob es den Theaterleuten wohl Schwierigkeiten bereiten werde, die Erhängung Cajetans durch seine Feinde und Verächter auf der Bühne anschaulich zu machen. Wie glaubhaft konnte ein Schauspieler diesen Tod darstellen? Auf welche Weise und wie lange konnte er nachher hängend ausharren? Polidori schien es ratsam, Cajetans Tod erst im allerletzten Augenblick, ehe der Vorhang fiel, eintreten zu lassen. Er erwog auch, das Stück unmittelbar vor dem Fußtritt enden zu lassen, mit dem einer der Schurken den Stuhl unter dem päpstlichen Legaten wegstoßen sollte. Aber würde sich das Publikum in diesem Falle nicht betrogen fühlen?

Plötzlich griff das Wasser nach Polidoris baumelnden Füßen. Es drang in seine Schuhe, durchnäßte die Strümpfe und erreichte mühelos die Hosenbeine. Die Welle wanderte zügig unter dem Steg dahin. Sie schwappte den breiten Kiesstreifen am Ufer hinauf, und schon folgte die nächste. Polidori zog die Beine hoch und schob sich, immer noch sitzend, mit beiden Händen so weit nach hinten, daß er seine triefenden Füße auf den Steg stellen konnte. Da geriet das Manuskript auf seinem Schoß für kurze Zeit in Gefahr. Um sich nach hinten zu stemmen, mußte er es einen Moment lang loslassen. Ein Luftzug erfaßte das Deckblatt mit dem kalligraphierten Titel über dem Verfassernamen und trug es zur Seite. Aber es ging nicht verloren. Es verfing sich in den Falten der Jacke, die auf dem Steg lag, und Polidori bettete es zurück auf den Papierstapel, den er von nun an mit beiden Händen fest umklammert hielt. Denn ein kalter Wind fuhr jetzt heftig herab und begann in den Papieren zu rascheln.

Auch Polidoris Hemdkragen flatterte. Eine Bö zauste in seinen Haaren. Der Deckel des Kästchens schlug mit einem Knall zu. Im gleichen Augenblick geriet die Jacke in Bewegung. Sie blähte sich auf, kroch dem Rand des Stegs entgegen und erschlaffte wieder. Der nächste Windstoß würde sie in den See wehen. Der nächste Windstoß kam. Doch ehe die Jacke von neuem ins Rutschen geriet, machte Polidori, der immer noch saß, seinen Arm sehr lang, erreichte ihren Kragen und packte zu. Er erhob sich. Er klemmte das Manuskript zwischen die Knie und zog sich die Jacke über. Es begann zu regnen. Polidori schob das Drama unter seine Jacke und sah sich nach seinem Schirm um.

Die kleine Verwirrung, in die ihn der plötzliche Wetterumschwung gestürzt hatte, legte sich sofort, als er seinen Regenschirm erblickte. Polidori war zufrieden mit sich, damit, daß er auch an diesem anfangs fast sonnigen Tag den Schirm nicht zu Hause gelassen hatte. Schon der Anblick des geschlossen daliegenden Regenschirms bot eine Art Schutz vor den tückischen Anschlägen der Witterung auf den menschlichen Orientierungssinn. Polidori sah genau vor sich, wie sein geordneter Rückzug vor den Unbilden der Elemente vonstatten gehen konnte. Nachdem er Manuskript und Jacke bereits gerettet hatte, würde er den Schirm ergreifen, würde im Schutze von dessen Bespannung die Papiere unter seiner Jacke hervorziehen, würde sie samt dem Schreibzeug in die Tasche schieben und so rasch als möglich hinauf nach der Villa eilen, um in der Trockenheit seiner Mansarde Schuhe und Strümpfe zu wechseln und danach unverzüglich am großen Tisch, wenngleich bei trübem Licht, mit der Arbeit fortzufahren.

Mit den Schirmen hat es aber die Bewandtnis, daß meist zwei Hände nötig sind, sie zu öffnen. Auch bei Polidoris Schirm war das so. Um beide Hände frei zu bekommen, mußte er das Manuskript, das er bisher mit der Rechten unter seiner Jacke gehalten hatte, unter den Ellbogen des linken Arms klemmen und an den Oberkörper pressen. So konnte er mit der Rechten nach dem Stock des Schirms greifen und mit der Linken den Schieber betätigen, der die Speichen spreizt und das Stoffdach spannt. Dieser Schieber sperrte sich jedoch. Er saß fest, so sehr Polidori auch drehte, drückte und zerrte. Alle Kraft und alle Geduld wandte Polidori auf, um seinen Schirm zum Nachgeben zu bewegen. Vergebens – der Mechanismus blieb verstockt. Polidori wollte den Kampf schon aufgeben und mit geschlossenem Schirm davoneilen, als der Schieber plötzlich unverhofft glatt den Schirmstock in seiner vollen Länge hinaufschoß. Polidoris linker Arm flog mit, und plötzlich war nichts mehr da, was das Manuskript unter Polidoris Jacke hätte halten können. Polidori spürte, wie es an ihm abwärtsglitt. Er sah, wie es am unteren Saum seiner Jacke zutage trat – und fiel.

Nur wenige Blätter erreichten jedoch die Planken des Stegs, und auf sie setzte Polidori sofort seinen nassen Schuh. Die übrigen wurden von einem kräftigen Windstoß in die Höhe gewirbelt und weit hinaus auf den See getragen. Polidori blickte ihnen nach. Es gab ein paar Sekunden, in denen er ohne Furcht und Schrecken einfach zusah, wie die Winde ihr Spiel mit den Blättern seines Ruhmes trieben. Die meisten von ihnen schwammen bald weit verstreut auf dem Wasser, einige aber hielten sich lange oben. Sie gaukelten durch die Lüfte, schossen plötzlich herab, fingen sich wieder und fanden die Kraft zu einem neuen Aufschwung oder segelten wie Sturmvögel vor dem Wind daher. ›Das sind die besonders gelungenen Szenen‹, dachte Polidori. Doch nach und nach taumelten alle Blätter der Wasseroberfläche entgegen. Einige Meter vom Ende des Stegs entfernt, hoben und senkten sie sich besonders dicht auf den Wellen. Polidori kam der Gedanke, kurzerhand ins Wasser zu springen. Er konnte schwimmen. Aber schwimmend hätte er für die Sicherung seines Manuskripts wenig auszurichten vermocht. Drüben am privaten Hafen der Shelleys schaukelte heftig der Kahn. Das Haus lag verlassen da. Shelley, Mary und Claire saßen wahrscheinlich oben in der Villa. Jeglicher Beistand war fern. Der Regen fiel jetzt dichter.

Polidori schloß seinen Schirm und tat einen Schritt zur Seite. Sofort blätterten die Papiere, die er bisher mit dem Fuß gehalten hatte, eines nach dem anderen über die Kante des Stegs. Die Geschäftigkeit, mit der sie sich davonmachten, weckte Polidori aus dem Traum, in dem er bis zu diesem Augenblick Zuflucht vor dem Entsetzen gesucht hatte.

Er stopfte das Kästchen in die Mappe und hastete über den Steg zurück zum Ufer, am See entlang, nicht durch das hohe Gras, sondern über den steinigen Streifen gleich neben dem Wasser. Die Wellen schwappten um seine Füße, und der Regen schlug ihm ins Gesicht, aber er bemerkte es kaum. Das kleine Tor neben dem Haus der Shelleys war wie immer unverschlossen. Polidori stürmte durch den Garten, die Böschung zur Anlegestelle hinunter, warf Schirm und Mappe ins Boot und sprang hinterher. Mit fliegenden Händen und doch ohne Mühe löste er den fachmännisch geschlungenen Knoten des Haltetaus, legte die Ruder ein und ruderte, wie er noch nie gerudert war.

Sobald Polidori zwischen den treibenden Seiten seines Manuskripts angelangt war, begann er mit dessen Errettung. Er griff hierhin und dorthin, fischte auf und sammelte ein, flog vom Bug seines Bootes zum Heck hinüber, von einer Bordseite auf die andere, sicherte, was zu sichern war, schweres, nasses Papier, und klammerte sich währenddessen an den Gedanken, daß er die Ordnung nachher jedenfalls leicht wiederherstellen könne, da er auf jedem Blatt eine Seitenzahl notiert hatte.

Mit ein paar Ruderschlägen steuerte er zu einer ergiebigen Stelle hinüber, wo gleich mehrere miteinander verklebte Blätter auf der Wasseroberfläche trieben. Als er jedoch fast herangekommen war, da traf er die Insel aus aufgeweichtem Papier versehentlich mit einem der Ruder. Sie versank sofort.

Überall saugten sich jetzt die Blätter voll und sackten in die Tiefe. Immer größer wurden die Strecken, die Polidori zwischen den zerstreuten Teilen seines Manuskripts im Boot zurücklegen mußte. Immer seltener erreichte er ein Blatt, das er angesteuert hatte, noch rechtzeitig. Immer häufiger kam er zu spät, und die Seiten versanken vor seinen Augen. In diesem Fall warf er das Boot sofort herum und nahm Kurs auf das nächste Blatt.

Es waren nicht sehr viele Blätter, die Polidori auf diese Weise rettete. Zuletzt klebten ungefähr zwanzig Seiten auf den Sitzbänken und an der inneren Bootswand – zwanzig von dreiundachtzig. Polidori nahm sich eines nach dem anderen vor. Die Schriftzüge waren bis zur Unleserlichkeit verschwommen, gleichgültig ob die Blätter mit der beschriebenen oder der unbeschriebenen Seite auf der Wasseroberfläche gelegen hatten. Die Tinte hatte sich aufgelöst. Der Wortlaut war verschwunden. Nur wolkige Flecken und Schlierengebilde auf einigen Blättern, nicht auf allen, zeugten noch von Polidoris Tragödie. Aber erst als er auf keinem von ihnen mehr die Seitenzahl in der rechten oberen Ecke zu entdecken vermochte, begriff Polidori, daß der Untergang seines »Cajetan« ein vollständiger gewesen war.

Die Bedrängnis

Während Polidori im fallenden Regen den Hang zur Villa hinaufstieg, war ihm, als sei er untröstlich. Er hatte seinen Schirm wieder aufgespannt und die Mappe, in der jetzt nur das Schreibzeug lag, unter den Arm genommen. Die geretteten Papiere hatte er am Ende naß, wie sie waren, zu den anderen in den See geworfen. Als Reliquien taugten die verquollenen Fetzen nicht.

Polidori dachte an seinen Ruhm und sah vor sich unter einer blauen Markise das Schaufenster einer Buchhandlung. Es war mit Werken wohlgefüllt. Auf dem mittleren Platz in der vorderen Reihe, dem Ehrenplatz, hatte Geneviève ein kleines Pult errichtet, bespannt mit der grünlichen Seide der Endgültigkeit. Es war leer geblieben und würde für immer leer bleiben.

»He, Doktor!« rief eine Stimme.

Neben dem Weg regte sich etwas. Unter den Zweigen einer Kiefer tauchte Claire auf. Mit wenigen Schritten war sie bei Polidori und unter seinem Schirm.

»Ach, Sie«, sagte er.

»Ja, ich«, entgegnete sie.

Wortlos setzte sich Polidori wieder in Bewegung. Schon als er ihr zum ersten Mal begegnet war, bei der Ankunft im Hotel des eifrigen Herrn Dejean, hatte diese Frau sich seines Schirmes zu bemächtigen versucht. Und nun ging sie neben ihm her und wollte plaudern.

»Ich liebe den Regen«, sagte sie.

»Ich nicht«, murmelte Polidori und hoffte, daß sie jetzt schweigen würde. Aber nach ein paar Schritten begann sie von neuem.

»Doktor, vergessen Sie bitte nicht Ihr Portrait! Sie haben es mir versprochen, und ich erlasse es Ihnen nicht.«

Polidori blieb stumm.

»Und wenn Sie es vorlesen, soll er dabeisein. Darauf bestehe ich. Versprechen Sie es mir?«

»Wozu? Was wollen Sie?«

»Ich will, daß er in einen Spiegel sieht und vor sich selbst erschrickt. Er verachtet jeden, Shelley ausgenommen, und macht jeden verächtlich. Das soll er nicht!«

»Schreiben Sie Ihr eigenes Portrait, Claire, und tun Sie damit, was Sie für richtig halten, aber bedrängen Sie nicht immerzu mich!«

»Lieber Doktor, mir scheint, die Bedrängnis ist ein Zustand, der Ihnen bekommt. Sonst hätten Sie es mit diesem Mann so lange gar nicht ausgehalten. Wollen Sie hören, was er heute mittag über Sie gesagt hat?«

Polidori schwieg.

»Er sagte: Polidori ist der Mann, dem ich, wenn er aus meinem Boot fiele, einen Strohhalm hinhalten würde, um festzustellen, ob das Sprichwort zutrifft, das da sagt, Ertrinkende greifen nach jedem Strohhalm.«

»Ich kann schwimmen«, erwiderte Polidori.

»Ich erzähle Ihnen das auch nur, weil es für Ihr Portrait wichtig ist. Sie sollen wissen, wie Lord Byron über Menschen redet, die ihm nahe sind.«

»Wann hat er das gesagt?«

»Bei Tisch.«

»Und die anderen?«

»Haben gekichert. Aber Sie wissen ja, so redet er über jeden. Auch über mich.«

»Wandeln Sie deshalb bei diesem Wetter im Freien herum?«

»Schon möglich, ja!«

Sie blieb stehen und biß sich auf die Lippen. Tränen des Zorns traten in ihre Augen.

»Sie können sich nicht vorstellen, wie sehr ich mir Mühe gegeben habe! Alle seine Verse habe ich kopiert. Und kaum sind wir zu Ende, da will er mich zurück nach London schicken. Er behauptet, bei mir sei das Manuskript am besten aufgehoben, ich solle es seinem Verleger überbringen. Dabei will er mich nur loswerden, der undankbare Mensch! Vergessen habe ich mich für ihn. Aber er glaubt, er kann sich alles erlauben.«

Polidori hob ratlos die Schultern.

»Mein Glück habe ich in seine Hand gelegt. Und was tut er? Nimmt eine Prise – und wirft den Rest weg!«

»Und was wollen *Sie* tun?«

»Sie haben recht, Doktor. Ich muß etwas tun. Aber was?«

»Zunächst einmal weitergehen«, meinte Polidori ungeduldig, denn schon sah er neue Tränen in ihren Augen blinken.

Nach wenigen Schritten blieb sie wieder stehen.

»Ich werde ihm klarmachen, daß er nicht der einzige Mann ist, der auf dieser Welt etwas bedeutet. Das werde ich! Und wenn Sie ihm dann noch Ihren Spiegel vorhalten, vielleicht wird er dann...«

Polidori schüttelte den Kopf.

»Nein, auf mich dürfen Sie nicht zählen ... weder auf mein Portrait ... noch auf meine Person.«

»Wie bitte?«

»Pardon! Nur ein Scherz!«

»Auf Ihre Person? Was meinen Sie damit?«

»Nichts!« beteuerte Polidori. »Ein Scherz!«

Sie sah ihn nachdenklich an, während sie sich eine Haarsträhne aus der Stirn strich.

Sie gingen weiter. Claire hielt jetzt den Blick gesenkt. Endlich schwieg sie. Am unteren Gartentor zum Park von Diodati mußte Polidori seinen Schirm schließen, um durch den gewölbten Durchlaß zu kommen. Dahinter führte der Weg ein paar Stufen aufwärts. Als Polidori den Schirm oben wieder entfaltete, sah er, daß Claire zurückgeblieben war. Mit geschlossenen Augen stand sie auf der kleinen Treppe und hielt ihr Gesicht in den Regen. Ihr nasses, dunkles Haar glänzte.

»So kommen Sie doch«, rief Polidori, »in meinen Schuhen steht das Wasser!«

Claire lachte. »Wie furchtbar! Sie Armer! Ich komme.«

Schweigend setzten sie ihren Weg fort. Durch das gleichmäßige Rauschen des Regens drang von fernher ein Donnergrollen.

»Seltsam«, sagte Polidori, »ich habe gar keinen Blitz gesehen.«

»Kommen Sie, Doktor, hier entlang.«

Vor ihnen gabelte sich der Weg.

»Zur Villa geht es dort hinauf.«

»Und zum Pavillon hier entlang. Lassen Sie uns noch ein wenig plaudern.«

Polidori blieb stehen.

»Hören Sie, mir ist kalt.«

»Ist Ihre Mansarde denn geheizt?«

»Nein, aber sie ist trocken.«

»Im Trockenen sind wir doch schon! Bei diesem Regen fühle ich mich unter Ihrem Schirm wie auf einer Insel.«

»Unsinn«, entgegnete Polidori. Aber das Kompliment erfreute ihn. Unter den Arkaden seines Stoffdaches, von dem es ringsum herabtropfte, sah auch er jetzt um sich her nur herabwallende Nässe.

»Außerdem steht im Pavillon ein kleiner Ofen«, sagte Claire.

Polidori setzte sich wieder in Bewegung.

»Wirklich?« fragte er. »Ich habe ihn nie bemerkt.«

»Sind Sie oft dort?«

»Gelegentlich.«

»Ein reizendes Haus, nicht wahr?«

»Reizend, ja – nur seltsam möbliert.«

»Das finde ich auch«, sagte Claire und lachte schon wieder. »Mir scheint, es gibt doch einige Dinge, die uns verbinden, Doktor.«

»Dinge? Ich weiß nicht – Wörter vielleicht. Wir plaudern. Und dabei soll es bleiben.«

»Wir werden sehen«, sagte sie. »Auf Inseln ist alles möglich.«

»So?«

»Ihren Schirm haben Sie mir ja auch schon geliehen!«

Der Platz vor dem Blauen Pavillon war mit Pfützen übersät. Einige große Schritte und mehrere Balance-akte über die schmalen Landzungen zwischen den Regenkratern waren nötig, bis sie die Tür erreicht hatten. Claire trat als erste ein und atmete auf, als wäre sie von einer langen, anstrengenden Reise nach Hause zurückgekehrt. Polidori stellte, wie jedesmal, wenn er hierherkam, den aufgespannten Regenschirm zum Trocknen in die Ecke neben der Tür. Er sah, daß

Claire sich vor dem kleinen Ofen, den er nie bemerkt hatte, auf die Knie niederließ und begann, ein Feuer zu entzünden. Er trat ans Fenster. Ihn fröstelte. Das Gewucher aus Dornen, Buschwerk und schmächtigen Bäumen jenseits der Pfützen bildete eine undurchdringliche, triefende Wand.

Als Polidori sich umdrehte, sah er, daß Claire begonnen hatte, sich auszuziehen.

»Was tun Sie da?«

»Meine Kleider sind naß. Ich werde sie trocknen.«

»Aber...«

»Sehen Sie einfach weg! Oder lassen Sie es bleiben!«

Sie legte ihren Umhang ab und begann sich aus ihrem Kleid zu winden. Polidori sah nicht weg, aber er überlegte, ob er ihr seinen eigenen Rock anbieten sollte. Doch der war selbst klamm und an manchen Stellen feucht und hätte ebenfalls getrocknet werden müssen. Aber Polidori zog ihn nicht aus.

Auf dem Sofa lag zusammengefaltet eine Decke. Polidori nahm sie und ging zu Claire hinüber.

»Bitte!« sagte er. »Sie werden sich erkälten. Ich kann das nicht zulassen.«

Er breitete die Decke auseinander und legte sie Claire über die Schultern. Unter ihrem Hemd zeichneten sich die feingeschwungenen Brüste ab. Polidori sah sie in dem Augenblick, in dem er sie umhüllte.

Ein Duft, die Erinnerung an einen Duft, streifte ihn. Er wollte ein paar Falten an ihrer Umhüllung glattstreichen, doch sie machte sich von ihm los und zog die Decke fester um sich. Sie setzte sich auf einen der hohen Stühle und wartete.

Plötzlich schien es Polidori, als sei sie sehr weit entfernt, obwohl er doch neben ihr stand. Er suchte nach der mutwilligen Verwerfung um ihren Mund, die ihn in seiner Abneigung immer bestärkt hatte, und fand sie nicht.

Da ergriff Claire seine Hand und zog sie langsam unter die Decke an ihre Brust.

Er berührte ihre Haut. Doch im gleichen Moment durchzuckte ihn der Zweifel, ob er für die Rettung seines Manuskripts auch wirklich alles unternommen hätte. War nicht noch Hoffnung auf dem See? Er wollte aufspringen und hinausstürzen.

»Die leibhaftige Bedrängnis!« murmelte er. »Das sind Sie!«

Sie schüttelte langsam den Kopf, ohne ihn anzusehen und ohne ihn loszulassen.

»Nein«, sagte sie, »ich bedränge Sie doch gar nicht. Ich habe nicht einmal nach Ihnen gesucht. Ich habe Sie nur gefunden. So gewinnt man das Schönste!«

»Ich habe nichts gewonnen«, stieß Polidori hervor. »Ich habe alles verloren.«

»Sie haben etwas verloren?«

»Alles! Den Ruhm. Mein Werk. Das Drama.«

Sie wandte ihm den Kopf zu, aber sie fragte nicht nach Einzelheiten. Sie sagte nur: »Dann schreiben Sie ein neues. Oder fangen Sie mit Ihrer Gespenstergeschichte an, wie die anderen. Und vergessen Sie nicht das Portrait!«

Eine verzweifelte Ungeduld überkam Polidori. Er fuhr auch mit der anderen Hand unter die Decke, packte ihre beiden Brüste und zerrte sie daran in die Höhe, während er hervorstieß: »Sie sollen mich nicht bedrängen, verstehen Sie?«

»Doktor!« rief Claire. »Sie tun mir weh.«

Polidori ließ sie los und trat einen Schritt zurück.

»Ich wollte nicht … oh, verzeihen Sie mir!«

Wortlos bückte sich Claire nach der Decke, die während des Handgemenges zu Boden geglitten war, und hüllte sie um sich. Dann nahm sie Polidori bei der Hand und zog ihn ans Fenster. Lange standen sie da und sahen hinaus.

»Wenn der Regen Blasen wirft«, sagte Claire schließlich, »regnet es drei Wochen lang. Wußten Sie das?«

»Nein. Stimmt es denn?«

»Aber ja. Sehen Sie doch!«

Auf allen Pfützen trieben Blasen, und alle zerplatzten. Wie die neuen entstanden, konnte Polidori nicht erkennen – so plötzlich sprangen sie auf, überall und gleichzeitig. Polidori stand hinter Claire. Er hatte eine Hand auf ihre Schulter gelegt. Er schob ihr Haar beiseite und küßte sie in den Nacken. Mit geschlossenen Augen suchte er nach ihrem Duft.

Claire sah sich um. Mit einem Lächeln in den Mundwinkeln sagte sie: »Sollte es nicht bei Worten bleiben?« und blickte wieder in den Regen hinaus.

Polidori antwortete lange nicht, aber dann sagte er neben ihrem Ohr: »Auf Inseln ist alles möglich.«

Claire stand vor ihm und sah nach draußen. Mit einer Hand hielt sie die Decke um sich geschlossen, während sie sich mit der anderen darunter zu schaffen machte. Schließlich stieg sie mit einem kleinen Schritt aus ihrem Unterzeug. Sie lehnte die Stirn an die Fensterscheibe und sagte: »Komm!«

Ihr Wort blieb als ein Hauch auf dem Glas für kurze Zeit sichtbar.

»Wohin?« fragte Polidori. Einen Moment lang glaubte er, sie wolle ihn durch die Glasscheibe hinaus in den Regen locken.

Sie schob sich an ihm vorbei und ging zu dem Sofa hinüber.

»Hierher!« sagte sie und ließ sich nach hinten sinken.

Polidori folgte zögernd. Er setzte sich auf die Kante des Sofas und beugte sich über sie. Der Duft ihrer Haut hüllte ihn ein.

»Kein Sommer für Geranien«, sagte er. »Zuviel Wasser bekommt ihnen nicht.«

Claire hob den Kopf.

»Geranien? Ich hasse Geranien. Es gibt nichts Gewöhnlicheres.«

»Aber Sie, Claire, duften nach Geranien.«

Sie stützte sich auf die Ellbogen.

»Wirklich? Das wäre abscheulich!«

»Nein, es ist vollkommen.«

Einen Moment lang war sie sprachlos.

»Ist das Ihr Ernst?« fragte sie schließlich.

»Ja«, flüsterte er, »mein vollkommener Ernst.«

Da legte sie Polidori beide Arme um den Hals und küßte ihn lange sehr aufmerksam auf den Mund.

Polidori eilte nun zu dem kleinen Ofen hinüber und streifte alles ab, was er am Leibe trug, bis auf das Hemd. Er spürte die Wärme des Ofens auf der Haut und rückte auch seine feuchten Schuhe noch näher heran, ehe er zu Claire zurückkehrte.

Sie hatte sich in ihre Decke gehüllt und der Länge nach auf dem Sofa ausgestreckt. Als Polidori neben sie trat, öffnete sie ihren Kokon. Er legte sich zu ihr – und fiel augenblicklich in eine bleierne Reglosigkeit.

Er spürte ihren Körper neben sich, aber er blickte hinauf zur Zimmerdecke. Ihr Atem ging ruhig. Hin und wieder sah sie zu ihm herüber. Er kümmerte sich nicht darum. Er lag, von lauer Wärme umflutet, auf dem Grund des Sees, und über ihm, an der hellen Wasseroberfläche trieben dunkle Schatten. Es waren die Seiten seines Manuskripts. Bald würden die ersten Blätter sinken. Zuletzt würde er sie hier unten noch alle zu fassen bekommen. Doch die Blätter sanken nicht, sie tauchten nicht zu ihm hinab, sondern entschwebten in die Höhe. Sie verflogen, lösten sich in Nebel auf, in Luft, in einen Hauch, in nichts, wie vorhin das »Komm« dieser Frau an der kühlen Fensterscheibe.

Die Bilder verblaßten, und zurück blieb ein grauer,

feuchter Fleck an der Zimmerdecke, von dem mehrere Wassertropfen herabhingen. Sie wuchsen langsam, aber stetig aus einigen Rissen im Putz hervor, und sobald sie schwer genug waren, fielen sie nach unten, immer auf die gleiche Stelle, dorthin, wo Polidoris Hüfte an die der neben ihm liegenden Claire stieß. Polidori bemerkte, daß auch Claire den Fleck an der Zimmerdecke beobachtete.

»Das Dach ist undicht«, sagte sie.

»Ja, es regnet herein.«

»Mich stört es nicht«, sagte Claire, drehte den Kopf und küßte ihn.

Als sie spürte, daß er ihren Kuß diesmal erwiderte, nahm sie seine Hand, zog sie hinüber auf ihren Bauch und ließ sie dort frei. Eine Weile harrte Polidoris Hand über dem Grübchen des Nabels aus, dann strich sie davon, stahl sich hinauf zu den Brüsten und weiter zur Schulter, tauchte in die Höhle der Achsel und streifte das Haar dort, glitt an der Innenseite des Arms entlang und geriet am Ende dieses Weges in die Gefangenschaft einer anderen Hand, von der sie abwärts gelenkt wurde, durch buschige Bezirke der Mitte zu.

Die Nässe bestürzte Polidori jedesmal. Doch sein Geschlecht frohlockte auf der Stelle. Die Nässe hob sich seiner Hand entgegen. Polidori liebkoste sie mit regsamen Fingern.

Claire ließ ihn gewähren und rührte sich nicht. Ihr Atem ging rascher. Ein Beben, das durch ihren Körper lief, lud Polidori schließlich ein, sich in sie zu schmiegen. Doch als er sich über sie schob, da glitt die Decke, die ihre beiden Körper umhüllt hatte, zur Seite, und schon ging auf Polidoris Rücken ein kalter Tropfen aus der Höhe nieder. Gleich darauf bekundete ein zweiter, daß die Störung von Dauer sein würde.

Polidori wollte die Decke wieder über sich und Claire ziehen. Aber er bekam sie gerade dort zu fassen, wo sie durch das Getröpfel der vergangenen Minuten schon ganz durchfeuchtet war. Er erkannte sofort, daß sie wirklichen Schutz nicht mehr zu bieten vermochte.

»Besser ein Aufschub jetzt als eine Unterbrechung nachher, nicht wahr?« sagte er. »Ich werde für Abhilfe sorgen.«

Sie nickte und zog nun doch die Decke über sich, während Polidori vom Sofa herabstieg und suchend durch den Pavillon zu schweifen begann.

Schon nach wenigen Schritten stieß er auf seinen Regenschirm, der ausgespannt und bereits halbwegs trocken neben der Tür stand. Unter seiner Kuppel hatte ein gehendes Menschenpaar reichlich Raum. Aber ein liegendes? Und wer hätte ihn auch halten sollen? Als stummer Diener ließ er sich auf dem Sofa nicht einsetzen. Wie man ihn auch stellte oder legte – stets würde der gekrümmte Knauf dem übrigen Geschehen im Wege sein. Und doch verhalf die eingehende Betrachtung dieses Knaufs Polidori zu seinem rettenden Einfall. An ihm würde er den Schirm verkehrt herum über das Sofa hängen. Nicht als Kuppeldach, sondern als Auffangbecken würde der Parapluie gegen die Tropfen aus der Höhe seine besten Dienste leisten.

Polidori hätte seine Idee aber nicht verwirklichen können, wenn er nicht in der Schublade einer Kommode an der rückwärtigen Wand zwei Bindfadenstücke gefunden hätte, die zusammengeknotet eine Schnur von hinreichender Länge ergaben, und wenn nicht die gerade Linie zwischen dem Scharnier eines der Fensterflügel und dem Ofenrohr das Sofa, auf dem Claire ihn erwartete, gerade an der richtigen Stelle gekreuzt hätte. Da aber beides der Fall war, konnte Polidori, nachdem er die Schnur ausgespannt hatte, den Schirm über das Sofa hängen und auf diese Weise den störenden Einflüssen der Witterung ein weiteres Mal Einhalt gebieten.

»Wir hätten das Sofa verrücken können«, sagte Claire, als er wieder neben sie schlüpfte.

»Zu umständlich!« verkündete Polidori triumphierend und beugte sich über Byrons Geliebte.

Er schlug den Kokon auf und kniete sich zwischen ihre Beine. Sie hatte die Augen geschlossen. Langsam schob er seine Hand über die feinen Haare an der Innenseite ihres Schenkels hinauf, der faltenreichen Anhöhe ihres Schoßes entgegen. Da schlug sie die Augen auf und kam ihm lächelnd zuvor. Sie ließ ihre eigene Hand über den Hügel abwärtsgleiten und öffnete selbst die Lippen, während sie mit der anderen nach seinen Fingern griff und sie noch einmal auf ihre Brust zog.

»Komm«, flüsterte sie. »Komm!«

Sie rekelte und bäumte sich, als er sich in sie vertiefte. Sie mochte ihm im Paradies ihrer Geschmeidigkeit keine Muße gönnen. Mit aller Kraft wollte sie ihn bewegen, das Werk ihrer Lust ohne Verzug zu beginnen. So heftig warf sie sich seinem Geschlecht entgegen, daß es ihr unversehens entglitt. Aber nur für kurze Zeit. Im Nu fand es den Weg zurück und wurde doch schon vermißt. Ihr Schoß lockte es in seinen Grund, riß es mit in gleitende Bewegung, über die Stufen des Aufschwungs hinauf und über die Stufen der Versenkung hinab, bis ihre Fäuste sich neben ihren Hüften ballten und ihr ganzer Körper jäh erstarrte und geschehen ließ, was ihm geschah. Nur ihr Kopf schlug hin und her, und ihre Stimme jubilierte: »Ja—ja—ja«.

Ihre Schreie entzündeten seine letzte Lust, und das selige Zucken ihres Schoßes trieb ihn unerbittlich zur Erfüllung.

Nachher saßen sie mit angezogenen Beinen einander gegenüber, die Arme über den Knien verschränkt, das Kinn darauf gestützt.

»Wie er lieben kann!« flüsterte Claire. »Sie ist so glücklich!«

»Wer?«

»Sie!«

Claire schob ihre Beine ein wenig auseinander und sah zuerst an sich und dann an Polidori hinunter.

»Und wie ist es ihm ergangen?«

»Ach ihm! Ich glaube, es hat ihn erstaunt.«

Polidori lächelte verlegen und zog die Schultern hoch.

»Er staunt ja noch immer, der hübsche Kerl.« Claire streifte ihn mit ihrem großen Zeh.

»Hübsch?«

»*Ihr* gefällt er.«

»Sie wollen zusammenkommen.«

»Ja, das wollen sie.«

»Lassen wir ihnen den Willen?«

»Später.«

Claire und Polidori küßten einander mit offenen Augen und fuhren dann mit ihren Betrachtungen fort.

»Sie passen zueinander«, sagte Polidori.

»Wie sie ihn ansieht!« murmelte Claire.

»Sehnt sie sich?«

»Ihr kommen die Tränen. Sie weint.«

»Ihn schüttelt es auch. Er schluchzt.«

»Schluchzt er nach ihr?«

»Bestimmt tut er das.«

»Es macht sie vorwitzig, siehst du?«

»Wo?«

»Dort.«

»Er reckt sich auch. Um besser sehen zu können.«

»Welcher Starrsinn!«

»Er will zu ihr.«

»Die leibhaftige Bedrängnis!«

»Ja, das ist er.«

»Aber *sie* hat dagegen nichts einzuwenden. Er ist ihr willkommen. Siehst du, so –«

Sie lagen beieinander, solange draußen der Regen fiel. Danach trennten sich ihre Wege. Claire kehrte auf kurzem Weg in die Villa zurück. Polidori wanderte noch einmal, von unbestimmten Hoffnungen getrieben, zum Ufer hinunter. Der See hatte sich beruhigt. Aber ein Wunder war nicht geschehen. Polidori streckte eine Schuhspitze in das gleichgültige Geplätscher. Es hatte wenig Sinn, danach zu treten.

Heraus mit der Sprache

»Sie haben ihn gefunden, Doktor? Gut!«

»Er stand im Keller, Sir.«

»Lassen Sie sehen!«

Polidori hatte den Korb abgesetzt und die Tür zur Eingangshalle hinter sich geschlossen. Noch einmal holte er tief Luft, packte den Korb an beiden Griffen und trug ihn mit schweren Schritten quer durch den Salon. Mary und Claire stellten ihre Gläser auf den Tisch zurück. Aus ihren Polstersesseln bei den Fenstern sahen sie Polidori erwartungsvoll entgegen. Shelley sprach zu Byron. Aber Byron hörte ihm nicht zu. Er beobachtete mit gerunzelter Stirn den herannahenden Doktor.

»Was ich Sie schon seit einigen Tagen fragen will, Polidori: Warum hinken Sie neuerdings?«

»Ein Mißgeschick, Sir«, gab Polidori keuchend zur Antwort und stellte den Korb neben den Tisch. »Ich habe mir den Fuß verstaucht.«

»Aha«, sagte Byron und nippte an seinem Wein. »Ich hatte schon geglaubt, Sie wollten in dieser Beziehung jemandem aus unserer Runde nacheifern.«

»Nicht in dieser Beziehung, Sir!« beteuerte Polidori mit feinem Lächeln und humpelte zu seinem Sessel hinüber. »Ich bin auf glattem Boden ausgerutscht, als ich vom See hinauf in die Villa zurückkehren wollte. Mit schlimmen Folgen! Seit fünf Tagen habe ich keinen Fuß mehr vor die Tür gesetzt.«

Alle blickten auf, nur Claire nicht. Sie nahm einen tiefen Schluck aus ihrem Glas und lächelte vor sich hin.

»Sie müssen verzeihen, Doktor«, sagte Byron. »Hätte ich das gewußt, dann hätte ich Fletcher gebeten, den Korb herbeizuschaffen.«

»Sehr liebenswürdig, Sir. Aber inzwischen geht es meinem Fuß schon viel besser.«

Draußen erhob sich Finsternis. Polidori sah durch die Fenster, wie hinter den Höhen des Jura schwarzes Gewölk hervordrängte und sich über den türkisfarbenen Abendhimmel schob.

»George, spannen Sie uns nicht länger auf die Folter!« sagte Mary. »Was ist denn nun in Ihrem Korb?«

»Polidori weiß Bescheid«, sagte Byron und hob den Deckel.

Claire, die in der Nähe saß, beugte sich über die Lehne ihres Sessels und spähte hinein.

»Pfui«, rief sie, »lauter Knochen!«

Mary sprang auf. Ohne Scheu nahm sie eine Rippe in die Hand und hielt sie hoch.

Shelley sah ihr amüsiert zu. »Was ist das, George?« fragte er. »Woher kommt es?«

»Murten. Vierzehnhundertsechsundsiebzig.«

»Ekelhaft!« murmelte Claire, leerte ihr Glas und

schenkte sich aus einer der Flaschen auf dem Tisch nach.

»Percy, sieh mal, es ist faszinierend!« rief Mary.

Sie drehte und wendete schon die zweite Rippe, besah mit großen Augen die Bruchstellen an den beiden Enden und griff gleich darauf nach einem größeren Stück.

»Der Arm eines Helden«, erklärte ihr Byron. »Nicht wahr, Doktor?«

»Ganz recht, Sir. Ein Oberarmknochen.«

»Ein ganzes Skelett?« fragte Mary. »Kann man es zusammensetzen?«

»Wie gräßlich!« rief Claire.

»Eine glänzende Idee«, lachte Byron. »Sehen wir zu, wie weit wir kommen! Bitte, Doktor, Sie sind am Zug.«

Polidori ging neben dem Korb auf die Knie und begann die Gerippeteile zu sortieren. Byron, Shelley, Mary und Claire standen um ihn herum, die Weingläser in der Hand, und sahen zu, wie er auf dem Parkett des Salons einen Knochenmann anordnete.

»Für einen kompletten Helden reicht es nicht«, meinte Byron nach einer Weile.

»Ich sehe nirgendwo einen Kopf«, sagte Shelley.

»Gibst du deinen freiwillig?« rief Claire und lachte.

»Einen Schädel haben wir leider nicht gefunden«, sagte Byron. »Da sind uns andere Grabräuber zuvorgekommen.«

»Aber immerhin dies!« rief Polidori.

Er hielt einen Unterkiefer hoch und krönte mit ihm die Kette der Wirbel, die den Hals und das Rückgrat andeuteten. Er hatte seine Aufgabe fast erfüllt und betrachtete die Gestalt auf dem Boden mit prüfendem Blick. Da kam ihm ein Einfall. Er scharrte die letzten Bruchstücke und Knochensplitter im Korb zusammen und legte sie wie Mosaiksteine in der Form eines länglichen Auswuchses zwischen die Schenkel des beinernen Helden. Alle lachten.

»Aha!« meinte Byron. »Es erscheint der elfte Finger.«

»Und knochenhart!« ergänzte Claire. Sie trat an den Tisch und holte Polidoris Glas. »Hier, trinken Sie.«

Polidori richtete sich auf und nahm sein Glas in Empfang. Byron legte ihm eine Hand auf die Schulter und stieß mit ihm an.

»Tot oder scheintot, Doktor?« fragte er.

Polidori überlegte. »Die Kunst könnte ihn wohl gar lebendig machen.«

»Der Doktor hat recht«, rief Mary und hob ihr Glas. »Wir wollen auf unsere Gespenster und ihre Geschichten anstoßen.«

»Sie sollen leben!« rief Polidori in dem Augenblick, als die Gläser klirrten.

»Nanu, Doktor, so eifrig bei der Sache?« fragte Shelley, als alle getrunken hatten. »Was ist denn mit Ihrem Stück?«

Polidori warf einen ernsten Blick in die Runde.

»Mr. Shelley, Cajetan ruht. Ich fürchte, das Drama ist gescheitert.«

»Mein Beileid!« sagte Shelley. »Ich hatte keine Ahnung.«

Alle machten erschrockene Gesichter und schwiegen.

»Schreiben auch Sie jetzt eine Gespenstergeschichte?« fragte Mary schließlich. »Bitte, Doktor, machen Sie mit! Es wird Sie darüber hinwegbringen.«

»Ich bin seit vier Tagen bei der Arbeit.«

»Wunderbar!« rief Mary. »Und wie heißt Ihr neuer Held?«

»Lord Ruthven.«

Claire blickte auf.

»Ein Lord?«

»Ein Vampir!«

»Sehr gut«, murmelte Claire und sah zu Byron hinüber.

»Aber, Herr Doktor!« sagte Byron und leckte sich die Lippen. »Über einen Vampir schreibe bereits ich!«

»Und wie heißt der Vampir in *Ihrer* Geschichte?« fragte ihn Claire.

»Augustus Darvell.«

»Ein Arzt?«

»Kein Arzt. Ein Reisender.«

Polidori versuchte, alle Unruhe und jedes Beben von seiner Stimme fernzuhalten. Anders würde es ihm nicht gelingen, Byron mit seiner Frage zu überraschen. Es dauerte eine Augenblick, dann sagte er: »Wie alt sind Sie, Sir?«

Byron sah ihn tatsächlich verwundert an und zögerte.

»Hundert«, verkündete er schließlich mit einem belustigten Blick in die Runde.

»Nein, zweihundert!« warf Claire ein.

»Jedenfalls alt« fuhr Polidori fort, »sehr alt, fast so alt wie unser Heldengerippe dort...«

»Knochenhart ist an ihm aber nur das Herz!« rief Claire.

Byron sah sie wütend an.

»Wenn Sie noch ein Kind wären, würde ich Sie jetzt zu Bett schicken«, sagte er.

»Zu Bett? Wie schön!« rief Claire. »Statt dessen schicken Sie mich nach London.«

»Nach London?« fragte Mary. »Wovon sprichst du?«

»Von seinem Manuskript. Ich soll es überbringen. Aber daraus wird nichts. Mir gefällt es hier!«

»Immer noch?« fragte Byron. »Sie sind eine eigensinnige Person.«

»Zum Glück!« sagte Claire. »Und damit Sie es wissen: dieses Glück habe ich wieder in die eigene Hand genommen.«

»Man soll sein Glück überhaupt nie in die Hände anderer Leute legen!« sagte Byron.

Sie lachte bitter.

»Vor allem nicht in Ihre! Vor Ihren Klauen und Ihren schönen Lippen muß man es fernhalten und darf es auch Ihren spitzen Zähnen nie aussetzen! Sonst packen Sie es und lutschen ein Loch hinein und wühlen und stochern nachher darin herum. Der Doktor hat recht, Sie sind ein Vampir!«

»Doktor, haben Sie das gehört?« Byron wandte sich an Polidori. »Diese Person will Sie schlechtmachen. Sie müssen etwas unternehmen! Sonst glaube ich ihr am Ende noch, daß mein Arzt literarische Ränke gegen mich schmiedet. Ein Gegengift gegen giftige Reden, das ist es, was wir brauchen! Am besten, Sie holen Ihren Arzneikoffer. Sie werden gewiß etwas darin finden.«

»O ja!« rief Claire. »Der Doktor hat ein Mittel.« Sie hob ihr Glas und trat zu Polidori.

»Auf Ihr Mittel, Doktor!«

Sie stieß mit Polidori an.

Beide Gläser zerbrachen. Polidori spürte, wie ihm der Wein über die Hand floß.

»So heftig?« rief Byron. »Ich dachte, Sie hätten Ihr Glück sicher in der Hand. Wozu da noch Scherben?«

»Man kann ihm schwer widerstehen, wenn er unausstehlich ist, nicht wahr, Doktor?« sagte Claire.

Ihre Augen hatten sich mit Tränen gefüllt. Trotzdem lächelte sie und führte wie im Traum die Ruine ihres Glases an den Mund. Im nächsten Augenblick stieß sie einen Schrei aus und ließ das Glas fallen. Blut floß in einem schmalen Rinnsal von ihrer Unterlippe zum Kinn hinab und tropfte zu Boden.

Sie stand erstarrt. Nur ihr Mittelfinger tastete vorsichtig nach der Verletzung. Das Blut auf der Fingerkuppe betrachtete sie, ohne die Miene zu verziehen. Sie nahm das Taschentuch, das Polidori ihr anbot, und preßte es an die Lippe. Ihr Blick fiel auf die Bluttropfen zwischen den Glassplittern zu ihren Füßen und wanderte dann zu Byron hinüber, der ans Fenster getreten war und in die anbrechende Dunkelheit hinaussah. Die Hände hatte er auf den Rücken gelegt.

»Lecken Sie es auf, wenn Sie Lust darauf haben!« rief Claire und ging mit raschen, festen Schritten hinaus. Die Tür schloß sie lautlos hinter sich.

Mary durchbrach schließlich die Stille, die Claire hinter sich zurückgelassen hatte.

»Der Wein ist ihr zu Kopf gestiegen«, sagte sie.

»Manchmal sieht sie Gespenster, daran liegt es!« meinte Shelley.

Byron kehrte vom Fenster an den Tisch zurück, füllte sein Glas und gab Polidori durch einen Wink mit der erhobenen Flasche zu verstehen, daß er auch ihm nachschenken wolle. Polidori trat näher.

»Was für Gespenstergeschichten haben Sie ihr über mich erzählt?« fragte Byron.

»Keine Geschichten!«

»Sie haben mich als Blutsauger hingestellt!«

»Nicht doch, Sir!« Polidori nippte an seinem Glas, ehe er hinzusetzte: »Allerdings frappiert mich als Arzt und Autor Ihre enorme Fähigkeit, sich immer wieder zu verjüngen.«

»Lassen Sie endlich mein Alter aus dem Spiel! Es tut nichts zur Sache.«

»Das ist es ja gerade, Sir. So als täte es nichts zur Sache, als würden Sie nie altern, sondern ewig leben, verstehen Sie es, Kraft zu schöpfen – aus allem, was Ihnen begegnet, sogar aus unseren Unterhaltungen über Leben und Tod und Scheintod während der Reise. Aus *meinen* Theorien!«

»Ich verstehe«, sagte Byron, »Sie fühlen sich bestohlen, Doktor.«

Polidori nickte langsam.

»Zu Unrecht!« erwiderte Byron. »Es mag sein, daß ich unser gemeinsames Thema nicht gewählt hätte, wenn ich Ihnen nie begegnet wäre. Aber so ist es doch immer: daß die Menschen, mit denen wir umgehen, in uns Bilder und Gedanken in Bewegung setzen. Was jedoch Ihre Theorien angeht, so seien Sie unbesorgt, die rühre ich nicht an.«

»Und mein Leben? Meine Geschichte?«

»Schluß damit, Doktor! Niemand nimmt Ihnen etwas weg!«

Byron erhob sich und wollte zu Shelley und Mary hinübergehen, die schweigend zugehört hatten.

»Sir, eine Frage noch!« Jetzt konnte Polidori das Beben in seiner Stimme nicht mehr unterdrücken.

»Machen Sie es kurz, Doktor.«

»Wie heißt das Opfer Ihres Vampirs?«

Byron lächelte. »Woher wissen Sie, daß es nur *ein* Opfer gibt?«

»Ich weiß es nicht, ich habe nur vermutet…«

»Sie haben richtig vermutet, es gibt nur ein Opfer. Aber keine Angst, mein Lieber, Sie sind es nicht! Das Opfer ist eine Frau.«

Polidoris Befürchtungen wurden bei diesen Worten nicht geringer. Sie wuchsen ins Unermeßliche.

»Wie heißt sie?« fragte er und trat drohend einen Schritt auf Byron zu.

»Ruhig Blut, junger Mann! Was ist mit Ihnen? Starren Sie mich nicht so an!«

»Ich will wissen, wie sie heißt!«

»Nun«, sagte Byron und lächelte boshaft, »ich fürchte, ich kann Ihnen den Namen nicht verraten. Am Ende stehlen Sie ihn mir noch.«

Polidori ballte die Fäuste.

»Den Namen, Sir!«

»Ach, George«, sagte Mary, »lassen Sie es genug sein!«

Byron schüttelte den Kopf.

»Nein, lieber nicht.«

»Ihren Namen!« rief Polidori.

»Also gut, Doktor«, sagte Byron plötzlich mit veränderter Stimme. »Da Ihnen offenbar so viel daran liegt, dürfen Sie versuchen, ihn zu erraten. Einmal! Ich antworte nur mit Ja oder Nein.«

Polidori war wie betäubt. Er schluckte zweimal und zögerte noch lange.

»Geneviève?«

»Falsch«, lachte Byron und wandte sich ab.

Polidori hatte die Tür zur Terrasse schon aufgerissen und wollte hinausstürmen, als hinter ihm noch einmal Byrons Stimme ertönte.

»Hatten Sie etwa gehofft, ich würde Ihrer kleinen Freundin in meinen Werken ein Denkmal setzen?«

Wortlos trat Polidori hinaus in die Dunkelheit.

Er stand in der Buchhandlung von Ostende und hörte, wie er der Tochter des Buchhändlers im letzten Augenblick seine letzte Frage stellte, die Frage nach ihrem Namen, und wie sie ihm dieses kostbare Zauberwort auch anvertraute und dann nicht seinen Namen wissen wollte, sondern den des *namhaften Engländers, mit dem er unterwegs war.*

Polidori tastete sich die Stufen von der Terrasse in den Garten hinab. Aus den Fenstern des Salons fiel schwaches Licht auf das abschüssige Rasenstück unterhalb der Terrasse. Polidori blieb stehen und betrachtete seinen langen Schatten.

Da fiel ihm ein, daß Geneviève seinen Namen nicht kannte. Er hatte ihn ihr nicht gesagt, und sie hatte nicht danach gefragt. Polidori sah die Fensterbank vor sich, auf der in Vasen und Gläsern die knorrigen Stengel ihrer Geranienzucht standen. Aber sie kannte seinen Namen nicht.

Im Himmel über dem anderen Ufer des Sees zuckte es. Zwischen den Wolken im Westen flammte der Widerschein von Blitzen. Noch hielten sie sich hinter den Höhen des Jura verborgen. Auch regnete es bis jetzt nicht. Polidori ging weiter. Mit jedem Schritt ließ der Schmerz in seinem Fuß nach.

Sein Körper träumte von Geneviève. Seine Brust erinnerte sich an ihre Brüste, sein Daumen an die klare Linie ihres Halsmuskels und seine Fingerspitzen an ihre feuchte Mitte. Sie aber kannte seinen Namen nicht. Sie hatte ihn nicht wissen wollen. Sie hatte Polidori im voraus dafür gestraft, daß er ihren Namen verraten würde – an einen namhaften Engländer. Dabei hatte Polidori den Verrat an ihrem Namen nur begangen, um ihm die Treue zu halten. Aber das änderte an allem nichts. Sie kannte seinen Namen nicht und hatte den regnerischen Nachmittag in ihrer Buchhandlung vielleicht schon vergessen.

An was sollte sie ihre Erinnerung heften? Polidori hatte zum Andenken ihren Namen und den Duft der Geranien. Aber Sie? Selbst wenn sein »Cajetan« je erschienen und nach Ostende gelangt wäre – ein Ehrenpult im Fenster ihres Ladens hätte sie ihm gar nicht errichten können. Denn sie kannte seinen Namen nicht.

Der Donner rückte jetzt näher. Als Polidori an eine freie Stelle kam, sah er über sich und vor sich die Blitze zucken – Risse im Firmament, die für den Bruchteil einer Sekunde den Blick freigaben auf die Flammenwelt jenseits der Nacht. Nicht selten züngelte das andringende Feuer von einer Wolke zur anderen, spaltete sich im Sprung, fuhr nach verschiedenen

Wolkenbezirken auseinander und vermehrte auf diese Weise noch die Schwärze über der Erde.

Der Wind brach hervor. Über den See kam er herangestürmt und fuhr in die Kronen der Laubbäume, zauste die Büsche, stemmte sich gegen die federnden Pappeln und Nadelbäume. Überall ächzte Holz. Tote Zweige rieselten aus der Höhe herab. Riesige Äste, jeder in seinem eigenen Rhythmus schwankend, schienen gegeneinander zu fechten. Das Buschwerk bäumte sich im Wind, als würden darunter wilde Tiere kämpfen, als wären die Sträucher im rascheln den Blätterkleid selbst rasende Ungeheuer, die mit gesträubtem Fell heulend und knurrend aufeinander losgingen.

Mit einem Schlag setzte schwerer Regen ein. In seinem Rauschen ging das Seufzen und Ächzen der Bäume unter. Erst jetzt vermißte Polidori seinen Regenschirm. Fünf Tage lang hatte er das Haus nicht verlassen, fünf Tage lang hatte er seinen Schirm nicht gebraucht, und nun trug er ihn nicht bei sich. Im Geprassel des Wolkenbruchs, unter dem Quecksilberlicht der Blitze stürzte er den Hang hinauf, zurück zur Villa.

Als er die Terrasse erreichte, war er an den Schultern und am Rücken bis auf die Haut durchnäßt. Aber das Sonnensegel, das immer noch aufgespannt war, bot auch gegen den Regen notdürftigen Schutz. Schwer atmend lehnte sich Polidori neben einem der erleuchteten Salonfenster an die Wand des Hauses. Er betastete seinen Anzug und beschloß, sich in ihm den Blicken der Gesellschaft im Salon nicht auszusetzen. Statt der Terrassentür würde er den vorderen Eingang nehmen, auch wenn er läuten und sich an Fletcher oder Berger oder gar an Rushton vorbeidrücken mußte.

Plötzlich wurde neben ihm das Fenster geöffnet. Polidori hielt den Atem an. Deutlich vernahm er durch das dumpfe Pochen der Regentropfen auf dem Zeltdach Byrons Stimme.

»So haben wir mehr von dieser Pracht. Geruch und Geräusch gehören dazu. Was für ein Sturm!«

Von überallher schien jetzt der Donner heranzurollen.

»Alles wäre möglich, wenn man solche Kräfte bändigen könnte«, sagte Mary. »Meinen Sie nicht, daß man eines Tages galvanische Experimente mit einem ganzen Gewitter unternehmen kann?«

»Gewitterkräfte wären jedenfalls nötig, einen Knochenmann wie den da zum Leben zu erwecken.«

Mary lachte. »Oder die Kunst, wie Polidori meinte… Aber vielleicht haben Sie recht, George. Vielleicht ist das alles wirklich nur Unsinn.«

Es folgte ein langes Schweigen. Polidori rührte sich nicht. Ein greller Blitz hieb krachend zwischen die Bäume im unteren Teil des Parks.

»Der arme Doktor«, sagte Mary. »Wo mag er jetzt sein?«

»Und ohne Regenschirm!« fügte Byron hinzu.

»Warum sind Sie so grausam gegen ihn?«

Byron schwieg.

»Wer ist eigentlich diese Geneviève?« mischte sich Shelley in das Gespräch.

»Ich habe wirklich keine Ahnung!« beteuerte Byron. »Ich weiß nur, daß er ihr in Ostende begegnet ist, und seither schleppt er zwei gut verknotete Pakete mit sich herum. Er glaubt, es seien zügellose Schriften darin.«

»Ein Freund der literarischen Libertinage?« fragte Shelley.

»Ein Freund der verschlossenen Behältnisse«, entgegnete Byron.

»Seltsam!« meinte Mary.

»Oh, wenn Sie ihn selbst über seine Sammlung sprechen hören, klingt es sehr einleuchtend. Als er mir unterwegs davon erzählte, habe ich ihm sofort ein Büchlein geschenkt, in Albanisch geschrieben. Er schätzt es sehr und hält es für verworfen.«

»Aber in Wirklichkeit ist es ein Katechismus?«

»Mag sein. Auch ich bin des Albanischen nicht mächtig.«

Sie lachten.

»Vielleicht ist das Buch ja tatsächlich anstößig«, sagte Shelley.

»Und wie heißt die Frau, die Ihrem Vampir zum Opfer fällt, nun wirklich?« fragte Mary.

»Ich habe noch keinen Namen für sie. Deshalb wollte ich Polidoris Vorschlag ja hören! Aber ›Geneviève‹ ist mir zu umständlich. Vielleicht nenne ich mein Opfer ›Polly‹ oder ›Dolly‹ oder einfach ›Clara‹.«

»Sie sind schrecklich, George!« rief Mary.

»Weshalb eigentlich Vampire?« fragte Shelley. »Als ob es keine anderen Gespenster gäbe! Nachtmahre, Teufel, Poltergeister, Hexen – das Personal der Finsternis ist unerschöpflich. Aber nein – der Lord und sein Doktor entscheiden sich für Vampire. War da Gedankenübertragung im Spiel? Ober haben Sie sich mit ihm abgesprochen?«

»Natürlich nicht«, sagte Byron lachend. »Nein, ich glaube, es ist etwas anderes... warten Sie, ich könnte ... ich will Ihnen demonstrieren, wie ich auf die Idee gekommen bin – und er vielleicht auch ... einen Augenblick, ich bin gleich wieder da.«

Byrons ungleichmäßige Schritte entfernten sich. Bevor sie ganz verklungen waren, wurde das Fenster geschlossen. Aus dem Haus drang kein Laut mehr zu Polidori auf die Terrasse.

Er wartete eine Zeitlang starr an die Hauswand gepreßt. Dann duckte er sich unter das Fenster und hob vorsichtig den Kopf.

Die Helligkeit blendete ihn. Aber er konnte erkennen, daß Byron gerade eben mit einem seltsamen Gerät in der Hand in den Salon zurückkehrte. Es glich einer riesigen Spinne. Erst im nächsten Moment erkannte Polidori seinen Regenschirm.

Mary und Shelley sahen vom Tisch aus zu, wie Byron in ungeschicktem Überschwang mit dem halb geöffneten Schirm herumfuchtelte, wie er ihn in die Höhe reckte und an dem Mechanismus hantierte. Sobald er den Schieber gelöst hatte, fuhr er mit ihm am Stock des Schirms auf und nieder. Die Speichen spreizten sich, und das Schirmdach folgte mit ausgreifenden Flügelschlägen, entfaltete sich und schloß sich wieder, dehnte sich und klappte zusammen, immer wieder und so lange, bis Polidoris Regenschirm in Byrons Händen zu einem Flatterwesen mit rosabraunen Fledermausschwingen geworden war, lächerlich und gespenstisch zugleich. Zuletzt schleuderte Byron ihn hoch unter die Decke, so als wollte er ausprobieren, ob der Schirmdrachen das Fliegen schon erlernt hätte und nun allein und lebendig im Zimmer umherflattern könnte.

Aber nach einem kurzen, torkelnden Flug stürzte der Schirm ab. Im nächsten Moment begegneten sich Byrons und Polidoris Blicke. Das Versteckspiel war zu Ende. Polidori trat in den Salon. Er warf die Terrassentür klirrend hinter sich zu.

›Sie vergreifen sich an meinem Eigentum‹, hatte er rufen wollen. Er sagte nur: »Sir!«

Nicht sehr laut, aber sehr empört.

»Ist etwas, Doktor?« fragte Byron. »Wußten Sie schon, was für einen hübschen Vampir Ihr Schirm abgibt? Sie sind ja ganz durchnäßt, wie ich sehe! Warum belauschen Sie uns? Immer noch auf der Suche nach Stoff für Ihr Tagebuch?«

»Es würde Ihnen nicht gefallen, wenn ich alles drucken ließe, was ich hier sehe.«

»Wollen Sie mir drohen, Doktor?«

Byron griff nach dem Schirm, der ihm vor die Füße gefallen war, und zückte ihn wie einen Degen. Die Spitze richtete er gegen Polidori.

»Bitte, Sir! Geben Sie mir jetzt meinen Schirm zurück«, sagte Polidori.

Aber Byron ließ den Schirm nicht sinken. Er tänzelte so kampfeslustig umher, wie er mit seinen ungleichen Füßen tänzeln konnte, und ließ dabei Polidori nicht aus den Augen.

»Erinnern Sie sich an die Frage, die Sie mir einmal gestellt haben, Polidori: ob es irgend etwas gebe, wozu ich imstande sei, Sie aber nicht?«

Polidori hielt Byrons Blick schweigend stand.

»Erinnern Sie sich auch an die Antwort, die ich Ihnen damals gab? Über den Rhein schwimmen kann ich. Eine Kerze auf zwanzig Schritt Entfernung mit der Pistole ausblasen kann ich. Bücher schreiben, von denen an einem Tag eine ganze Auflage verkauft wird, kann ich. Aber den vierten Punkt, Doktor, habe ich Ihnen damals erspart und gnädigerweise verschwiegen: ich kann Ihnen eine Tracht Prügel verabreichen, daß Ihnen das Lauschen und Spähen und Tagebuchschreiben ein für allemal vergeht.«

Während er sprach, hatte Byron den Schirm umgedreht und mit beiden Händen das obere Ende gepackt. Nun holte er weit aus und hieb ein paar wuchtige Schläge in die Luft. Pfeifend fuhr der gekrümmte Knauf durch den Raum.

Polidori erbleichte.

»Bevor Sie Ihren Arzt verprügeln, Mylord, sollten Sie ihn vielleicht entlassen.«

»Eine gute Idee, Herr Doktor, ich werde es mir überlegen.«

»Dürfte ich inzwischen um meinen Schirm bitten?«

Byron ging auf Polidori zu und hielt ihm seinen Schirm hin. Polidori streckte die Hand aus, um die Krücke zu fassen. Doch Byron zog sie im letzten Augenblick wieder zurück.

»Sie sollten mir dankbar sein«, sagte er triumphierend. »Ohne mich müßten Sie von nun an ein Leben ohne Ihren Schirm führen. Wissen Sie, wo ich ihn gefunden habe?«

»In der Garderobe, wo sonst?«

»Aber keineswegs! Draußen im Pavillon! Und jetzt erklären Sie mir bitte, warum Sie ihn dort an einer Schnur verkehrt herum aufgehängt haben. Die ehrliche Antwort soll mir als Finderlohn genügen.«

Von der Tür drang ein belustigtes Schnauben herüber. Claire stand in den Türrahmen gelehnt – Polidori wußte nicht, seit wann. Sie trug einen langen Rock. Ihre Füße waren nackt. Die Bluse stand offen, und darunter trug sie kein Hemd.

Byron sah zu ihr hinüber und wandte sich dann mit einem Kopfschütteln wieder Polidori zu.

»Nun, Doktor? Heraus mit der Sprache!«

»Ja, Doktor, heraus mit der Sprache!« rief Claire.

Polidori überlegte lange, ehe er sprach.

»Der Schirm im Blauen Pavillon, Mylord, war Teil eines magischen Experiments … Regenzauber, wenn Sie so wollen! Aus Freude darüber, daß der Versuch zuletzt tatsächlich glückte, habe ich den Schirm dann wohl vergessen. Ich brauchte ihn ja nicht mehr.«

»Genauso ist es gewesen. Ich war dabei!« Claire trat neben Polidori, legte einen Arm um ihn und sah Byron herausfordernd an. Ihre Brüste wippten.

»Sind deine auch so schön, Mary?« fragte Shelley leise, wie aus weiter Ferne. Mary sah ihn erschrocken an. Da schrie er plötzlich: »Starr mich nicht so an! Vier Augen sind zuviel!«

Mary wurde bleich.

»Wovon redest du, Percy?«

»Von der Hexe … von dir. Jeder in der Nachbarschaft wußte, daß sie vier Augen hatte, genau wie du. Zwei im Kopf und zwei dort in den Spitzen, zwei tropfende, blutunterlaufene, milchige Augen.«

Mary begann zu zittern.

»Percy, du hast das nie gesehen! Niemals!«

»Aber es war so… Und deine, Mary? Habe ich die jemals gesehen?«

»Natürlich, Percy!«

»Es muß lange her sein, sehr lange«, stöhnte Shelley. »Jetzt sieht William sie! Nicht ich.«

Mary stand vor ihm. Sie schüttelte ihn.

»Los«, stieß Shelley hervor, »zeig auch deine her! Ich will die Augen sehen, in die er jeden Tag beißt! Polidori hat sie auch gesehen!«

»Nein! Percy, hör jetzt auf!« Mühsam richtete Mary ihn aus seinem Sessel auf.

»Komm mit! Komm!« Sie zog ihn an der Hand zur Tür. Er folgte ihr willig, wie ein gutmütiger Betrunkener.

Byron machte große Augen.

»Sind Sie denn ein Unhold, Doktor?« fragte er, als die beiden das Zimmer verlassen hatten. »Was haben Sie gesehen?«

»Nichts, Sir! Mr. Shelley sieht Gespenster.«

»Wenn Sie es sagen!« Byron lächelte und wandte sich an Claire: »Mary wird Ihnen böse sein.«

»Warum sollte sie?«

»Sie könnte glauben, daß ihre Stiefschwester den Vater ihres Kindes absichtlich in Verwirrung gebracht hat.«

Claire zuckte mit den Achseln.

»Und was ist mit Ihnen?« fragte sie. »Sie lassen sich wohl niemals in Verwirrung bringen?«

»Nicht so leicht. Aber sagen Sie mir, Claire, dieser Regenzauber – welchen Part haben Sie dabei gespielt?«

»Eifersüchtig?« fragte Claire.

»Ach, die Eifersucht«, sagte Byron und sah sie träumerisch an. »Ihre beiden Schönheiten da gefallen mir, das will ich nicht leugnen.«

Er streckte die Hand aus.

»Gut so«, sagte Claire. »Niemand soll sie verschmähen!«

Sie versuchte ihn anzulächeln. Als es ihr mißlang, blickte sie zu Boden. Byron wandte sich ab.

»Haben Sie das gehört, Polidori?« sagte er. »Niemand soll sie verschmähen. Das war ein Angebot. Greifen Sie zu, wenn Sie wollen! Lassen Sie sich durch mich nicht stören!«

»Oh, Sie gemeiner Kerl! Sie Schuft!« Claire hob die Fäuste und wollte sich auf ihn stürzen. Er hielt sie mit Polidoris Regenschirm fern. Sie hatte Tränen in den Augen.

»Der Doktor braucht Ihre niederträchtigen Einladungen gar nicht«, rief sie haßerfüllt.

»Was soll das heißen?«

»Es heißt, was es heißt!«

»Doktor!«

»Sir?«

»Mir scheint, der Vampir hier sind *Sie*!«

»Nicht der einzige, Mylord! Soweit ich sehe.«

»Er hat recht«, rief Claire, »hier sitzt jeder jedem im Nacken.«

»Schluß mit diesen Verrenkungen!« sagte Byron. »Sie sind entlassen, Doktor. Ich gebe Ihnen drei Tage Zeit.«

»Und den Schirm bitte, Sir!«

Narr ohne Hof

Polidori hatte sich in der Stadt mit einem Tornister versehen und seinen Vorrat an Schreibpapier erneuert. Auf dem Platz vor dem Alten Arsenal hatte er Mary und Shelley getroffen, und zusammen waren sie noch einmal am Ufer des Sees entlang zum »Hôtel d'Angleterre« gewandert. Zu dritt standen sie vor der Buchhandlung, hatten die Köpfe an die Scheiben der Fenster gelegt und spähten hinein.

»Es ist geschlossen«, sagte Polidori.

»Und so wie es aussieht, für immer«, meinte Shelley.

Die Regale im Laden waren abgeräumt, die Schaufenster leer – bis auf eine Schrifttafel, die dem Publikum die letzte und vielleicht liebste Überzeugung des Buchhändlers zur Kenntnis brachte, allerdings wiederum in lateinischer Sprache.

»Haben Sie gesehen, Doktor?« fragte Mary.

»*Carmina sola cavent fato mortemque repellunt*«, las Polidori. Und Mary übersetzte, ohne ins Stocken zu geraten: »Nur Dichtungen entgehen dem Schicksal und weisen den Tod ab.«

»O ja«, sagte Polidori gedankenvoll. »Sehr beruhigend und sehr schön.«

Shelley sah ihn verwundert an.

»Wann reisen Sie, Doktor?«

»Übermorgen, sofern das Wetter es zuläßt.«

»Wir kehren auch bald nach England zurück«, sagte Mary. »Claire mag zwar nicht, aber es ist besser so ... der Herbst kommt, und ... dem Kind – ich meine, William wird es guttun, den Winter in der Wärme zu verbringen.«

»Ich gehe nicht nach England«, sagte Polidori. »Vorerst jedenfalls nicht. Ich gehe nach Italien.«

»Ins Land der Väter?« fragte Shelley.

»Nach Mailand und noch weiter.«

»Wir werden uns so bald nicht wiedersehen«, sagte Mary.

»Aber wir werden voneinander lesen«, erwiderte Polidori.

»Ja – ja, hoffentlich!«

»Wie steht es eigentlich mit Ihnen, Mary? Haben auch Sie sich inzwischen eine Gespenstergeschichte ausgedacht?«

»In Umrissen! Ich habe lange gebraucht, aber jetzt scheint mir...«

»Und wie heißt Ihr Held?«

»Er ist Forscher, Gelehrter – Funkenberg soll er heißen oder Frankenstein, ein Deutscher. Er forscht nach den Prinzipien des Lebens.«

»Und Ihr Vampir, Doktor?« fragte Shelley. »Wie geht es ihm?«

»Er lebt, Sir.«

Polidori schloß vorsichtig die Tür und blickte sich um. Byrons Ankleidezimmer war geräumig und hell. Unter dem großen Spiegel gegenüber dem Fenster standen auf einem Tisch mehrere Flaschen und Flacons, neben ihnen zwei große Kannen und eine Waschschüssel. Davor lagen verstreut die Instrumente, die Byron für seine Toilette benutzte. Polidori sah, daß Fletcher sie an diesem Morgen noch nicht geordnet hatte. Er war froh darüber und trat näher. Byrons Kamm lag mitten auf dem Tisch.

Kaum hatte Byron die Entlassung seines Arztes ausgesprochen, da hatte dieser begonnen, den Sommer mit Seiner Lordschaft aus der Rückschau zu betrachten, so, als sei er schon zu Ende. Und er hatte den Wunsch nach etwas Haltbarem verspürt, etwas Greifbarem, das die verflossene Zeit für immer wirklich und die Existenz Byrons lebendig erhalten würde. Byron hatte ihm schon ein Buch geschenkt, das albanische Werk, und als Andenken würde es wohl auch fernerhin taugen – wenngleich Polidori nach dem Gespräch, das er an jenem Abend von der Terrasse belauscht hatte, nicht mehr recht wußte, ob er ihm einen Platz in seiner Sammlung einräumen sollte. Aber was immer dieses Buch enthielt – eine Reliquie, wie er sie begehrte, war es nicht. Es war kein Teil von Byrons lebendigem Dasein, von seiner Leibhaftigkeit, es war nur eine Zeitlang in seinem Besitz gewesen. Aber auf Dinge aus Byrons Besitz hatte Polidori es jetzt nicht abgesehen, auch nicht auf den Kamm, den er nun in die Hand nahm.

Eine Locke aus Byrons Haar wäre eine Reliquie nach Polidoris Geschmack gewesen. Aber eine solche Locke konnte er sich nicht verschaffen. Er konnte Byron nicht um eine Locke bitten, und er konnte ihn nicht des Nachts wegen einer Locke beschleichen. So hatte Polidori lange darüber nachgedacht, wie er sich eine Probe von Byrons Haar verschaffen könnte, und war schließlich auf den Kamm verfallen, den er jetzt musterte.

Mehr Haare, als Polidori für gewöhnlich an seinem eigenen Kamm fand, hatten sich in den Zinken verfangen. Polidori löste sie behutsam heraus. Eine anmutige Locke würde aus ihnen nicht werden. Aber für ein kleines Bündel reichte es. Mit einem Zettel versehen, der Herkunft und Datum beglaubigte, würde dieses Bündel eine ahnsehnliche Reliquie abgeben. Polidori war zufrieden. Er legte den Kamm zurück auf den Toilettentisch und wollte gehen.

In der Tür stand Byron und sah ihm zu.

»Ich wußte es immer, Doktor – man darf Sie nicht unterschätzen. Zuweilen geben Sie ihren Mitmenschen große Rätsel auf.«

Polidori ließ die Hand, in der er Byrons Haare geborgen hielt, in eine Tasche seiner Jacke gleiten.

»Warum weiden Sie meinen Kamm ab?«

Polidori blickte verzagt drein und blieb stumm.

»Zuerst Regenzauber und jetzt Schwarze Magie? Ein Attentat? Wollen Sie mir eine Glatze anhexen? Wollen Sie mich bei den Haaren aufhängen? Wollen

Sie diese Haare statt meiner verbrennen, zerreißen, in alle Winde zerstreuen? Her damit, sie gehören mir!«

Byron streckte die Hand aus. Aber er hatte halb im Spaß gesprochen. Seit er seinen Arzt hinausgeworfen hatte, begegnete er ihm gelassener als vorher, beinahe freundlich.

»Nicht Schwarze Magie, sondern Weiße, Sir«, stammelte Polidori. »Die Magie der Erinnerung.«

»Nehmen Sie dazu Ihr eigenes Haar, und lassen Sie mich aus dem Spiel!«

Plötzlich wußte Polidori, wie er an eine Locke Byrons gelangen konnte. Er griff an seinen Kopf und sagte: »Wir könnten tauschen, Mylord! Locke gegen Locke.«

Byron lachte schallend.

»Sie sind ein verrückter Kerl, Polidori. Ich hätte Sie nicht als Arzt einstellen sollen, sondern als Hanswurst, als Hofnarr. Ich hätte Sie Pollydolly genannt.«

»Zu spät!«

»Ja, zu spät! Aber was wäre auch ein Hofnarr ohne Hof? Ich habe ja nicht mal eine Familie.«

»Aber Sie haben Nachkommen, Sir.«

»Allerdings! Und wissen Sie wieviele, Pollydolly?«

»Einen, denke ich. Eine Tochter in England.«

»Falsch, zwei!«

»Zwei Nachkommen? Und der zweite – auch ein Kind?«

»Was denn sonst?«

»Zwei Kinder! Ihre Unsterblichkeit ist gesichert.

Beneidenswert! Hinzu kommt der Ruhm. Aber wo ist das zweite?«

»Es steckt in ihr – in Claire.«

»Oho! Woher wissen Sie, daß es in ihr steckt?«

»Sie hat es mir gesagt.«

»Und woher wissen Sie, daß es von Ihnen ist?«

»Sie hat es mir gesagt.«

»Aber woher wissen Sie, daß es nicht von einem Narren ohne Hof und Stelle ist, der sich auf Regenzauber gut versteht?«

Byron starrte ihn wütend an.

»Narren, die über die Stränge schlagen, haben ihr Leben rasch verwirkt!«

Polidori trat einen Schritt zurück.

»Ich weiß, Sir, Sie haben einen Mörder in der Familie. Keinen Dichter, aber einen Mörder!«

»Hinaus mit Ihnen!«

Polidori tastete nach Byrons Haaren in seiner Jakkentasche und entfloh. Sein Plan war geglückt.

So plötzlich kam der Abschied. Polidori erhielt keine Gelegenheit mehr, Seiner Lordschaft förmlich Adieu zu sagen. Durch Fletcher ließ Byron ihm den ausstehenden Lohn für ärztliche Bemühung und beharrliche Gefolgschaft aushändigen. Die Summe war aber so beträchtlich, daß Polidori in ihr eine Anerkennung seiner Bestrebungen und seiner selbst erblicken konnte.

In der Nacht, bevor Polidori sich auf den Weg nach Italien machte, träumte er von Shelley. Er stand ihm mit gezücktem Degen gegenüber. Shelley trug sein strohfarbenes Leinenhemd mit den großen Brusttaschen und hatte ebenfalls eine Waffe gezogen. Es hatte Polidori viel Mühe und viel Phantasie beim Ersinnen immer neuer, immer wüsterer Beschimpfungen gekostet, Shelley für dieses Duell zu gewinnen. Lange Zeit hatte Shelley nur den Kopf geschüttelt. Doch nun, da der Kampf beginnen sollte, war es Polidori, der nicht mehr wußte, woher sein Groll gegen Shelley rührte und weshalb er mit ihm fechten sollte? Beleidigte Ehre? Enttäuschte Freundschaft? Eifersucht? Verhöhntes Talent? War ihm Shelley im Wege? Aber wohin oder zu wem wollte Polidori auf dem Weg, den Shelley versperrte? Zu Byron? Zu Mary? Zu Claire? Polidori überkam, während er im Traum vor Shelley stand, eine große Unschlüssigkeit. Er ließ den Degen sinken und tauchte die Spitze seines Schuhs in eine Pfütze, die er erst in dem Augenblick bemerkte, als er den Kopf senkte. Hätte er den Kampf begonnen, so wäre er unweigerlich in diese Pfütze getreten und wahrscheinlich in ihr versunken. Auch Shelley schob jetzt seine Waffe umständlich in das Koppel zurück, das er umgebunden hatte. Dann strich er sich über die großen Brusttaschen, so als wolle er sich vergewissern, daß das, was in ihnen war, wohlbehalten sei. »Was verwahren Sie in diesen Taschen«, rief ihm Polidori über die Pfütze hinweg zu. »Wollen Sie sehen?«

fragte Shelley, der ebenfalls erfreut schien, daß der Kampf abgesagt war. Er knöpfte die beiden Brusttaschen auf und griff mit jeder Hand in eine von ihnen. »Wie der Name schon sagt...«, lachte er und hielt Polidori zwei wunderschön gerundete Frauenbrüste entgegen. Anstelle der Warzen hatten sie Augen, tiefblaue Augen, die aufmerksam zu Polidori hinübersahen.

Als Polidori erwachte, vermißte er den Schrecken, den Alpträume gewöhnlich hinterlassen. Ihn erfüllte sogar Heiterkeit, wenn er an die Bilder seines Traumes dachte. Heiterkeit erfüllte ihn auch, als er mit seinem Tornister auf dem Rücken und den beiden verknoteten Paketen in den Händen zum letzten Mal den Hang zum See hinabstieg. Den Regenschirm hatte er außen an seinen Tornister geschnallt. Polidori erschrak erst, als ihm auf sein Klopfen Shelley im strohfarbenen Hemd die Tür öffnete.

»Ich möchte mich verabschieden, Sir.«

Shelley sah ihn erstaunt an. »Es ist also soweit? Sie reisen!«

Aus dem Hintergrund ertönte Marys Stimme.

»Wer ist da, Percy?«

Ihre Schritte kamen näher. Sie sah Shelley über die Schulter.

»Oh, Doktor, Sie!«

»Ich breche auf.«

»So schwer beladen?«

Sie musterte die Pakete, die Polidori zu beiden Seiten neben sich abgestellt hatte.

»Der Tornister ist nicht schwer. Aber diese Lasten werde ich nicht über die Alpen bringen. Ich wollte Sie fragen...«

»Ja, selbstverständlich. Die können Sie ruhig hierlassen. Wir verwahren sie.«

»Aber wir reisen doch selbst bald!« wandte Shelley ein. »Wann wollen Sie Ihr Eigentum denn wieder in Empfang nehmen. Und wo? In London etwa?«

»Ach, Percy, es wird sich ein Weg finden!«

»Sie können die Pakete behalten«, sagte Polidori.

»Was ist denn darin?« fragte Mary.

»Ich weiß nicht ... Geheimnisse.«

»Um so besser!« lachte Mary.

»Tun Sie damit, was Sie wollen«, sagte Polidori.

Shelley schüttelte verständnislos den Kopf.

»Wo ist Claire?« fragte Polidori.

»Oben in ihrem Zimmer«, antwortete Mary. »Sie sitzt über ihrer Literatur. Aber gehen Sie nur hinauf.«

Polidori nahm den Tornister ab und lehnte ihn an die Wand der engen Diele. Die Treppe knarrte unter seinen Schritten. Oben geriet er in das falsche Zimmer. Am Fenster saß Nanny mit einer Handarbeit und sah auf den See hinaus. Der kleine William wachte auf und fing an zu schreien, als Polidori eintrat.

»Was wollen Sie?«

Nanny sah Polidori vorwurfsvoll an, nahm das Kind aus seinem Bett und begann es ärgerlich zu wiegen.

»Verzeihen Sie! Ich suche Claire.«

Mit einer unwirschen Kopfbewegung deutete Nanny auf die Wand zum Nachbarzimmer.

Claire saß mit dem Rücken zum Fenster. Sie hob den Kopf nicht, als sie das Geräusch der Tür vernahm.

»Oh, bitte jetzt nicht stören! Ich schreibe.«

»Eine Gespenstergeschichte?« fragte Polidori.

»Ach, Sie sind es, Doktor!« Sie blickte auf und sah ihn wie aus weiter Ferne an. »Ja, ich schreibe eine Gespenstergeschichte.«

»Sein Portrait?«

Sie nickte. »Es wird ihm nicht gefallen. Aber vielleicht wird es ihn *fesseln*.«

»Ich will nicht stören. Ich möchte mich nur verabschieden.«

Sie stand auf.

»Wir reisen auch bald. Ich will hier nicht weg – aber … Doktor, ich muß Ihnen etwas sagen. Ich bin schwanger.«

»Ich weiß.«

»Hat Er es Ihnen verraten?«

Polidori nickte. Dann sah er ihr lange in die Augen.

»Nein, Doktor«, sagte sie schließlich und schüttelte den Kopf. »*Er* ist der Vater. Von Ihnen *kann* es nicht sein.«

»Woher wissen Sie das?«

Sie hob die Schultern.

»Wenn Sie der Vater wären, würde ich Sie nicht gehen lassen, oder ich würde mit Ihnen kommen.«

»Nach Italien? Zu Fuß?«

»Warum nicht? Leben Sie wohl, Doktor.«

Sie gab ihm die Hand. Dann kehrte sie an ihren
Tisch zurück.

»Was wird aus Ihrer Literatur und Ihrem Ruhm,
wenn Sie auf Wanderschaft gehen?« fragte sie, als sie
sich wieder gesetzt hatte.

»Schreiben kann man überall«, sagte Polidori. Aber
als ihm der Steg am See einfiel und das Sofa im Blauen
Pavillon, verbesserte er sich: »*Fast* überall!«

»Ja, zu unserem Glück!« sagte Claire, beugte sich
über ihre Papiere und begann nach irgend etwas zu
suchen, einem Zettel oder einem Stift.

Der Schatten

Hoch oben ballte sich graues Gewölk. Daneben klaffte die blaßblaue Tiefe des Himmels. Unten strebte Polidori den Alpen zu. Wenn ihm ein herbstlicher Schauer entgegentrieb, spannte er seinen Schirm auf, und wenn der Regen vorüber war, faltete er ihn wieder zusammen. Wo der Weg steil und beschwerlich in die Höhe stieg, da nahm er den Schirm und benutzte ihn als Wanderstab. Er setzte einen Fuß vor den anderen, und nach und nach fielen die Mißhelligkeiten eines ganzen Sommers von ihm ab. Die Wegstrecken, die er zurücklegte, wurden von Tag zu Tag größer. Beflügelt und gehoben fühlte sich Polidori von dem Gedanken, daß er aus dem Schatten Byrons getreten sei.

Das Bündel mit Byrons Haaren hatte er in ein Briefkuvert geschoben und zwischen die Seiten des albanischen Buches gesteckt, das Byron einst bei einem Trödler in Prevesa gekauft hatte. Nun lag es in der Mappe, in der Polidori sein Tagebuch und das Manuskript der neuen Geschichte mit sich führte. In diese Mappe hatte er auch das Blatt des »Hortus Pastorum« aus der Bibliothek des Schmieds gelegt und dazu jenes schmale, wäßrigblaue Bändchen mit Denons »Wun-

dernacht«, in dem vor ihm schon eine andere un-
erschrockene Person gelesen hatte.

Der Weg nach Italien führte über den Simplon-Paß.
Ein Wanderer war hier weit besser daran als jeder
Kutschreisende. Im ersten Dorf hinter der Paßhöhe
fragte Polidori ein Kind in deutscher Sprache nach
dem Weg, und das Kind gab ihm zur Antwort: »*Non
capisco*«. Polidori wäre ihm am liebsten um den Hals
gefallen. Doch dafür war das Kind zu klein und der
Hals zu weit unter ihm.

Aus der zerklüfteten Enge der Felsentäler führte der
Weg hinab in die weite Ebene. Es war Anfang Novem-
ber. Doch diesige Wärme lag über dem Land. Die hohen Pappeln überragten den Dunst am Boden. Die
Höfe aus gelbbraunen Mauersteinen und die großen
Heuschober schwammen darin wie freundliche
Schemen. Oben stieg die Sonne dem Mittagspunkt
entgegen und entfaltete von einer halben Stunde zur
nächsten mehr Kraft. Über der Straße vor Polidori
flimmerte zuweilen die Luft wie sonst nur in der Som-
merhitze. Auf den Weiden stand wenig Vieh.

Vor ihm verlor sich die Straße im Endlosen. Sie
führte in die Tiefe Italiens, in heiße Sommer und
milde Winter, in eine Welt, in der sich jeder bedenken-
los und ungefährdet im Freien bewegen konnte. Für
eine kurze Zeitspanne, so lange, wie er für eine halbe
Meile brauchte, erschien es Polidori nicht nur möglich, sondern einzig erstrebenswert, in diesem Land
und unter diesem Licht namenlos und ohne Ruhm zu

leben und ohne Ewigkeit zu vergehen. Doch dann kam ihm wieder das neue, schon weit fortgeschrittene Manuskript in den Sinn, das er samt einer sorgfältigen Kopie im Tornister bei sich trug. Das Tagebuch würde Murray, obgleich er es selbst in Auftrag gegeben hatte, wahrscheinlich nie drucken. Bessere Aussichten, einen Weg zum Publikum und in die Nachwelt zu finden, hatte die Geschichte seines Vampirs, und nie würde Polidori müde werden, ihr Schicksal und Fortleben zu verfolgen.

Die Sonne brannte. Gegen Mittag glaubte Polidori, vor sich die Umrisse von Mailand zu erkennen. Er verspürte keine Müdigkeit. Aber das Gehen hatte ihn ins Schwitzen gebracht. Die Hitze drückte auf seinen Schädel. Polidori blieb stehen. Er schnallte den Parapluie von seinem Tornister und spannte ihn auf. Als Sonnenschirm hatte er ihn noch nie gebraucht. In seinem Schutz wandelte Polidori der Ferne zu. Dieser Schatten war ihm willkommen. Es war sein eigener.

Reinhard Kaiser
Der Zaun am Ende der Welt

Band 10787

Dieser quasi-philosophische, halbunernste Traktat zur Frage, woher die Vorstellung kommt, daß die Welt irgendwo mit Brettern vernagelt ist, und was an dieser Vorstellung dran sei, ist in seiner Listigkeit und Respektlosigkeit, in seiner intellektuellen Verspieltheit und in seiner Entschlossenheit, auch die entlegensten und trivialsten Elemente zu einem Ensemble zusammenzubringen, absolut zeitgemäß, sprich: astrein postmodern, ist dabei aber im Genau- und Wörtlichnehmen, in seiner Lust an strenger Philologie und im beharrlichen Verfolgen einer scheinbar restlos überflüssigen und unzeitgemäßen Fragestellung herrlich altmodisch. Das geht vom Büchmann über barocke Welterklärungsbücher zum spätantiken Alexanderroman, über Ringelnatz zu den Polarexpeditionen, Herrn Cook, durch den Schloßpark von Schwetzingen, mit Adorno in ein Fischspezialitätenlokal an der Donau, von da zu Joseph Conrads ›Herz der Finsternis‹ direkt ins Innere der Welt, und es endet alles in Bielefeld. »Resultat: eine kurios blitzende Naturgeschichte des Wesens, das mit dem Kopf durch die Wand will.« (*Der Spiegel*)

Fischer Taschenbuch Verlag

Edward Bulwer-Lytton
Was wird er damit machen?
Nachrichten aus dem Leben eines Lords

Roman
Deutsch von Arno Schmidt

3 Bände in Kassette:
Bd. 10602/Bd. 10603/Bd. 10604

An der schicksalhaften Frage »Was wird er damit machen?«
entlang hat der englische Erfolgsautor Edward Bulwer-Lytton
(1803-1873) seinen phantasievollen, ingeniös vertrackten Roman über das Leben der feinen und weniger feinen englischen
Adelsgesellschaft um die Mitte des vorigen Jahrhunderts geschrieben. Arno Schmidt, »der Wünschelrutengänger im groß-
britannischen Erzählpark des 19. Jahrhunderts« (Heinz Fried-
rich), der diese intelligente Mischung aus Gesellschafts- und
Kriminalroman »einen Höhepunkt des viktorianischen Ro-
mans und einen der reizvollsten Einfälle der Romanliteratur
aller Zeit« nannte, hat das Buch ins Deutsche übersetzt.

Fischer Taschenbuch Verlag

fi 1193 / 2

Charlotte, Branwell,
Emily und Anne
Brontë

Angria & Gondal

Herausgegeben von Elsemarie Maletzke
Aus dem Englischen von Hans J. Schütz

Band 9500

Arno Schmidt hat als erster auf die literarischen Traumphantasien der vier Brontë-Geschwister hingewiesen und in einem seiner berühmt gewordenen Rundfunkessays (nachzulesen in ›Der Triton mit dem Sonnenschirm. Großbritannische Gemütsergetzungen‹) schwärmerisch über sie berichtet. Die vier Pfarrerskinder, besonders die drei Mädchen, genial begabt und ausgestattet mit einer immensen Phantasie, hatten ihr todlangweiliges Dasein in einem abgelegenen Pfarrhaus im Moor von Yorkshire, wo sie tagelang sich selbst überlassen waren, durch die Erfindung imaginärer Reiche, innerhalb deren sich wunderbare Abenteuer zutrugen, belebt. Als sie in einer Juninacht des Jahres 1826 auf die Idee kamen, ihre Gedankenspiele poetisch auszuspinnen, war Branwell, der Junge, neun Jahre alt, die drei Mädchen Charlotte, Emily und Anne zehn, sieben und sechs. Es scheint unfaßlich, mit welcher Erfindungskraft diese Kinder ihre Phantasiewelten ausgestalteten, zu weiträumigen Fortsetzungsgeschichten um charaktervolle Lieblingsfiguren, berühmte Persönlichkeiten, Helden und Staatsmänner in einer eigenen, durch Chroniken und Quellenmaterial abgestützten Historie, in den durch imaginäre Landkarten und Stadtansichten nachgewiesenen Reichen Angria und Gondal in Afrika beziehungsweise im Nordpazifik.

Fischer Taschenbuch Verlag

fi 1195 / 2

Jane Austen

Emma
Roman
Mit einem Nachwort von Rudolf Sühnel
Aus dem Englischen von Helene Henze
Band 2191

Im Mittelpunkt von »Emma« steht eine junge, schöne und selbstbewußte Frau, die mit dem Leben von Menschen spielt wie eine virtuose Puppenspielerin, bis sie erkennt, daß sie durch ihre selbstherrliche Einflußnahme nur Unglück stiftet, wo sie doch Glück bringen wollte. Eine der hervorragendsten Schilderungen eines sich wandelnden Charakters in der Weltliteratur. Und ein großer Frauenroman von bleibender Allgemeingültigkeit.

Stolz und Vorurteil
Roman
Mit einem Nachwort von Helmut Findeisen
Aus dem Englischen von Werner Beyer
Band 2205

In diesem Roman ist es die Gutsbesitzerfamilie Bennet aus Longbourn, die ein recht schwieriges Problem zu bewältigen hat. Fünf Töchter und kein Mann für sie! Im Mittelpunkt der vielen liebevoll gezeichneten Charaktere steht die schöne und kluge Elisabeth Bennet, die in ihrer Frische und Lebhaftigkeit zu Jane Austens Lieblingsgestalten gehörte und die »vielleicht mehr Verehrer als jede andere Heldin in der englischen Literatur« hatte.

Fischer Taschenbuch Verlag

fi 359 / 7